日暮らし

上

宮部みゆき

講談社

日暮らし

宮部みゆき

下

講談社

日暮らし　上　目次

日暮らし　下　目次

装画・題字　村上豊　　装幀　緒方修一

日暮らし

上

おまんま

一

「恋煩《こいわずら》いには、ちと早いというものです」と、幸庵《こうあん》先生は言った。

井筒平四郎《いづつへいしろう》はばたばたと団扇《うちわ》を使いながら、縁側で大あぐらをかいていた。なにしろ暑い。まともにお天道《てんと》さまを見上げるとくらくらするほどである。平四郎は本来、夏の暑さが好きで、これまで夏負けなどしたことがないのだが、さすがに歳のせいだろうか、今年はぐったりとしおれている。

十日も前から、ずっとこんな具合の日照り続きなのだからかなわない。細君は、こういうときには蜆汁《しじみじる》に限ると言って、毎日のようにこしらえては平四郎に勧める。

「蜆は滋養《じよう》があるから夏負けいたしませんし、蜆汁を飲んでおけば、流れる汗が目にしみませんのよ」

どういう理屈でそうなるのかと問えば、なぜかは知らないがとにかく昔からそういうことになっているのだと言い張る。それで平四郎も日々おとなしく蜆汁をすすり、豆粒のような小さな貝の身をちくちくと突っつき出しては食しているのだが、暑さが身に応えることには一向に変わりがないようである。これならば、蜆に祟《たた》られて鼻先から貝殻でも生えてこないうちに、鰻《うなぎ》に切り替えたい。

それだというのに――

「先生、あんた暑くないのかね」と、平四郎は呼びかけた。

町医者の幸庵は、平四郎よりたっぷり二十歳は年上のはずだ。この暑さではきっとへろへろになっていることだろうと出迎えたのに、先ほどから汗を拭うでもなく実に涼し気な風情《ふぜい》である。この先生は、医者によくあるつるつる頭ではなく総髪だし、医者におきまりの浅葱《あさぎ》色の薄い衣の上に十徳《じっとく》を重ねて着ている。で、座布団の上にちょこなんと座り、先ほど細君が、小女《こおんな》を走らせてわざわざ買ってこさせた固練《かたね》りの甘酒をすすりながら、澄ました顔だ。単衣《ひとえ》の着流しの前を大きくくつろげ、裾をまくりあげて、それでもまだ暑がっている平四郎とは、暦《こよみ》の違う場所で生きているかのようである。

「夏は暑いものですよ」と、町医者は応じた。

「それだからこそ、めりはりがあるのです。暑いときには暑いように暑がって過ごす。それがいちばん身体にはよろしい。しかし、最前からお顔を見ていると、井筒さまは少々暑がり過ぎのようですな」

本道（内科）も外科もよくする先生で、平四郎のぎっくり腰も手際よく治してくれたことのある、なかなかの良医だ。治療の際にはけっこう豪快な口もきく。今日のところは丁寧《ていねい》に構えているのは、診療ではなく他の用向きで訪ねてきたからだろう。

本所元町《ほんじょもとまち》に住む岡っ引きの政五郎《まさごろう》のところに呼ばれた帰り道だ——という。それを聞いて、平四郎は最初、大親分の茂七《もしち》の具合が悪くなったのかと思った。〝回向院《えこういん》の親分〟と呼ばれて、親しまれ恐れられ、長いあいだこの本所深川一帯に睨みをきかせてきたあの茂七も、米寿を迎えての、この猛暑だ、暑気あたりでも起こしたかと思ったのである。

ところが、話を聞いてみれば大はずれ、茂七大親分はピンピンしているという。寝込んでいるのは政五郎の手下《てか》のおでこで、枕もあがらない様子だというから驚いた。

四、五日前から、まったく飯を食わないのだという。この暑さで箸《はし》が進まないというのではない。飯の一粒さえも口に入れないのだ。心配した政五郎のかみさんがあれこれとかまってみても、あいすみません、ご飯は要りませんと謝るだけで、食べ物には一切手をつけない。水ばかり飲んでいる。そうして最初の二日ほどは、いつものように家のなかでこまこまと立ち働いていたが、三日目の朝にはさすがに目を回してひっくり返ってしまい、以来、寝ついているのだというのである。

おでことというのは十三歳の男の子で、親からもらった名前は三太郎《さんたろう》という。つるりとした可愛《かわい》い顔の子だが、額が異様に広い。おでこだ。またこのおでこさんは異様に物覚えが良い。だから、茂七大親分から昔話のあれこれを聞き、それを子細に覚えておくことを大事な役目と担って政五郎のもとにいる。

もう一年ばかり前の話になるだろうか。岡っ引き嫌いだった親父殿の後を継ぎ、岡っ引きというものを抱えたことのなかった平四郎だが、ある一件をきっかけに、政五郎と繋がりができた。そのとき、おでことも知り合った。自分が生まれるよりも前の出来事の詳細や人の名前を、書いたものでも読み上げるようにすらすらと諳《そら》んじてみせるこの子の特技に、平四郎は心底感嘆したものである。

突出したその特技を除けてしまえば、素直で行儀の良い子だ。元来そういう性質《たち》なのだろう、男の子にしては少々やわかと思うほどにおとなしい。憎まれ口のひとつも叩くわけでもないし、余計なおしゃべりなど一切しない。だから平四郎も、おでこの親はどこでどうしているのか、彼がいつから、なぜ政五郎のもとで暮らすことになったのか、深い事情を知る機会は、これまでなかった。

やはり寂しい身の上だったのだろうな――と、ぼんやり想像したことがあるばかりである。だが、政五郎は彼の親分であると同時に親代わりだし、政五郎の女房もおでこを実の子のように可愛がっている。傍目《はため》で見る限り、本所元町での今のおでこの暮らしに、飯が喉を通らなくなって寝込んでしまうほどの辛いことや悲しいことがあるようには、とうてい思われない。

実際、政五郎夫婦もわけがわからなくて困り果てているそうである。だから幸庵先生を呼んだのだ。

こんなものは病ではないと、先生はすぐに見立てた。もともと華奢《きゃしゃ》な身体つきだったおでこは、飯を食わないせいでさらにひと回り小さくなっていた。が、それ以外にはこれという悪いところは見当たらない。腹に水が溜まっているわけでもなし、心の臓が酔っぱらったうさぎのように飛び跳ねているわけでもない。肌の色が黄色くなっていることもないし、目玉はちゃんと動くし小水も出る。熱もないし脈もとくとくと普通に打っている。

「人は、飯を食わないと死ぬのだよ。おまえもそれくらいのことはわかっているだろう。ならば、死にたいから飯を食わないのかね？」

幸庵先生が尋ねると、おでこはすっかり尖《とが》ってしまった顎《あご》を薄い夜着《よぎ》のなかに隠して、今にも泣きそうな顔をしたという。

「死にたいならば、飯を絶つなどというまどろっこしいやり方より、もっと確実に手っ取り早く死ねる方法を、私はいろいろ知っている。場合によっては、それを無料《ただ》で教えてやってもいい。どうだね、おまえは死にたいのか死にたくないのか」

あまり医者らしい台詞《せりふ》ではない。

すると、おでこは尋ねた。「先生、人は死ぬとどうなりますか」

幸庵先生は答えた。「私はまだ死んだことがないからわからん」

正直と言えば正直である。

「だが、おまえの場合は、死んだらどうなるか、はっきりわかる」

「どうなりますか」

「迷惑になる」

こんなわけもわからないことでおでこが死んでしまっては、政五郎夫婦は悲嘆にくれるだろう。自分たちに何か悪いところがあったのかと悩むだろう。どうにかしてやれなかったろうかと悔やむだろう。それが迷惑だと幸庵先生は言ったのである。

おでこはめそめそと泣き出した。患者にめそめそ泣かれるくらいでいちいち参っていては、町医者は務まらない。

「そこで泣くということは、少なくともおまえは、死にたいか死にたくないかは自分でもわからないが、政五郎親分の迷惑にはなりたくないのだな？　ならば、重湯《おもゆ》を飲みなさい。とりあえず重湯だけを飲んでおれば、死のうと思えばいつでも死ねるほどに身体を弱らせつつ、きっぱり死のうという決心がつくまでは飢え死にすることはない」

乱暴な処方もあったものだ。

それでもおでこには効き目があったのか、彼は政五郎のかみさんがこしらえてくれた重湯を少しばかり飲み、とろとろと眠った。そこで幸庵先生は本所元町を引き上げて、八丁堀の平四郎を訪れたのだった。

しかし、訪れられた平四郎とて、何をどうすることもできない。とりあえず今まではただ暇《ひま》にして暑がっていたのが、暇にして暑がりながら困惑するようになっただけであった。

「政五郎には、何と言ってやったんです？」

尋ねると、幸庵先生は甘酒の湯飲みをとんと置いて、

「気の病だと言いました」と答えた。

「何か悩みがあるということだね？」

「でしょうな。すると親分は、〝片恋でもしているんじゃないでしょうかね〟と言いましたよ。女房の方は、〝母親が恋しいという病でしょうか〟と言いました。男親と女親の考えることには、子供が大きくなるほどに差がついてゆくといういい見本ですな」

平四郎は顎をかいた。顔が汗ばんでいるので、ほりほりというふうにはいかない。べたべたしている。

「で、先生は恋煩いには早いと見立てるわけだ」

幸庵先生はうなずいた。「田んぼなどない江戸市中でも早稲《わせ》は珍しくもないものですが、三太郎は違うでしょう」

「じゃ、もうひとつの方はどうです？　おっかさんが恋しいという病」

「それは私の取り扱う病の範囲ではありません。だから井筒さまにお願いしようと思ったのですよ」

「俺に何ができる？」

「探索事は、井筒さまのお役目でしょう」

「探索ったって——政五郎たちに訊《き》きゃ済むことだろう？」

幸庵先生はしずしずと首を振った。「あの子が政五郎のところに引き取られることになった経《いき》緯《さつ》は、あの夫婦から聞き出すことができるでしょう。私にでもできる」

そう思う。だったらやってきてほしかった。

「しかしそれでは、あの夫婦が伏せたいと思う事柄は伏せられてしまう」と、すかさず幸庵先生は続けた。「それに、過去の経緯を知っただけでは、今の三太郎の病を引き起こしたきっかけとなった出来事を突き止めることはできません。これこそ探索事です。井筒さまのお役目ですな」

平四郎はだらしなく着物の前をおっぴろげた。「俺にも一応、仕事があるからな」

「本所深川は、井筒さまが一日や二日見廻らなくても何事もございませんな。現に今も」

平四郎は黙って団扇をばたつかせた。確かに、ここ数日は見廻りを怠けている。どのみち平四郎は臨時廻りなのだから、いざという臨時の事がない限りはかまわない——という理屈をこねあげて。

「それに井筒さまには、頼もしい味方がおられるでしょう」

幸庵先生の言葉に、平四郎は「へ?」と応じた。

「味方? 誰のことだい? 小平次《こへいじ》なら、俺以上に暑がりで役に立たねえよ」

小平次は平四郎付きの中間《ちゅうげん》である。連日お天道さまに照らされすぎて頭に少しばかりすが入り、裏庭で、地べたに落ちる自分の影に入って涼もうと試みているところを平四郎の細君に発見され、今日は休んでいるところだ。

「跡継ぎがおられるではないですか」幸庵先生はさらりと言った。「跡目にご養子を迎えられるのでしょう? そら、佐賀町《さがちょう》の藍玉《あいだま》問屋の五男坊の——」

平四郎の甥《おい》、弓之助《ゆみのすけ》である。歳はおでこと同じだ。ただしこちらは何かが広すぎたり狭すぎたりすることのない、ケチのつけようのないべらぼうな美形である。

「弓之助か。先生、なんでそんな話を知ってるんだね」

「奥様にも伺いましたし、八丁堀でも噂になっとりますからな」

細君は弓之助を養子に欲しくて欲しくてたまらないのである。最初は乗り気でなかった平四郎も、政五郎たちと知り合うきっかけとなった一件にからんで弓之助を連れ回し、付き合ってみてちょっと心が動いた。面白い子供なのである。

だが、今決めてしまうのは早すぎると思っている。平四郎にとってではなく、弓之助にとってだ。

「その弓之助さんに手伝ってもらってはいかがです。子供は子供どうし、三太郎から上手《うま》く話を聞き出せるかもしれません。聞けば、たいそう聡《さと》い甥御さんだそうではありませんか」

確かに弓之助は賢い。加えておでこと仲良しでもある。が、平四郎は首を振った。

「弓之助を手伝わせるのはまずいよ、先生」

「なぜです？」

「河合屋《かわいや》も家のなかじゃいろいろあるようだが、それでもあいつには両親《ふたおや》が揃ってる。もしもおでこの悩みが実の親が恋しいということなのだとしたら、弓之助には打ち明けられねえだろう。子供といっても赤ん坊じゃねえ、もう十三の男の子だ。それなりに意地もあらぁな」

幸庵先生は得たりと笑った。山羊鬚《やぎひげ》の先に、ちょっぴり甘酒の滓《かす》がくっついている。

「それではやはり、井筒さまご自身に御神輿《おみこし》をあげていただくのがいちばんでしょうな」

二

さて――と御神輿をあげてはみても、平四郎とて、とりあえずは政五郎のところへおでこの様子を見に行くぐらいが関の山である。汗をふきふき、日陰を探しながら本所元町まで足を運んでいった。

岡っ引きには、お上のお役目に携わる他に商売をしている者が多い。政五郎も蕎麦屋《そばや》を営んでいる。市中でも指折りの奢《おご》った出汁《だし》を使うことが自慢で、平四郎もここのあられ蕎麦が好物だ。

水たまりのような細い堀にかかった木橋を渡ると、政五郎の家の板葺《いたぶ》き屋根が、この陽射しの下で乾ききって白じろと光っているのが見えるのと同時に、芳《こう》ばしい鰹節《かつおぶし》の香りが漂ってきた。おでこの奴、こんな旨そうな匂いがぷんぷんするところに住んでいて、どうして飯を食わずにいられるのだろう――あらためて訝《いぶか》りながら、藍染めの暖簾《のれん》を眺めていると、それがひょいと跳ねて、政五郎のかみさんが外に出てきた。つとうつむいて、歯痛でも病んでいるかのような顔である。

「おーい」

平四郎が声をかけると、かみさんははっとして足を止めた。

「これは井筒さま、お暑うございます」

うちの人でしたら――と言いかけるのを手で止めて、平四郎はちょっと笑った。

「元気がねえな。おでこのことだろ？」

かみさんは驚いたように切れ長の目を見張ったが、すぐにうなずいた。「はい……。井筒さま、幸庵先生からお聞きになったんでございますね」

「うん。おまえさんも大変だな」

「ご心配をかけて申し訳ございません。身体の病ではないということがわかって、それはまあ、ほっとしたんでございますけど」

平四郎はちらりとまわりを見た。ちょっと先の角のところ、涼しげに揺れる柳の木の下に長腰掛けがあって、水売りが壺《つぼ》を降ろして商いをしている。

「ちょいと話そうか」

かみさんには、政五郎の耳のない場所の方が、打ち明けやすいこともあるだろう。平四郎は、顎《あご》をしゃくってそちらへ向かった。かみさんはしおらしく後についてきた。

「余計な心配かもしれないが、よもや、おでこの一件でおまえさんと政五郎が喧嘩《けんか》をしてるなんてことはあるまいな？」

口では〝余計な心配〟と言いつつも、おおかたそんなところではなかろうかと思って尋ねてみると、やはり図星のようだった。かみさんは口元をへの字にして、ほっそりとした鼻先から小さな息を洩らした。

「うちの人はあれでなかなか気の短いところがありますから、三太郎をひどく叱りつけまして。

気に病むことがあるなら、ちゃんと口に出してはっきりと言うもんだ、男の子が何をうじうじしているって」

平四郎は長腰掛けの上でそっくり返って笑った。「だろうと思ったぜ」

「ですけど、あたしは、言うに言われぬことで悩んでいるあの子が不憫《ふびん》でたまらないんです。口に出せないからこそあんなふうになっちまっているんですもの。そこを叱りつけるなんて酷《むご》いじゃないですか。もう、腹が立って腹が立って」

「で、そうやっておまえさんが三太郎をかばうと、政五郎がまた怒るんだろ。実の親ならばここは叱るところだ、妙に遠慮して優しくするのがいけないんだ、とか言ってよ」

政五郎のかみさんは、感嘆《かんたん》したような目で平四郎を見た。「まるであたしたちの喧嘩を御覧になっていたみたいですねえ」

「なに、岡目《おかめ》八目《はちもく》さ。おまえさんだって、これが他人様《ひとさま》のことなら同じようによくわかるはずだ」

水売りの水はだいぶ温《ぬる》くなっていた。平四郎は手にした湯飲みのなかをのぞきこみながら、何気なく尋ねた。

「三太郎の実の親はどんな奴だ。凶状持ちかい？」

かみさんは、平四郎がそうするだろうと予想していたとおりに、自分たち夫婦の家の方に目をやった。それから、小声で言った。

「井筒さまは、うちの人から、あの子を引き取ることになった事情について聞いておられませんか」

「何も聞いてねえ。今まで、そんな折がなかったからな。どだい政五郎は、進んでそんな打ち明け話をする男じゃねえし」

「そうですね……」

三太郎を引き取ったのは、あの子が五つのときだとかみさんは言った。

「お察しのとおりです。あの子の父親は人を殺《あや》めて、伝馬町《てんまちょう》の牢屋敷につながれて、そこで死にました。建具職人で、腕は良かったらしいんですけれども、どうにもお酒がやめられなくて。しかも性質《たち》の悪いお酒でございましてね。お酒が入ると人が変わったようになって大暴れをするんです。取り押さえるときに、うちの人も怪我《けが》をしたくらいでした」

「酒乱か。気の毒だが、珍しい話じゃねえ」

「はい。父親が牢内で死んで、残された母親と子供が五人。上の子二人はもう奉公に上がれるくらいになっていましたが、下の三人はまだまだ小さくて」

女手ひとつで五人の子供を育て上げるのは大変だが、やってできないことでもない。実際、母親は三太郎以外の四人の子供たちは、けっして手放さずに自分で育てると言い張ったそうだ。

ただ、三太郎だけはどうにも手に負えない。どうしてかと言えば、あの子は少々——

「鈍《のろ》いから、と」かみさんは言いにくそうにくちびるを噛んだ。「子供たち同士で助け合っていかなくちゃいけないのに、この子は兄弟の足を引っ張るって」

「おでこはちっとも鈍くなんかねえよ」

「ええ、そうですとも！」かみさんは勢い込んだ。「でもあの子の母親の目には、そういうふうに見えたんでしょうねえ」

「物覚えがいいって特技も、五つぐらいじゃまだはっきりしなかったのかな」

「そうですね。うちの人もあたしも、それに気づいたのはあの子を引き取って何年か経ってからでしたから」

政五郎のかみさんは埃《ほこり》っぽい地面から目をあげて、平四郎の顔を見た。

「井筒さま、あたしはね、三太郎一人だけが母親に見捨てられた理由《わけ》は、他にあると思うんですよ」

たぶん、あの子だけ父親が違うのだろう、と言った。

「それもまた珍しい話じゃねえな」

平四郎はあっさりと受け流した。

「それでも結果的には、三太郎はおまえさんたちのところに引き取られて幸せだったよ。母親と、他の兄弟たちはどうしてるんだ？　消息は知れてるのかい？」

「わかりません。別れたっきりになってますから」

「江戸を離れたかどうかもわからねえわけだ」

「ええ」

「そうすると、三太郎がどっかにお使いに出て、道でばったり生みのおっかさんに会っちまうということも、あり得ない話じゃねえわけだよな。別れたときに五つだったなら、顔は覚えているだろうし」

かみさんはすがるような目つきになった。

「やっぱり井筒さまも、そういうことがあったんじゃないかとお考えになります？」

平四郎は笑った。「誰でも考えそうなことを考えてるだけだよ。実際に何があったかは、おでこに訊いてみなきゃわからねえさ」

「あの子、何も話してくれなくて」

「それでも、今まで元気にしていた者《もん》が、ただの気まぐれや酔狂《すいきょう》で、目を回してひっくり返るまで飯を食わないと決めたわけはねえ。きっと、きっかけになる出来事があったに違いねえんだ。おでこのここんとこの暮らしぶりはどうだった？　変わりはなかったか？」

「どうって言っても——」

「今までやったことがないようなことをやらせたとか、今まで来たことがない客が来たとか、行ったことがない場所へ行かせたとか、何でもいいんだよ。ほんのちっこいことでもいいんだ。何かねえかい？」

水の入った湯飲みを腰掛けの上に置き、両手を鼻先で拝むように合わせて、政五郎のかみさんは一心に考え込んでいる。平四郎は扇子《せんす》を取り出し、顔を扇《あお》ごうと広げてみたはいいが、ふと見るとそこにはいっぱいに平四郎の似顔絵が描いてあった。先《せん》に弓之助が組屋敷に遊びに来たとき、流行《はやり》の似顔絵扇子を真似て描き散らしたものだ。

「叔父上のお顔は長いので、扇子を縦にしないと上手く描けません」

などと、小生意気なことを言いつつ弓之助が描いた似顔絵は、鼻の穴の大きな疲れた駄馬が、飯にあぶれてしょんぼりとしているの図——というくらいのシロモノであった。

この似顔絵つきの扇子、最初に売り出したのは浅草の観音さまの門前町にある祥文堂《しょうぶんどう》という小間物屋である。店の一角に絵師を座らせ、白地の扇子を買った客に、その場でさらさらと似顔絵を描いて渡すという趣向で、これがすぐに評判になった。絵柄に凝る扇子はいくらもあるが、自分の顔がくっついた扇子というのは他にはない。

評判を呼ぶ趣向を思いつくのは難しいが、それを真似るのは易しいことだ。たちまち、そこかしこで似顔絵扇子を扱うようになった。もともと思いつきだけなら安いもので、少々の絵心がある者ならば、白地の扇子だけ買ってきて自分で描いてもいいくらいのものだ。ただ、本家本元の祥文堂の似顔絵は、ご本人よりも〝ほんの少し〟つくりが上等な顔に描くことが売りものであり、その〝ほんの少し〟の筆加減がけっこう難しく、また祥文堂が抱えている秀明《しゅうめい》という絵師が、歳は三十足らずで、さほどの年季を積んでいるようにも見えないのに、その加減に絶妙の腕を持っているらしい。となるとやっぱり、どうせ買うなら祥文堂ということで、連日押すな押すなのにぎわいであるそうだ。まったく商売というのは、何があたるかわからない。

「あら、似顔絵の扇子」

あわてしまいこんだというのに、政五郎のかみさんは目ざとく見つけた。にっこりと口元がほころんだ。

「こりゃ、祥文堂のじゃねえよ。弓之助が描いたんだ」

「弓之助さんはお元気なんですね」

「相変わらずこまっしゃくれてるよ。ところで、思い当たることはあったのかい？」

かみさんの微笑が、たちまちしぼんだ。かぶりを振ると、

「特にこれということは……」

「そうか。ま、仕方ねえな。大人には感じられなくても、あの年頃の子供には感じられる事柄ってのもあるんだろうし」

そう簡単にわかるものなら、政五郎夫婦だって苦労はない。

「幸庵先生のおかげで、重湯は飲んでくれるようになりましたけれど、でも重湯だけじゃ身体が持ちませんよねえ」

「赤ん坊じゃねえからな」

「明日にでも、古川薬師さまにお参りに行ってこようかと思っているんです。あすこの銀杏《いちょう》の木でつくったお守りを、三太郎に持たせようかと思いまして」

平四郎は首をひねった。「しかし古川薬師といったら、乳が出ねえときに拝む神様だろ?」

「あら、それだけじゃございませんよ。有り難い薬師さまですから、病にはなんだって効くんです。それに、品川あたりまで行けば、目新しいお土産《みやげ》や食べ物も見つかるかもしれませんし。目先が変われば、三太郎の気持ちも動くかもしれませんでしょ」

女親ってのは大変だな――と、平四郎は思った。ひっくり返せば、それだけ有り難いってことでもあるが。

俺もちょいとおでこの顔を見に寄ってもいいかな――と言いかけて、平四郎は口を閉じた。そういうわけにはいかなくなりそうな事情が、カラカラに干上がった道に土埃をたて、転がるよう

にこっちに向かって走ってくるのが見えたからである。

小平次だ。おつむりの方、少しは冷えたのだろうか。

「旦那、旦那！」と、土埃の塊《かたまり》が遠くから呼びかけてくる。平四郎は腰をあげた。

「そんなにあわてなくっても、俺は逃げねえよ。何事だい？」

小平次は走りながら政五郎のかみさんに挨拶《あいさつ》するという器用な真似をして、はあはあ言いながら、やっと止まった。

「あ、浅草、の、祥文堂の――」

政五郎のかみさんがまあと声をあげた。

「あの、絵師が、秀明という絵師が、こ、殺された、そうです！」

三

浅草の事件なら差配《さはい》違いだが、脇腹を鋭い刃物でひと突きされて絶命した秀明の亡骸《なきがら》は、深川蛤町《はまぐりちょう》の船宿「井船《いふね》」二階の座敷に転がっていた。こうなると、いくら暑くても出張《でば》らないわけにはいかない。

急を聞いた政五郎も、平四郎についてきた。こいつは都合がいいと、平四郎は思った。こちとらは臨時廻り、余分の人手だ。殺しの下手人《げしゅにん》探しの先頭に立つこともない。やれと言われたことだけやればいいのだから、とりあえず「井船」に顔を出しさえすれば義理は果たした。あとはぶらぶらしていたってかまわない。今度はかみさんのいないところで、政五郎からあれこれ聞き出してやろう――

と思ったのに、当の政五郎は秀明が殺されたことにひどく心を乱されている様子で、おでこの話どころではない。手下を放って近所の聞き込みを始め、自分もあっちこっちへ動き回っている。

今さらのように考えてみれば、岡っ引きとしての政五郎は、本所深川方の同心から手札を受けているのであって、平四郎とは関わりがない。ただ知己《ちき》であるというだけである。というよりも、平四郎が困ったときには政五郎に頼っているというだけの、まことに一方的な関わりだ。だから、政五郎は平四郎がいようがいまいが、本所深川で事あらば探索に走り回るのがお役目であり、平四郎は関係ないのである。

で、平四郎は一人、「井船」の外の涼しい水際にしゃがんで鼻毛を抜いていた。ただ、そうしていても、野次馬は集まって来るし、宿の連中もけたたましくしゃべりたがっているしで、おおよそのことはわかった。

秀明はおよそ一刻ほど前に、一人で「井船」にやって来たそうである。この季節、「井船」では八幡様参りの船の他に、夕涼みの船も出しているが、昼間のこの時刻には、すぐ船に用があるという客は少ない。たいてい、二階の座敷を使う客ばかりである。秀明もその口だったようで、宿のおかみに、あとから連れが来る、酒肴《さかな》はそれからでいいと告げていた。

陽の高いうちに女と会おうというならば、船宿ではなく待合いを使うのが普通だ。だから、連れというのはたぶん商談の相手だろうと、おかみは思ったそうである。

秀明は人気役者にもなれそうなほどの色男だったので、近頃では、彼に会うことが目的で祥文堂に押しかける女客も多いほどだ。読売《よみう》りに、江戸の評判男ということで、彼自身の似顔絵が出たことさえある。それはなかなかよく似ていた。が、「井船」のおかみは彼を知らなかったし、彼が「井船」に来るのも初めてのことであった。

あるいは、秀明は、顔を知られていない場所を選んで訪れたのかもしれない。待ち合わせた相手との話が、そういう性質のものだったのかもしれない。

駆けつけた祥文堂の主人は、評判の高い秀明の腕前を買い取ろうと、あちこちの店から引き抜きの話を持ちかけられて、このところはもう大変な騒ぎになっていたと話した。百両積んでもいい、うちに来てくれ、扇子ばかりでなく、振り袖に描いてくれ、屏風《びょうぶ》に描いてくれ——というような話が、引きも切らなかったというのである。

当の秀明も、悪い気はしていなかったようだ。流行ものには必ずすたれ時が来る。それでなくても扇子は季節のもので、夏が過ぎれば旬は終わる。それを思えば、振り袖だの屏風だのという話の方によろりとしても不思議はない。

祥文堂としても、彼の今後のことには充分の配慮をし、悪いようにはしないと約束していたから、秀明と揉《も》めたことはないと、主人は言い張っている。ま、真に受けるわけにはいかんがな——と、平四郎は鼻毛を抜きつつ思った。

に。

今、「井船」には大勢の人びとが出入りしている。事件が起こるまでは静かなものだったろう

秀明がひとり、ぽつりと階上の座敷にいて、宿の者たちは忙しく立ち働いているか居眠りをしているか——とにかく彼を見張っているわけでもなく目を離していた——それがまあ、船宿や待合いの決まり事である。客が手を打って呼ぶまでは、店の方からやかましく声をかけたりしない。その状態ならば、誰かがするりと人目を避けて秀明の座敷に入り込み、ずぶりと彼を刺して、また人知れずするりと外へ逃れ出るということも、難しくはなかったろう。

ただしそれは、素人《しろうと》の手口ではない。

胸を刺したり首を切ったりせずに、脇腹を狙って一撃で殺《あや》めるというのも、素人の技とは思えない。なにより、刺されたとき秀明は声をたてず、暴れてもいないのだ。おかみが座敷を血で汚して倒れている彼を見つけたのは、一刻経っても連れが来ず、彼一人でいるのをいささか怪しんでのぞきこんだからであった。それがなかったら、まだわからなかったかもしれない。

そもそも秀明とは何者だったのだろう? 祥文堂に落ち着いて扇子に似顔絵を描き始めるまで、彼はどこでどんな暮らしをしていたのか。絵師というのは、大工や魚屋のように数多くいるものでもないし、簡単に暮らしが立つ職業でもない。

ま、それも政五郎たちが調べるだろう。

平四郎は鼻毛を抜いた。へくち! と、くしゃみが飛び出した。それと同時に、ふと閃《ひらめ》いた。

平四郎の場合、解答ではなく疑問が閃くことが多々ある。

白地の扇子に似顔絵を描くというのは、誰の発案だったのだろう。

秀明が考えたのか。それとも祥文堂の誰かが思いつき、それから秀明という絵師を探してきたのか。だとすれば、ずいぶんと都合のいい話だ。やっぱり秀明の発案で、彼は自分の腕に覚えがあったからこそ、似顔絵扇子を売り物にするという案を、祥文堂に持ち込むことができたと考える方が呑み込みやすい。

平四郎は帯に挟んでいた扇子を取り出し、さっと広げてみた。弓之助の描いた馬面の平四郎がそこにいる。これを描きながら、弓之助はこんなことを言った。

「きっとこういう流行ものは、何十年か前にも同じような趣向のものがあったに違いありませんよ、叔父上。人の心をつかむものというのは、そうそうたくさんあるわけではないでしょう。ひとつのものが流行り、それが時が経ってすっかり忘れられたころ、また誰かが同じようなことを思いつくなり、昔の流行ものを伝え聞いていたのを思い出したりして、蒸し返すのです。人のやることに新しい事柄はないものです。それが世のならいです」

おめえはそんなことを、そのおつむりで思いついたのかと、平四郎は尋ねた。すると弓之助は、はい、でも佐々木先生もそうおっしゃっていましたと答えた。ご禁制に触れるような地図を密かにこしらえている塾の先生である。

変人というのは寄るものだ。それも世のならいである。

おでこは小さな座敷に床をのべてもらって、ぺったんこになって寝ていた。枕元には水差しが置いてある。

「寝たまんまでいいが、おめえ、話はできるかい？」

平四郎がずかずかと枕辺に歩み寄ると、おでこはびっくりしてもがくように起きあがろうとした。平四郎はどっかりと座り込み、子供の広い額を平手で押さえた。

「寝ていていいんだ。しかしまあ、えらい痩《や》せようだな。それでもおつむりは働くかい？」

「あいすみません」という声も、蚊《か》の鳴く声より頼りない。

「おまえがこんな様子じゃ、直《じか》に茂七のところに邪魔するべきなんだろうが、大親分、元気は元気だがさすがにろれつは怪しくて、もう何年も前から、おまえしか大親分の言うことをちゃんと聞き取ることができないっていうからよ。やっぱり頼りにしちまうわけだ」

おでこはちょっと瞬《まばた》きをした。「何でございましょう」

「浅草の祥文堂の似顔絵扇子、知ってるだろ？　昔も、あれと似たような流行ものがあったって話を、大親分から聞いてねえか？」

おでこはまた起きようとした。平四郎もまた止めかけたが、

「座らないと、上手くいきません」と言われたので、手を貸して起きあがらせてやった。

「ええと……」

おでこはふたつの目を寄せて、額にしわを刻んだ。黒目も鼻筋の方に近寄る。小さな拳骨《げんこつ》を握って、それを胸の前に構えている。駆け足でもするようだ。

おでこの広い額の奥には、たくさんの聞き覚えをしまっておく、書庫のようなものがあるのだ

ろう。ひとたびそこから何かを思い出して取り出そうというときには、彼の内側にいる彼の魂は、形だけでなく本当に駆け足をして、書庫のなかを駆け回り、目的のものを摑《つか》んでまた駆け戻ってくるのだ。

ややあって、おでこの拳が開き、寄っていた黒目が真ん中に戻った。

「三十五年前の夏でござんした」

「おう、それでどうした」と、平四郎は景気良く合いの手を入れた。

「干ばつの夏でござんしたそうです。扇子がよう売れました。似顔絵扇子は、深川八幡宮の門前町、蓬萊屋《ほうらいや》という店が振り出しで流行り始めたそうでござんす」

「へえ、その時は深川から始まったのか」

「はい。最初は辰巳《たつみ》の姐《ねえ》さんたちが、お客に配ったのが始まりです。それが町場《まちば》にも広まって、たいそうな流行ものになったんでござんした」

きっかけは今度の浅草のとちょっと違うが、内容はほとんど同じだ。

「やっぱりな。ま、それがどうってこともねえんだが、推量があたってるってのは、気持ちのいいもんだ」平四郎は笑った。「それにしても、茂七大親分も、よくまあ、こんな捕り物とは関わりのない流行もののことまで覚えているもんだぜ」

「それが、捕り物と関わりがあるんでござんす」

平四郎は大いに驚いた。「どういうことだい？」

「その年の春先から、市中で押し込みが多くあったそうでござんす。狙われるのは大きな商家ばかりでございましたが、家人を皆殺し、根こそぎ奪って逃げるという非道な手口で、それはそれは恐れられたそうでございました」

「火盗改《かとうあらた》めは何をしてたんだ？」

「手をこまねいて、悔しがっておりましたそうでござんすが」おでこの目がまた真ん中に寄って、すぐに戻った。「どうやらこの押し込みをやらかしている連中、他の盗賊《とうぞく》とは少々違いまして、頭目とその一味という形ではなく、ただ頭目と知恵袋が一人いるだけで、それ以外の人手は、いざ押し込みを働こうというときに、その都度募《つどつの》って集めているようだったのでござんした。ですから、つかみどころがないわけでござんす」

平四郎は眉を寄せた。今度は彼の方がさっきのおでこのような顔になった。

「そんなやり方で上手くいくかね？　その場しのぎで人を集めるわけだろう？　そりゃまあ、一晩で一儲けできるなら危ない橋でも渡ろうっていう奴らを集めることは難しくなくても、そういう連中は、いつ頭目を裏切るかわかったもんじゃねえ。盗賊は盗賊なりに、内側の結束ってのはけっこう大切なもんだと思うがね」

「そこが巧妙なところでござんして」と、おでこは続けた。「頭目には、一時雇った手下に裏切られ、売り渡される心配はござんせんでした。なぜならば、雇われた手下たちは、頭目の顔を知らなかったからでござんす。それどころか、当夜いざ押し込みにかかるときも、互いの顔も名前も知らないのでござんす。事の前には一度も会いませんし、押し込むときには覆面をしておりますからね」

顎に手をあてて、平四郎は考えた。そんなやり方が通用するか——？

「それだって、各人と頭目の繋ぎをとる役割の者は要るだろ？」

「はい、それは大切な役割です。たぶんその男が、頭目の知恵袋役でもあったのでしょう。この男は、その都度風体《ふうてい》を変え、素顔を見破られないようにして行動していたそうでござんす」

そんな事情が判明したのは、その年秋風の立つころになってようやく、盗賊の一人が押し入った先の奉公人の反撃を受けて傷つき、取り残されてお縄になったからだという。人生の半分を人足寄場と牢屋敷を行き来して暮らしてきたようなその男は、すぐさま厳しいお調べを受けて、これらの事を白状した。が、翌日の朝には、自身番の柱に繋がれたまま、脇腹をひと突きされて息絶えていたという。いつ誰が忍び込み、この男の口をふさいだのかわからない。

それでも、やり口の一端がお上に漏《も》れたであろうことを危ぶんだのか、この特異なやり方の押し込みは、これを境にぴたりとやんだそうである。少なくとも江戸市中では。

平四郎はぽかんと口を開いた。脇腹をひと突き。今さっき起こった出来事とそっくり同じではあるまいか。

驚いた。瓢簞《ひょうたん》から駒とはこのことだ。食べ残しの鰯《いわし》の骨を餌《えさ》に釣りをしたら、鯛《たい》が食いついてきたようなものである。

「このお話にはまだ先がござんして」

おでこは少し息を切らしつつ、続けた。飯を食っていないので、すぐに顎があがってしまうのだろう。

「捕らえられた男が、殺される前に話したところによりますと、雇われる側は頭目の顔を知らず、たとえ町中で会ったとしてもわからなかったことでしょうが、頭目の側は、雇った連中の顔をすべて知っており、覚えているというのです」

「遠くから盗み見てでもいたっていうのかい？」

「いいえ、こっそりと似顔絵を描かせて、それを手元に置いていたというのです。だから、もしも誰かがお上に寝返って告げ口でもしようものならば、たとえそいつが氏素性を隠したり変えたりしても、きっと見つけだすことができる。そして必ず命をもらうと、そう脅されたと男は話したそうでござんすよ。実際に、自分の顔にそっくりな似顔絵を、心覚えにとっておけと、渡されたそうでござんす。頭目が、これと同じものを持っているぞと」

平四郎は顎が外れそうなほど口を開いた。食いついてきたのは鯛ではない。鯨《くじら》だ。

「ひょっとしてその似顔絵は――」

「あい、扇子に描いてござんした」

扇子ならば他人に渡し易く、扱い易く、たたんでおけばなかの絵は見えない。

「その話を聞いた大親分たちは、すぐにも蓬萊屋に駆けつけたそうでござんす。それでも、ひと足遅かった。似顔絵扇子の絵師は、闇にまぎれて立ち退いた後でござんした。探索の糸もそこで切れ、とうとう頭目を捕まえることはできなかったのでござんす」

おそらくその絵師には、押し込み先で一人が取り残された直後に報せが行ったのだろう。だから、雲を霞《かすみ》と逃げたのだ。

頭目と、知恵袋兼繋ぎ役。そして絵師。いや、絵師と知恵袋兼繋ぎ役も同一人物かもしれない。

三十五年前――

「その絵師の名前を、大親分は覚えていたかい?」と、平四郎は尋ねた。

「白秀《はくしゅう》といったそうでござんすよ」と、おでこは答えた。「蓬萊屋の人たちは、白秀の正体について何も知らなかったそうでござんす。旅の絵師で、路銀に困っているからここで似顔絵付きの扇子を売らせてもらえないかと持ち込まれただけで――」

とどめに、平四郎は訊いた。「白秀という絵師は、色男だったかい?」

おでこは答えた。「役者さながらだったそうでござんす」

四

三十五年前と今度では、順番が少々違う。

白秀は、押し込みに荷担しつつ似顔絵扇子の流行を起こして儲けていた。そちらは副業だったのだろうし、押し込みの稼ぎでどんどんふくらむ懐《ふところ》を、他人に怪しまれないようにするための煙幕でもあったのだろう。

三十五年後の秀明は、似顔絵扇子を描き、それで評判をとり儲けているところまでは同じだが、しかし押し込みには荷担していない。というより、まだ押し込みは起こっていない。

秀明がどこから来たか、調べてみなくてはわからない。が、おそらく彼は逃げてきたのだろう。白秀とは違い、彼は押し込み強盗の所業に嫌気がさしたのだ。

だからこそ、頭目の手で殺された。

しかし頭目としても、秀明を殺さねばならないというのは痛手だろう。これから江戸市中でやろうとしていた押し込みを、すべて繰り延べにしなくてはならない。手下を集め、睨みをきかせるために、似顔絵はなくてはならないものだ。

それでも頭目は秀明を殺した。ということは、秀明のあとがまの目処《めど》がついたのではないか。

「祥文堂の二匹目の泥鰌《どじょう》を狙って、似顔絵もので儲けようとしている商人が抱えている絵師を、片っ端から洗ってみることだな。何かつかめるよ」

夕暮れ前の一時、政五郎の蕎麦屋はいったん暖簾をしまっている。平四郎は、特にこしらえてもらったざるをすすって、蕎麦茶を飲んでいた。

政五郎のいかつい顔に、ひくりひくりと戸惑いが走る。どんぐり眼は空《くう》を見ている。

「しかし、こんなことがあるものでしょうか」

「あるんだろうな。人の思いつくことに、そうそう新しいことはねえんだよ」

受け売りであるが、言うと気分が良かった。

「白秀と秀明は親子でしょうか」

「役者のような色男というだけじゃ何とも言えねえが、画才も受け継いでいるんじゃ、いずれ血がつながってることに間違いはねえんじゃないかね」

「頭目は――」

「そっちも二代目かもしれねえな」

平四郎は蕎麦茶を飲み干して、笑った。政五郎は大きな手でつるりと顔を撫でると、そこに何か興味深いものでもくっついているみたいに、しげしげと自分の手を見た。見ながら言った。

「頭目から逃げ出したのなら、どうして秀明は似顔絵など描いていたんでしょう。絵師であることを隠して、他の仕事で暮らしを立てればよかったのに。それなら、見つかることもなかった」

「本人も、似顔絵扇子がこれほどの評判になるとは思ってなかったんだろうがな」

平四郎は言って、鼻からふんと息を吐いた。

「結局、人がおまんまを食う手段は限られてるってことじゃねえのか。誰でも、自分のできることしかやりたくねえんだよ」

押し込みの人殺しでしかおまんまを食えない者もいるし、絵を描くことでしかおまんまを食えない者もいる。

「俺なんざも、もう小役人でいるしか生計《たつき》の道はねえ。おめえも岡っ引きでいるしかねえ。この蕎麦はべらぼうに上手いが、作っているのはおまえさんじゃねえだろ？」

政五郎は苦笑した。「はい」

「たとえ秀明が絵筆を捨てて、お店者《たなもの》にでもなったとしてもさ、早晩、むらむらと絵を描きたくなって、そんで描いた絵がまた上手くてさ、評判になって、頭目に見つかっていたよ。そんなもんさ」

芸は身を助けるが、身を殺しもする。それでも、何かおまんまに繋がる芸を持つ者は、それを手放すことはできないのだろう。

探索の結果も、三十五年前とは違った。平四郎がおでこから白秀たちのことを聞き出してから、きっかり五日後、外神田の小間物屋で扇子に似顔絵を描いていた絵師が捕らえられて、今度は首尾良く、彼に口を割らせ、頭目までたどりつくことができたのだ。

平四郎の推量は、ほとんどのところがあたっていた。白秀と秀明は確かに親子で、一味の頭目は二代目だった。ただしこの二代目は何と女で、だから秀明が頭目から逃げ出したのは、単に押し込み強盗が嫌になっただけでなく、そこには男女の揉め事も絡んでいるようであった。秀明を殺したのもこの女頭目で、捕らえられた彼女はそれを白状しながら涙したそうだ。

いずれにしろ、読売りが欣喜雀躍《きんきじゃくやく》する事件である。外神田では完全に差配違いだから、平四郎は「読売りだよう、読売りだよう」の声が市中を駆け回るのを聞きながら、うだるような暑さのなかで居眠りをした。しばらくして目を覚ますと、小平次を呼んで一枚買わせ、細君に言って小《こ》女《おんな》を走らせ、日本橋の菓子屋で、評判の麩饅頭《ふまんじゅう》を買ってこさせた。水で冷して食うと、とろりとした舌ざわりでほんのり甘く、旨い菓子だ。

それを持って、本所元町を訪ねた。

政五郎のかみさんに挨拶《あいさつ》してから奥へ行くと、おでこは起きていて、あのちんまりした座敷で手習いをしていた。首から古川薬師のお守りをさげている。それが効いたのか、政五郎のかみさんの想いが通じたのか、この数日は重湯だけでなくおかゆも食べるようになってきたそうである。それでも、絶食のせいで身体も腹も弱っているから、すぐには元通りにはならないだろう。

「おめえにご褒美《ほうび》だ」

平四郎は麩饅頭の包みをぶらぶらさせた。

「お手柄だったな」

おでこはひどく恐縮した。広い額が色つやを失っている。瞳もまだぼんやりとしている。平四郎は彼の脇に座り込んで、手習いの具合をながめようとしたが、おでこはさっと手で隠してしまった。

平四郎は笑った。「何だよ。まあしかし、元気になるまでは、せいぜい読み書き算盤《そろばん》の稽古《けいこ》に励むんだな。働きだせば、またそんな暇はなくなっちまうんだから」

何か言いたそうに口をもごもごさせて、おでこは結局黙ってしまった。

「おかみさんに泣かれたそうじゃねえか」

おでこの目の縁《ふち》が赤くなった。

「本当のおっかさんであろうと、おっかさん代わりのおかみさんであろうと、おっかさん役の人を泣かせるのは良くねえな」

ぜんたい、何があったんだいと、平四郎は直截《ちょくさい》に訊いた。

「大手柄の後だ。ちっと決まりの悪いことでも、今なら言いやすいんじゃねえか」

平四郎が腹のなかで十数えるあいだ、おでこは下を向いて黙っていた。油蟬《あぶらぜみ》がびぃんびぃんと鳴き騒ぐ。

「植木屋さんが来ました」と、おでこは小声で言った。

「この家にか」

「あい。あたいたちだけで手入れしていますと、どうしても木の姿が崩れますから、年に一度くらいは来てもらいます」

「ふうん。それでどうした」

「暑いなか、大汗をかいて働いていました」

「そりゃそうだろう。植木職なんだから」

おでこは顎の先が見えなくなるほど深くうなだれた。「麦湯を持って行きましたら、あたいは幸せ者だと言われました」

額に汗して働くこともなく、涼しい顔で居候《いそうろう》していられるのだから――というのである。

おでこはちょっと、手で目をこすった。

「あたいのような居候は」と、囁《ささや》くように言った。「親分に無駄飯を食わせてもらっているのだから有り難いと思わなきゃバチがあたるぞと仰《おお》せでした」

平四郎は腕組みをして考えた。おでこの言葉は、たぶん正確なものではないだろう。植木屋はもっと嫌な言い方をしたに違いない。〝幸せ者〟じゃなくて、〝いい身分だ〟とか。〝居候〟じゃなくて、〝穀潰《ごくつぶ》し〟とか。

「大人ってのは、たまにそういう意地悪を言いたくなることがあるんだよ。特に、この暑さじゃな」

おでこはぴょこんとうなずいた。

植木屋に言われた言葉だけが、おでこを傷つけたわけではなかろう。不躾《ぶしつけ》な言葉はただのきっかけだ。それ以前から、おでこの心には何らかのわだかまりがあったのだ。

自分はこの家にいていいのだろうか。自分はこの家で役に立っているのだろうか。

確かに世の中には、額に汗をし大骨を折り、やっとこさ日々の暮らしを立てている人びとが大勢いる。それに引き替え、自分は何をしているのだろう——おでこはそう考えてしまったのだろう。

ここでおまんまをいただいていて、本当にいいのだろうか。それに見合う働きを、自分はしていると言えるだろうか。

そんな自信は、おでこにはなかった。だから、顔を伏せて謝りながら、飯を食うことができなくなってしまったのだ。

「おめえも、そういうことを考える年頃になったわけだ」平四郎は笑った。「安心しな。おめえは充分、政五郎の手下として働いてるよ。今度のことで、よくわかったろ?」

あい——と、おでこは声を出さずに口の動きだけで返事をした。

おっかさんが恋しいわけでも、片恋でもなかった。もっともっと——むしろ「大人らしい」ことで悩んでいたわけだ。

おまんまのいただき方は、人それぞれに違う。違うやり方しかできない。自分にできるやり方をするしかないし、それしかやりたくないのが人のわがままだ。それでも平四郎はふと考えた。

白秀も、似顔絵扇子を描きながら、自分はここでこんなことをしていていいのかと、自問したことはなかったのかなあと。

「もう、うじうじするんじゃねえぞ」

「あい」

今度は言葉に出して、おでこは返事をした。そのとき、油蝉の鳴き声が急に止んだ。と、政五郎が呼ぶ声が聞こえてきた。

「おーい、おでこ、おでこ！　大親分がお呼びだぞ！」

「はぁい！」

おでこは飛びあがった。

「ただ今参ります！」

よろよろした足取りで座敷を出てゆく。その勢いで、手習いの紙がふうと舞い上がり、畳の上に落ちた。平四郎はそれを拾った。

「ひぐらし」と、書いてあった。

嫌いの虫

一

かなかなかな——

ひぐらしが鳴き始めた。お恵《けい》はふと我に返り、目をあげて外を見やった。塀《へい》をへだてた向こう側、榊原《さかきばら》様のお屋敷をこんもりと包み込む、立木のどこかにとまって鳴いているらしい。

西の空に、うっすらと茜色《あかねいろ》がさしている。

かなかなかな。まだまだ頼りない一匹の鳴き声。それでも、今年初めて耳にするひぐらしの声だ。いつの間にか夏は通り過ぎ、秋が近づいている。

繕《つくろ》いものをしていたはずなのに、気がつけば少しも進んでいなかった。座り込んだまま、どれくらいのあいだぼうっとしていたのだろう。お恵は指先で額をちょっと叩き、自分を諫《いさ》めた。

背中に「植半《うえはん》」の染め抜きのある、濃い藍色《あいいろ》の半纏《はんてん》。半次郎《はんじろう》親方が、代々使っている。袖のぐ、るりにつる草の模様がついているのも印だ。佐吉は、この模様のあたりを小枝の先に引っかけたりして、よくかぎ裂きをこしらえる。立木に登って大きな剪定鋏《せんていばさみ》を使うときなど、腕のさばきにクセがあるからだと、本人は言っている。

「親方にも注意されるんだが、なかなか直らないんだ」

右袖のかぎ裂きを、半分ほど繕ったところで手が止まってしまっていた。お恵は座り直し、針の先を髪のあいだにちょっとくぐらせると、急いで手を動かし始めた。このくらいの繕いもの、陽のあるうちに片づけてしまわなくては。

今夜は佐々木様の下屋敷の普請《ふしん》祝《いわ》いがあるので、親方のお供をしていかねばならず、帰りは夜更けになると言って、佐吉は出かけていった。いってらっしゃいと送り出したお恵も、行って来るよと応じた彼も、同じように笑顔だったし、同じように明るい声を出していた。

でも、そのどちらにも同じように嘘がある。二人とも、その嘘に気づいている。そして互いに、自分が気づいていることを相手には悟られまいとしていることを、お恵はひしひしと感じていた。

いつから始まったのだろう。どこが始まりだったのだろう。この気詰まりな堂々巡りは。桜が満開のころのこと、こぢんまりと内輪の祝言《しゅうげん》ではあったけれど、集まった人たちみんなに喜ばれ、幸せを願われて、何より本人たちも、目の前に開けている新しい暮らしに、いっぱいの希望を抱いて夫婦になったはずなのに。

あれから、まだ半年も経っていないのに、何がいけなくて、あたしたちはこんなふうになってしまったのだろう。ちくちくと針を動かしながら、お恵は目の前がうっすらと暗くなってゆくのを感じる。ひぐらしのもの悲しげな声が、いっそう寂しさを募らせる。

初めて佐吉に会ったのは、もう十年は昔のことになる。王子は岸村、名高い不動の滝のそばで茶屋を営んでいるお恵の家へ、彼はお恵の従妹《いとこ》、おみつを訪ねてやって来た。

住み込みで修業をしている植木職の親方の家で、初めて藪入《やぶい》りの里帰りを許されたのだけれど、自分には帰る実家《さと》などない、だから、湊屋《みなとや》の旦那さまから話を聞いて、前々から一度会ってみたいと思っていたおみつのところに、足を運んで来てみた。迷惑ならば、ただの物見遊山《ものみゆさん》の客の顔をしてすぐに立ち去るから、図々しいのを勘弁してください——そんなことを、つっかえつっかえしゃべって頭を下げた、やせっぽちで背ばかり高い若者のことを、お恵はよく覚えている。

佐吉はお恵と八つ違いだから、あのころは十八歳。お恵は十で、おみつは三つ。まだまだ頑是《がんぜ》無《な》い子供だったから、湊屋の縁者だという人が来たところで、何もわかりはしなかったろう。内気で世間ずれしていない佐吉の相手は、もっぱらお恵の両親がつとめていた。お恵はそれを、障子《しょうじ》の陰に隠れてながめていた。

おみつは、江戸市中《しちゅう》築地にある俵物《たわらもの》問屋湊屋のあるじで、大金持ちの総右衛門《そうえもん》という人が、浅草の茶屋女をしていたお恵の叔母とのあいだにこしらえた娘だ。他にも数いる外腹《ほかばら》の子の一人である。叔母はおみつを産んでほどなくして亡くなり、以来、おみつはお恵の家に引き取られ、二人はずっと、実の姉妹のように育ってきた。

湊屋からは、お恵の両親のもとに、月々かなりの金が送られてきた。毎月一《いち》の日に、お店の奉公人が届けに来るのである。ただ、そういう遣いの者は長居をしない。金包みを渡し、丁寧《ていねい》だがとおりいっぺんの挨拶を交わすだけで、家にあがることさえなかった。だからお恵も両親も、おみつの頭の上に湊屋の影がさしていることを、日頃はほとんど感じることもなく暮らしていられたのだった。

そんなところへ、あの日の佐吉は、遠慮がちながらも、むき出しに湊屋を担いで訪ねてきたのだった。彼は湊屋総右衛門の姪《めい》の倅《せがれ》だという。総右衛門を旦那さまと呼び、旦那さまから、おみつはおまえにとっても血のつながった縁者だから、歳の離れた妹だとでも思い、可愛がってやっておくれと言われた——などと、気恥ずかしそうにうち明けて。

お恵の両親は二人ながらに感じ入り、いっぺんで佐吉が気に入ったようであったけれど、お恵は面白くなかった。十の小娘なりの勝ち気さで、なんだこの押しつけがましい人はと、かちんと来ていた。

もっとも、それには十の小娘なりの、おみつへの焼き餅もあったのだ。今思えば、それは明らかだ。佐吉が幼いおみつを見る目の温かさや、彼がおみつに持ってきたお土産の、玩具《おもちゃ》の色の鮮やかさ。こぎれいに包まれたお菓子の美味《おい》しそうだったこと。みんなみんな、小癪《こしゃく》に思えた。それだから、彼が両親に勧められ、裏庭で鶏《にわとり》に餌《えさ》をまいているおみつのところに近づいて話しかけ、やがて楽しそうに一緒になって鶏を追い始めると、もう我慢ができなくなって、履《は》き物《もの》をつっかけて出ていった。

「ねえ、ちょっと！」

佐吉にそう呼びかけたときの自分自身が、いかにも意地悪そうに顎を突き出し、両手を腰にあてていたことを、お恵は思い出す。

「うちの鶏に、勝手に餌をやらないでくれない？　たくさん食べさせすぎるとよくないんだから」

おみつと笑いあっていたその表情のままで、佐吉はひょいとお恵を振り返り、濃い眉をあげて驚いた。

「ああ、こりゃすまねえ」

おみつが彼の手を引っ張った。「あたしのお姉ちゃんよ」

「そうか。お恵ちゃんだね」

お恵はぷりぷりして、おみつの手から鶏の餌を入れた目ざるをひったくった。餌の雑穀《ざっこく》がこぼれて足元に散った。

「あらら、お姉ちゃんたら、いけないんだ」おみつが大げさに言って、ぴょんぴょんはねた。

「鶏が食べ過ぎちゃうよう」

「おみつ、箒《ほうき》をとっといで」お恵は佐吉を睨んだまま、つっけんどんに命令した。

「お姉ちゃんがこぼしたんだもん、お姉ちゃんがとっておいでよ」

「あんたが行きなさい！」

お恵の剣幕に、おみつがちょっとひるんだ。すかさず、佐吉がやんわりと言った。

「そんなら、俺が掃除をするよ。箒を借りてくるよ」

裏庭を横切ろうとした佐吉を、お恵はしゃにむに押し戻した。「おみつ、箒をとっといで！」

おみつは半べそ顔になった。すぐ泣くんだから、この子は。お恵はますますカッとなり、自分でも、どうしてこんなにやみくもに腹が立つのかわからないので、怯えたようになっていきり立った。

「早く行きなさい！」

お恵が地団駄《じだんだ》を踏んで大声を出すと、おみつはわっと泣きながら家の方へ駆け出した。

痩《や》せた顎に片手をあてて、のっぽの佐吉は、おろおろと目を泳がせてお恵を見た。お恵はまだ、精一杯憎らしげな顔をしていた。

「あんた、湊屋の人なんでしょ？」

「え？　う、うん。そうだよ」

「湊屋のご主人と縁続きなんでしょ？　奉公人じゃなくて。だから偉いのよね、お身内だから」

「偉いなんていうことは――」

「それで家《うち》に何しに来たの？　えばりに来たの？　おとっつあんとおっかさんが、湊屋さん有り難い有り難いって手を合わせるのを見に来たんでしょ」

押されっぱなしだった佐吉が、ここで意外なことをした。笑ったのだ。

「お恵ちゃんは、怒っているんだね」

正面から素直に言われて、やっぱりたかだか十の小娘のお恵は返事に詰まった。

「ごめんよ。でも俺は、お恵ちゃんたちに嫌な思いをさせたくて来たわけじゃないんだ。本当に、おみっちゃんの顔を見たかっただけなんだけど」

優しい言い方に、お恵は急に気がくじけて、どういうわけか泣けてきそうになったのだが、頑張って憎々しげに口を尖らせた。

「何さ、湊屋さんのご威光をふりまわしてるくせしてさ」

大人になりかけの佐吉は、まだまだ子供のお恵のこの台詞《せりふ》に、芯から傷ついたように目を暗くした。お恵はそのとき、うんと固いものめがけて拳を振ったつもりでいたら、拳のあたったそのものが、思ったよりもはるかにもろくて、壊れやすいものだったことを知った。いかにも勝ち気な子供らしい間違いだが、自分が間違ったと悟ったことが、すぐに顔に出たところは大人より性質《たち》がよかった。

お恵は青くなった。佐吉はそんな彼女の顔を見て、まだ半端《はんぱ》大人ながら、自分が目の前の少女よりもずっと年長だということを思い出したのだろう、すぐに表情を戻した。

「ごめんよ」

かがんでお恵の目の高さに合わせると、彼はもう一度そう言った。

「俺は粗忽者《そこつもの》だって、考えなしだって、親方にもよく叱られるんだけど、ホントだ。お恵ちゃんが面白くないのはあたりまえだよな。だって、おみっちゃんはお恵ちゃんの大事な妹なんだから。俺なんかが横合いから出しゃばったら、そりゃあ頭に来るよな」

お恵は、口をきいたら今度こそ本当に涙がこぼれそうだったので、ぐいと歯を食いしばって下を向いていた。こぼした餌に、鶏たちがこっここっこと群がって騒がしい。

「もう、出しゃばりはしないって約束するよ。それに、俺はおみっちゃんを連れに来たとか、この家《うち》から引き離しに来たとか、そういうことでは全然ないんだ。湊屋さんに頼まれて来たわけでもないんだ。そういう関わりじゃなくて、本当に俺の勝手で来たんだ。俺には親も兄弟もいないから、ちょっとでも血がつながってるおみっちゃんが懐かしくて、いっぺんでいいから顔を見てみたかっただけなんだよ」

佐吉がおみつを連れに来たなんて、お恵は考えてもいなかったし、そんな心配は、ちらとも心をよぎっていなかった。それよりも、この腹立たしいやりとりのあいだ、お恵は頭の片隅で、(おみつなんていなけりゃよかった)とさえ思っていた。これもまた焼き餅だったのだと、今ならわかる。

結局、ちぐはぐだった。口のなかにとても苦い味が残った。佐吉はお恵に謝りながら、家の方へと引き上げてゆき、それからすぐに帰っていった。

おみつは、お姉ちゃんが意地悪をしたと、わんわん泣いていた。

お恵は両親に座敷に呼ばれ、頭からがんがん叱られた。しぶとく黙ってうなだれていたが、母親が、

「佐吉さんは、湊屋さんのおうちの人なんだよ。それなのに、あんた生意気な口をきいたんだって？　なんていう子だろう」

と、声を荒らげたときには言い返した。

「あの佐吉って人は、湊屋さんに言われてきたわけじゃないって言ってたもん。そういう関わりじゃないって言ってたもん！」

母はお恵をぴしゃりとぶった。「ご本人がそんな自慢するようなことを言うわけないだろ！　だいいち、おとなしくて行儀がよくて、いい人じゃないか。お土産もたんといただいたのに、なんであんたは憎まれ口なんかきいたりするんだね」

その晩遅く、飯も抜きで布団をひっかぶっていたお恵のところに、父がやって来た。夜具の上からお恵の頭のあたりをぽんぽんと叩くと、父は穏やかに声をかけた。

「おまえはもうおみつほどの子供じゃなくて、半分ぐらいは物心がついているからな。いろいろ思ってしまうんだろう。おまえが口を尖らせる理由《わけ》を、父さんはわかっているつもりだよ。だからもう、ふてくされるのはやめなさい。そんな真似をするのは、おまえらしくないよ」

お恵は黙って、身を縮めた。そして父が語るのを聞いた。

「でも、そういうおまえも、心の残り半分はまだ子供だから、詳しいことをいろいろ言ってもわかるまい。ただなあ、湊屋さんというお店は――いや、湊屋という家は、いろいろと事情のあるところでな。あの佐吉さんという若い人も、そういう事情のなかで暮らしているんだ。小僧っ子に毛が生えたぐらいの年頃なのに、ずいぶんと大人びた感じがするのも、そのせいだろう」

佐吉さんは淋しい身の上なんだよと、父はお恵に言い聞かせるように続けた。

「親もなければ家もない。兄弟もいない。湊屋さんはあの子の後ろ盾ではあるようだが、あの子が心やすく頼れる場所じゃあない」

父が佐吉を「あの子」と呼ぶと、お恵の記憶のなかの、大人びていたはずの佐吉の顔と姿が、急に頼りない孤児《みなしご》の男の子のように見えてきた。

「だからあの子が、おみつに会ってみたいと思うのも、父さんはわかる。それに、湊屋さんは湊屋さんなりに、おみつのことを案じておられて、佐吉さんに、一度王子まで様子を見に行ってくれろと頼んでいたのも本当のことのようだ。湊屋さんには、外腹の子は他にもいるけれど、おみつのように、生まれてすぐに母親を亡くしたというのは、おみつ一人だけだそうだから、湊屋さんも、あれのことは格別不憫《ふびん》に思《おぼ》し召《め》しているんだろうよ」

お恵は夜具からちらりと顔を出し、そこに父の柔和《にゅうわ》な顔と、いつでもほほえんでいるような細い目を見つけた。

急にほっとして顔のこわばりがとれて、お恵は甘えたい気持ちになった。

「ねえ、おとっつぁん」

「何だね」

「それだったら、どうして湊屋さんはおみつを引き取らないの」

「おまえ、おみつが湊屋さんに行ってしまった方がいいかね？」

「そうじゃないけど……」

「それなら、いいじゃないか」

父は言って、また布団の上から、今度はお恵のおなかのあたりをぽんぽんと叩いた。

「湊屋さんがおみつを引き取らないのも、さっき言った事情のうちにあることだ。佐吉さんが淋しい独りぼっちであるのと同じ事情だよ。二人は似たような身の上だ。佐吉さんは、おみつにとっては兄さんみたいなものじゃないか。だからおみつに会いに来たくなったなら、いつだっておいでなさいと、父さんはあの子に言っておいたよ」

お恵は少しく反省し、それを言葉にした。

「でも、あたしあの人にひどいこと言っちゃったから、もう来ないよ」

「どんなことを言ったね？」

「湊屋のご威光をかさに着て、って」

「おまえは口が達者だねえ」

「……ごめんなさい」

まあ、いいさと父はやわらかく笑った。

「どのみち、佐吉さんだって、来年の藪入りまでは身体が空《あ》かないだろう。住み込みで修業中の職人といったら、お店者《たなもの》と同じくらい厳しい暮らしをしているからね。一人前になるまでは、あと何年かかかるだろうし」

「そのあいだに、あたしが言ったひどいことを忘れてくれるかしら？」

「そう都合よく忘れてはくれないさ。それでも、一年もあれば父さんも市中へ出る用事があるだろうから、そのとき訪ねて行って、またおいでと声をかけてくるよ」

父はお恵の顔をのぞきこんだ。

「ついでに、おまえが佐吉さんに意地悪を言って悪かったと謝っていたと伝えておけば、大丈夫だろうよ」

その年、春が過ぎ夏が来て、秋の木の葉を掃《は》き冬の霜柱《しもばしら》を踏みながら、折節《おりふし》、お恵は佐吉のことを思い出したものだった。おみつにとって兄さん同様ならば、自分にとっても兄さんだ。今度会ったら謝ろう、もっとおとなしいところを見せよう——

ところが、翌年の藪入りには、佐吉は訪ねてこなかった。

何がどうして来られなかったのか、月が変わってようやく知れた。月々の手当を届けに来た湊屋の奉公人が、教えてくれたのだ。佐吉は、ちょうど藪入りの前に、仕事に出ていて登った立木から転がり落ち、怪我をしたのだという。

「大怪我ですかな？」

「いいえ、命に別状はないようです。ただ、足を折りまして、出歩けないのです」

おみつはひどく残念がった。どちらかというと、佐吉本人よりも、彼のお土産を残念がっているみたいに、お恵には見えた。お恵自身は、彼が訪れないことそのものを、心から淋しく思った。済まなく思った。

「歩けるようになったなら、早くきれいに治るように、王子の不動の滝に打たれにいらっしゃいとお伝えください。諸病平癒《しょびょうへいゆ》の名高い滝だ。きっとおいでなさいと。そのときには遠慮は要らない、うちを宿にすればいいですからね」

父はそう伝言を託して、湊屋の遣いを送り返した。

いくらこちらが熱心に勧めようと、佐吉は、はいそうですかと甘えてくる人柄ではなさそうだということぐらい、お恵にもわかった。彼はもう、うちへは来ないかもしれない。だったら代わりに、あたしがお不動さまを拝みに行こうと、心に決めた。佐吉さんの怪我が早くよくなりますように。あとに障《さわ》りが残りませんように。

門前町の茶屋からお不動さまの本堂まで、お恵は足繁くお参りに通った。子供のことだから思うにまかせず、なかなか毎日というわけにはいかない。三日に一度、五日に一度がせいぜいだ。両親の手前、佐吉のために拝みに行くなどと言うのは照れくさいので、彼らの目を盗んで通うのだから、なおさらである。

そして梅の花が咲いて散り、桜のつぼみがふくらむころになって、佐吉は王子へやって来た。これはあとになって聞いた話だけれど、お恵のお不動さま通いの理由を、父はちゃんと察知していた。そして月々の湊屋からの遣いを通して、佐吉にそれを伝えてくれていたのだという。子供なりに、あなたに意地悪をして悪かったと思うのか、お恵は罪滅ぼしに一生懸命になっています。王子に妹が二人いると思って、またおいでなさい――父は佐吉に、そんなふうに言っていたのだ。

半月ばかり、佐吉はお恵の家に逗留《とうりゅう》し、滝に打たれて足を治した。彼が親方の家に帰るころには、へだてもとれて、お恵とおみつと、すっかり仲良くなっていた。

「来年の藪入りに、また寄せてもらうからね」

まだほんの少し足をかばいつつ、帰ってゆく佐吉に、お恵とおみつは並んで手を振ったものだ。

あたしたちは、いっぷう変わっているけれど、確かに兄弟の間柄だと、お恵は思うようになった。年にいっぺん、藪入りの時しか会えなくたって、仲良しだもの。

やがて佐吉が二十歳になると、親方からもようよう一人前だと認められ、住み込みから通いの職人になった。そうなると、若者の足なら悠々《ゆうゆう》日帰りの王子までの距離だから、年に一度と言わず、三月《みつき》に一度くらいは、訪れることができるようになった。それでますます親しみが増した。幼いおみつも、五つ六つと歳が増え、七つ八つと幼子から少女に育ってゆくあいだに、佐吉を兄となつくようになっていった。

一方、同じようにひとつひとつ歳を重ね、少女から娘へと育ちつつあったお恵には、行儀見習いの奉公を勧める話が舞い込み始めた。お恵の母も、茶屋働きしか知らない娘に育つより、一度お恵をどこか堅いところに奉公に出したいと、前々から願っていたから、話はすいすいと進んでしまった。

十五の歳の出代《でか》わりの時期から、お恵は王子の家を離れ、紀尾井坂《きおいざか》のさるお大名家の上屋敷に、三年を期限の奉公に出ることになった。江戸の外れの王子でとれた娘にしては、めったにない、いい奉公先だ。岸村の名主の口利きがあったからまとまった話である。

それでも、喜ぶ母の顔を横目に、お恵は辛かった。十五の娘の三年は長い。そのあいだ、父母やおみつと離れる寂しさもさることながら、佐吉とまったく会えなくなる。

このころにはもう、お恵の佐吉への気持ちは、ほのかな恋のようなものへと育っていた。

お恵の奉公の話がまとまったことを知らせると、その前にと、佐吉は訪ねて来てくれた。

「お恵ちゃんもしばらくは家が恋しいだろうし、残るおみっちゃんもお姉ちゃんがいなくなって淋しくなるな」

お恵は黙っていた。運針の稽古に、縁側の明るい場所に出て、古手ぬぐいを縫っていた。

「おみつは平気だと思うよ」と、しばらくしてから小声で言った。「佐吉兄さんが顔を出してくれれば、きっと平気だよ」

佐吉はにっこりした。「ありがとう。それでも、俺も頻繁《ひんぱん》に来させてもらうわけにもいかないからなぁ」

「忙しいから？」

「まだまだ駆け出しだからね。食うのに追われているんだ」

ふうんと、お恵は答えた。お恵にしてみれば、元の味がわからないくらいに複雑にいろいろなものを混ぜ込んだ「ふうん」だったのだが、佐吉は気づいた様子がなかった。

「そしたら、文《ふみ》を出すかな」などと、楽しげに言った。「俺も字の稽古になるし」

「おみつに？　そうだね。そしたら、その文読みたさに、おみつも字を習うようになるよ。今は駄目なの。あの子、寺子屋嫌いで」

「そうなのか。でも、お恵ちゃんは字が上手だろ？　お父さんに聞いたよ」

佐吉はお恵の父を〝お父さん〟と呼ぶようになっていた。

「あたしは寺子屋、好きだったから。おっかさんが、お屋敷にあがったら漢字も習えるって言ってた」

「お屋敷から、お恵ちゃん、実家《さと》に文を出すくらいのことはできるかな。実家から返事をもらうこともさ」

お恵は目を見張った。そんなことは考えてもいなかった。「わからない」

「できるといいな。そしたら、おみっちゃんを真ん中にして、みんなで文のやりとりができるだろう？　きっと楽しいよ」

それはつまり、佐吉がこの家に文を出すとき、おみつのことばかりでなく、お恵のこともちゃんと考えて書く——という話だった。

「できるといいなぁ」と、お恵も言った。

「お許しがもらえるように、あたし、ちゃんと奉公するから」

「そうだな、うん」

「でも兄さん、文はどうやって届けるの？　湊屋さんのお遣いに頼むの？」

佐吉は首をかしげ、なぜかしらニコニコと、ちょっと考えた。「それもいいが、別の手もあるかもしれないんだ」

つい一昨日《おとつい》、烏《からす》の子を拾ったのだ、という。

「足に怪我をしていてね。でも、世話してやったらすぐによくなると思うんだ。烏は餌《え》づけが難しいし、なつくかどうかもわからねえけど、上手くいけば、烏に文を持たせてやったり取ったりできるようになるかもしれないよ」

そんなまさかと、お恵は吹き出した。でも佐吉は大真面目で、軍記物の語りのなかで、野鳩や烏を飛ばして大事な密書を運ばせたという逸話を聞いたことがあるというのだ。だからきっとできるはずだ、と。

「軍記物の語りには嘘が混じってるって、おとっつぁんが言ってたよ」

「そうかぁ。でも、ホントのことだってあるだろうからさ」

お恵は口元に手をあて、声をたてて笑った。

「その子烏、名前はつけたの？」

「ああ、つけたよ」と、佐吉はにっこり笑った。「クロウ、クロウと鳴くから、官九郎《かんくろう》という名にしたんだ」

二

実際に官九郎は立派に役立つ伝書烏になり、佐吉のもとと王子の家を行き来して、しじゅう文を運んでいる——お恵はそのことを、女中奉公にあがって十月《とつき》ばかりして知った。それほど経って初めて、実家に文を出したり、返事を受けたりすることを許されたのだ。

厳しい武家屋敷の暮らしのなかで、実家からの文、佐吉の様子を知らせてくれる文は、お恵の心の支えになった。もともと働き者の両親の血をついでいるし、骨惜しみをしないところと行儀の良さを買われて、お恵はお屋敷のなかで思いがけないほど早く重用されるようになっていった。女中として認められてゆくに連れて、夜ひそかに布団をかぶって泣くようなことは減っていったが、それでも家が恋しく、皆の顔を見たくてたまらなくなるときには、実家からの文が何よりの慰《なぐさ》めになったのだ。

結果として、お恵の奉公は、裏表のない働きぶりを愛《め》でられて、三年期限のはずが五年にまで居続けになった。最初にそれを言い渡されたときには目の前が真っ暗になる気分だったけれど、父母もその気だし、強く引き留められるのを蹴って帰ってはろくなことにならない。ずいぶんとしっかりしてきたおみつの手筋で、

「さきち兄さんが、そんなにほめられるなんておねえちゃんはえらいといいました」

と書いてきた文にも励まされた。

こうして五年が過ぎ、お恵は二十歳になった。あと数ヵ月でようやく両親のもとに帰れるということになったころ、こちらではお姉ちゃんと佐吉兄さんをそわせたらどうかという話が持ち上がっていると、おみつが報せてよこした。

湊屋総右衛門も乗り気の縁談で、話をまとめに、直々に王子までやって来たという。

お恵は目がくらむような思いだった。

年明け、出代《でか》わりに戻ってみれば、家ではもう皆がお祝い気分になっていた。相手が佐吉ならば申し分ないし、五年の奉公できっちりと行儀を仕込まれ、小金も貯めたお恵だから、胸を張っ

て送り出せると、母は手放しで喜んでいた。

「湊屋さんの身代《しんだい》には及ぶわけないけれど、あんたには恥ずかしくないだけの支度をしてあげるからね」

父も喜んではいたが、母ほど舞い上がってはいなかった。お不動さまにお参りに行こうと、お恵一人を連れだして、道々、今の佐吉の身の上について教えてくれた。

そこでお恵は、佐吉が一時は植木職をやめ、深川の鉄瓶長屋《てつびんながや》というところで差配人《さはいにん》をしていたということを聞かされて、大いに驚いた。

「差配さんなんて、お年寄りの仕事じゃないの。佐吉兄さんはどうしちゃったの？　植木職の腕だって悪くはなかったでしょうに」

父は、いつか「湊屋さんはいろいろ事情のある家だ」と言ったときと同じ顔になり——五年経った今は、お恵もその顔のその表情を、ずっと深く理解できるようになっていた——「湊屋さんに強く頼まれたそうだよ」と、答えた。「ただな、おまえの言うとおり、差配人の仕事は、ある程度歳をとって、酸《す》いも甘いもかみ分けた人じゃないと、務まらないものだ。佐吉はあくまでもつなぎの差配人だった。だからもうやめたんだ」

と、父は続けた。

「鉄瓶長屋というところは、どういうわけか櫛《くし》の歯が抜けるように店子《たなこ》がいなくなって、墓場のように寂《さび》れていたそうでね。だから佐吉も元の植木職に戻ったんだよ。去年のうちにすっかり片づけも終わって、正月明けからは、深川の先の大島村《おおじまむら》というところの植木職の親方のところで働いている。だからおまえが嫁に行く佐吉は、今までと同じように、植木職人の佐吉なんだから安心おし」

父の穏やかな顔に、お恵はうなずいた。

「鉄瓶長屋というところでは……いろいろなことがあったらしい」

「それも湊屋さんのせい？」

「さあ、それはわからん。ただ、佐吉はずいぶんと苦労をしたようだし、その分、いろいろ学んだこともあるようだ。おまえが知っていたころの佐吉より、またひとまわり大人になって、少し分別くさくなったようでもあるしな」

「差配人なんて、お年寄りの仕事をするからよ」

お恵の茶化した言い方に、父ははははとおおらかに笑った。

「まったく、そうだね。おまえもずいぶんと大人になった。だからお恵、よく頼んでおくが、佐吉が自分から言い出さない限りは、あれこれ訊いてはいけないよ。湊屋さんにからんだことでは、佐吉には、言えないことがたくさんあるようだ。女房だからって、それを詮索《せんさく》してはいけない」

父の教えより、「女房」という言葉の甘やかな響きに気をとられて、お恵はつと頬を赤らめた。が、父はそれを笑うでもなく、淡々と諭《さと》すように言葉を続けた。

「それでなくても男というものは、問いつめられることが苦手だからね。いいかね？　佐吉は真面目ないい男だ。父さんは、おまえのために本当にいい縁組みだと思うよ。だからこそ、よくよく頼んでおくんだからな」

わかりましたと、お恵は足を止め、しっかりと父の目を見て約束した。

だが、心の奥底では、どうにも納得がいかなかった。店子がいなくなって、墓場のように寂れた長屋の差配人だった？　それもつなぎの？　つなぎって、どういう意味だ？　それも湊屋に頼まれて？

佐吉は今でも、湊屋総右衛門には頭があがらないのだ——と思った。彼は湊屋の威光をかさに着たことはなかった。が、湊屋の傘の下からは出られない。

——あたしたちの縁談も、湊屋さんがまとめたものなんだし。

とはいえ、想い続けた人とそえるという喜びの前では、そんな疑問などささいなことだった。箒でぱっぱと掃き出すか、小さく包んで心の引き出しにしまい込んでしまえば、片づいてしまう問題だった。

当時は、そう思っていた。思ってしまっていた。

今となれば、それも後悔のひとつだ。だからと言って、ではこれからどうすればいい？

それがわからないから、お恵は一人でちくちくと繕いものをしているのである。

三

一人の夕食など、冷やご飯の湯漬けで足りてしまう。ぽりぽりと音をたてて漬け物を嚙んでいると、なんだか物寂しくて、お恵はそそくさと食事を済ませてしまった。

行灯《あんどん》に火を入れて、押入れから内職の道具を取り出す。かざぐるまを作るのだ。本数がまとまると、大島橋《おおじまばし》を渡って猿江町《さるえちょう》の飴屋《あめや》に持ってゆく。そこで振り売りの人たちが、飴とかざぐるまを背負い、太鼓《たいこ》を叩きながら深川から大川端の方までずうっと売りに行く。

昼間はわさわさとすることが多いので、どうしても内職の半分ぐらいの作業は夜になってしまうのだが、それだと、一晩に二十本は作らないと、行灯の油の元がとれない。今日は万事が滞りがちだったから、なおさらだ。佐吉が帰ってくるまでに、できれば仕上げてしまいたい。お恵は手早く仕事を始めた。

手元のことに夢中になっていたので、時が経つのは早かった。裏の障子をほとほとと遠慮がちに叩く音が、どのくらい前からしていたものかわからない。

「お恵さん、お恵さん」

呼ばれて、お恵はびっくりした。のりでべたつく指先を伸ばして、急いで障子を細めに開けてみた。

「遅くにすまないねえ。本当にごめんよ」

徳松《とくまつ》が小腰をかがめ、青ぶくれたような顔をいかにもすまなそうに歪めて、こちらをのぞきこんでいた。

「まあ、こんばんは。どうしたんです？」

お恵は膝を進めて障子を大きく開け、身を乗り出した。

「実は、太一《たいち》が熱を出しちまって。今朝方からしきりにくしゃみをしてたから、風邪だと思うんだけども、どうにも顔が真っ赤だし、おでこは熱いし、ぶるぶる寒がってしょうがねえんだ」

徳松は泣くような震え声で言う。これは彼の地声《じごえ》で、そのせいかいつでも何かにおどおどしているように見える御仁だが、実際、彼はひどく気が小さい。

植半の半次郎親方のところには五人の職人がいるが、そのうち三人は親方の倅《せがれ》たちである。雇われ者は、この徳松と佐吉だけだ。佐吉は今年からの新顔だが、徳松は五年ほど前から使われている。歳も佐吉よりはずっと上で、四十半ばを過ぎているだろう。あるいは、半次郎親方よりも、二つ三つ上かもしれない。普通なら、雇われ職人でいるには辛い歳だ。

——徳松さんは仕事が丁寧だし、いい腕をしてるんだよ。だけど、あのちびりようだから、自分で商売を張ることができないんだ。渡り職人になんざ、もっとなれないし。

佐吉はめったに他人様《ひとさま》のことを悪く言わない気質《たち》なので、そのときも遠慮がちだったが、徳松のことをそう言っていたことがある。

——半次郎親方も、たぶん歯がゆく思っていなさるんだろうな。

今夜だって、佐々木様は植半の大事なお得意先なのだし、普請祝いには徳松を伴って行くべきところだ。なのに親方は、彼を外して、自分の長男と佐吉を連れて行った。そこに、親方の徳松への評価が表れている。

「まあ、たあ坊が？　それは心配だわ。何かご入り用ですか？」

「うん、悪いが熱冷ましがあったら、一服もらえねえかな。先《せん》にお恵さんのところからもらったのが、よく効いたから」

実家から送ってもらっている薬である。場所がらだろう、あちらには、店の構えこそ小さいが、効能の高い薬を売る店があるのだ。

「造作もないですよ。ちょっとお待ちくださいね」

お恵は手早く土間へ下りて、台所の棚から薬箱を取りおろした。赤い紙に包んだ熱冷ましが、まだ五つほど残っている。

「さあ、どうぞ」

手渡すと、徳松は丁寧に押し頂いた。そして本当に困ったという顔で、

「頭を冷やしてやった方がいいよな？」と尋ねるのだった。

「ええ、濡れ手ぬぐいで……」お恵は答え、いぶかった。「あの、おとみさんは？」

おとみは徳松の女房である。太一は二人のあいだの一粒種で、ようよう五つだ。遅い子供で、徳松はなめるように可愛がっている。おとみも三十過ぎの女だから、かなり遅いお産である。

「ちょっと出かけているんだ」と、徳松はもごもご答えた。「二三日《にさんち》は帰らねえよ」

「それじゃ大変だわ。たあ坊も心細いでしょう。あたしでよかったら、何でもお手伝いしますよ」

救われたように笑うと、徳松は身体を折るようにして頭を下げた。「ありがてえ。本当にすまないな、お恵さん」

明かりを消し火の始末を確かめると、お恵はたすきを取り、急いで裏庭に下りた。榊原様の塀《へい》に沿って、半次郎親方が地主から借りている二階家の裏を通り抜ければ、すぐに徳松の住まいである。佐吉の家も彼の家も、よく似た掘っ建て小屋みたいな平屋建てだ。深川も十万坪の先、大島村や須崎村《すさきむら》のこのあたりまで来ると、長屋よりもこうした造りの家の方が増えてくる。ちまちまと小屋のような家が集まっている他は、開拓されたばかりの新開地の田圃《たんぼ》が広々と広がり、ぽつりぽつりと地主の家や、武家屋敷があるだけの眺めである。

徳松の住まいは、いつもながら散らかっていた。幼い男の子がいるのだから無理もないと思いつつ、散らかったごみや溜まった埃《ほこり》に、お恵は嫌な気分になった。家のなかをこんなふうにして、子供が熱を出しているというのに、おとみは何処《どこ》に出かけているのだろう?

太一の熱はかなり高く、半眼を閉じてふうふうあえいでいた。お恵は手早く手当をした。白湯《さゆ》で熱冷ましを飲ませ、夜具を足し、胸と額に濡れ手ぬぐいをあてる。本当は脇の下を冷やした方がいいのだが、太一がひどく冷たがって嫌がったので、やめにした。

徳松に聞くと、幼い子は夕飯を食べていないという。日暮れ前からだいぶ具合が悪かったようだ。

「今夜はそばについていた方がいいかもしれませんね。熱冷ましが効いてくると汗をかくから、着替えをさせないといけないし」

「だけどあんたを借り出したら、佐吉に申し訳ねえよ」

「そんな遠慮は要りませんよ」

佐吉が帰って来たら、物音でわかるだろうし、そんなことなら太一のそばにいてやれと、きっと言うに違いない。徳松は明日の仕事があるのだし、どうぞ寝《やす》んでくださいとお恵は勧めた。

「こんなことであんたを便利に使っちまって、本当に悪いね」

徳松はくどくどと言い続ける。お恵に詫びているというよりは、繰《く》り言《ごと》だ。

「前は、こんなときにはおかみさんに頼ったもんだったんだが、今はそんな無理は言えねえしね」

半次郎親方の女房のお蔦《つた》は、去年の夏頃に脚気《かっけ》に倒れ、それ以来ぐずぐずと容態がすぐれない。お恵が嫁に来たときにはすでに半病人だったが、寝付く以前にはちゃきちゃきと頼りがいのあるおかみさんだったそうである。

「でもほら、おとみさんがいれば、たあ坊のことは心配ないでしょ。今日はたまたま間が悪かっただけじゃありませんか」

お恵は明るく言った。まったく肝心のときに役に立たないかかぁだぜと、徳松が愚痴《ぐち》のひとつも吐いてあははと笑えばいい――と思ったのだ。

が、案に相違して、徳松のむくんだような顔には、いっそう濃い影が落ちた。

「そうか……お恵さんは知らないよな。佐吉も知らねえはずだ。あんたらがここに来てからは、こんなことは初めてだから」と、謎のようなことをぼそぼそ呟《つぶや》く。

「こんなことって？」お恵は首をかしげた。「おとみさんは、よくお出かけになるんですか？」

そもそも、何処《どこ》へ行っているのだろう。

白状すれば、お恵はおとみという女をあまり好きになれない。おかみさんは病人、半次郎親方の倅たちは、まだ遊びたい盛りの独り身なので、お恵にとってはおとみがいちばん近しい女房仲間であるはずなのだが、普段からさほど親しくしていないのもそのせいだ。

おとみは、何となくどんよりとした女なのである。鈍重《どんじゅう》だというのではない。背丈はお恵と同じくらい、すっきりと背筋の伸びた、様子のいい女である。髪は濃く黒く、顔かたちも整っている方だ。だが、物言いや身のこなしがすっきりしない。てきぱきと働く方でもない。日頃ちらりと見かけるときにも、何をするというわけもなく日向《ひなた》にいたり、ぼんやりと髪をいじっていたりする。だから、家のなかもこの乱れようなのだ。

こちらの想いが通じるのか、おとみもお恵には親しまなかった。嫌っているとか意地悪するということではなく、興味がないというふうである。こうして考えてみれば、日々の挨拶以上の言葉を交わした覚えもない。

「うちのやつはね」と、徳松は急に言い捨てるような口調になった。「好きで俺の女房になったわけじゃないんで、ときどき病が出るんですよ」

「病？」

「虫が騒ぐんだよ。嫌いの虫がね。そうすっと、俺のところを飛び出して、しばらく帰ってこないんだ。所帯を持って八年になるけど、今までにも何度もこんなことがあったよ」

　お恵は合いの手に困ってしまって、ただしげしげと徳松の顔を見るばかりだった。が、今はふてくされたように下を向いている徳松が、こちらを見たら目が合ってしまう、それは嫌だと思って、素早く立ち上がった。

「お湯をわかしておきましょうね」

　たあ坊、汗をかくと喉が渇くから――などと、せいぜいまめまめしく言葉にした。徳松は同じ姿勢でじっと固まっている。そして、そのまま背中で言った。

「お恵さんのところはいいよ。惚《ほ》れあって夫婦になったんだもんな。やっぱり夫婦はそういうもんじゃないといけないよ」

　たき付けを探しながら、お恵は陽気に言い返した。「嫌ですよ、徳松さんたら。からかわないでくださいな」

「からかっちゃいないよ、本当のことだ」

「夫婦はいろいろなんじゃありませんか。これでもあたし、お武家様のお屋敷に奉公にあがってたことがあるんですけど、ああいう格式のあるお家《うち》じゃ、縁談なんて、家同士の釣り合いで決められるみたいでしたよ。本人同士は、祝言《しゅうげん》になって初めて顔を合わせるんですって。それでもむつまじい夫婦になったりするんですから」

「金のあるところは、そうだろうよ。暮らしに不足がなけりゃね」徳松はますます嫌味な口調になる。「だけど俺たち貧乏人は、せいぜい夫婦や親子で仲良くしないことにゃ、暮らしに楽しみなんざないじゃねえか。うちのやつは、そういうことが何もわかってねえんだ」

というより、俺といて貧乏するのが嫌なんだろうがよ——と、自嘲的に吐き捨てた。

太一のことは心配だが、ここにいるのはちょっと嫌だ。お恵は足元がそわそわしてきた。

ちょうどそこへ、戸口の方でまぎれもない佐吉の声がした。「こんばんは。徳松さん」

お恵は飛び立つようにして引き戸を開けた。彼女の顔を見て、佐吉は半歩うしろに下がるほどに驚いた。

「お恵、どうしたんだ？」

酒のせいか、目の縁が赤くなっている。佐吉はあまり呑める方ではない。

「お帰りなさい」

たあ坊が熱を出してね、おとみさんがお留守でと、お恵は早口で語った。徳松ものっそりと身を起こし、こちらを見ている。

「そうか、そりゃ大変だったね」佐吉はぶら下げていた折り詰めを持ち上げた。

「佐々木様のお祝いのお下がりなんだ。徳さんに届けようと思って寄ったんだが」

「親方は？」

「だいぶ酔っていたから、もう寝てるだろう」

お恵は夫のそばに寄り、自分よりも頭ひとつ背が高い彼の喉のあたりにささやいた。

「おとみさんは、どうもぷいと家を出てしまったみたいなの。徳松さん、荒れていて」

佐吉は無言で目を見開いた。喧嘩かいと、やはりささやき声で尋ねる。お恵はかぶりを振った。

「よくわからないの。ともかく、たあ坊が心配だから、あたしは今夜、こっちで付き添うわ。おまえさん、徳松さんをうちに泊めてあげてくれる？」

それがいいと、佐吉はうなずいた。こういう呑み込みの早いところが頼りになる。

「徳さん、たあ坊はお恵に任せて、今夜はうちで寝てくださいよ」穏やかに言って、佐吉は徳松を引っ張りにかかった。最初はぐずぐずしていた徳松も、その方が楽なのはわかりきっているから、造作もなく従った。

やっと落ち着いて太一の様子を見ると、額にも頬にも流れるほどの汗をかいている。手ぬぐいで汗の粒を押さえてやり、夜具の下に手を入れると着物も汗びっしょりだ。薬が効いてきたのだろう。ほっとした。

それにしても、おとみはこんなときに何処で何をしているのだろう。やんちゃ盛りの子供を放っておいて、勝手に家を出てしまうなんて。

——嫌いの虫が騒ぐって。

どういうことなのだ。

嫌な言葉だ。虫がついて、人が変わってしまうって意味だろうか。

すきま風に吹かれるみたいに、すっと寒くなった。

——まるであたしたちのことみたい。

佐吉のことみたいだ。あるとき、ふっと人が変わって、お恵のことが心からお留守になって。こんなこと、考えても仕方がない。陽が落ちてからの物思いはよしたがいいと、おとっつぁんに教わったじゃないか。

あたりが静まりかえると、秋の虫が小さく鳴いていることに気がついた。大熱を出し母親を欠いた心細い子を見守りながら、耳を澄ますと悲しくなってくる。

それでふと思い出した。そういえば、夕方に官九郎の鳴き声を聞いていない。あたしときたら、今日は本当にぼんやりしていたのだろう。

午間《ひるま》、よっぽど遠くまで行ってしまったのだろうか。あれは賢い鳥だから、佐吉の帰りが遅いことを知って、自分も明け鳥を決め込むつもりだろうか。

だけどこっちに来て以来、官九郎が夕に帰ってきて物干しのてっぺんに止まり、かあと鳴く声を聞かない日はなかったのに。

——どうしたのかしら。

嫌だ嫌だ。お恵は手で額を押さえた。早く夜が明けてくれればいいのに。

四

おとみが帰ってきたのは、翌日の午過ぎのことである。

佐吉と徳松に朝飯を食べさせ、仕事に送り出すと、お恵はすぐに徳松の家に戻って、太一のそばに付き添っていた。

夜明けには太一の熱はすっかり下がり、おなかがすいたとお恵に甘える表情にも元気が戻ってきた。朝は葛湯《くずゆ》を与えると、甘みが嬉しいのか大喜びでぺろりと平らげ、もっとほしいと訴えた。お恵は笑って、お薬を飲んでもうひと眠りしたら、お昼にお粥《かゆ》をあげましょうね――と寝かしつけ、それから襷《たすき》で袖をまくりあげて、家のなかを片づけにかかった。

だから、おとみが「ただいま」も言わずにがらりと戸を開けたとき、お恵はちょうど、押入のなかに山ほど溜まっていた汚れものを洗いあげ、次々と干しているところだった。徳松のところには物干竿《ものほしざお》が一本しかないので、自分のところから運んできたが、それでも足りない。幸い、今日は天気がいいから、二度に分けて干せるだろう――

そこに、声がした。「あんた誰だい?」

お恵は、せっかくの洗い物を取り落としてしまいかけたほどに驚いた。

「おとみさん?」

裏庭からうかがう戸口は暗い。おとみが履き物を脱ぎ、だるそうな足取りで近づいてくると、やっと顔が見えた。むくんだようなまぶたに、着くずれた襟元《えりもと》。髪も乱れている。

「あら、お恵さんじゃないか」

おとみが口を開くと、ぷん、と酒の匂いがした。

「お留守にあがりこんでごめんなさい。昨夜《ゆうべ》たあ坊が熱を出して――」

自分でも、とたんに言い訳がましくなる自分をおかしいと思ったけれど、お恵は急いで言った。

「あら、そう」おとみはちょっとまばたきをして、いかにもだるそうに、閉じた唐紙《からかみ》にちらりと目をやった。太一はその向こうの三畳間で寝ている。

「今朝はもう、下がりました。元気になってきたから、大丈夫だと思います」

「ふうん。あの子はよく熱を出すのよ」

おとみは小娘のように袖を振って、お恵がごみを出し片づけて、掃き清めた座敷のなかを見回した。それから、

「七輪に土鍋がかかってるけど？」

「あ、お粥です」

もうできあがっていて、蒸らしているのだ。

「あの子の？」と、おとみは唐紙を指さした。

「ええ、そうです」

「そりゃまあ、世話になるわねえ。すぐ治るから大騒ぎしなくたっていいんだけど」

皮肉な口調ではなく、何の屈託《くったく》もなしにそう言ってのけて、おとみは大あくびをした。

「あの子の布団、もういいわよね。あたし、眠たくってしょうがないのよ」

自分を三畳間で寝かせろということなのだ。子供の顔を見るわけでもなし、お恵にありがとうと言うわけでもない。それでもまあ、お恵も礼を言われたくてやっているのではないから、唐紙

を開けて太一に声をかけた。たあ坊、おっかさんが帰ってきたよ。

「なんだ、やっぱりもうケロッとしてるじゃないの」

目をこすりながら起きてきた太一に、おとみはそう言った。

「おかあちゃん、お帰り」

「ただいま。そんな顔色なら、寝てなくたっていいよ。遊びに行っといで」

「うん」

お恵は呆れた。太一も、母親のこうした気まぐれに慣れきってしまっているのか。怒りもしない。ぐずることもない。

「お恵さん、ついでにあたしにもお茶をいっぱいくれない?」

太一の寝床にごろりと横になりながら、おとみはあくびまじりに言った。

「喉が渇いてさぁ。飲み過ぎちゃったのよ」

はいはい、と土瓶を探し、今度は茶筒が見あたらない。お茶っ葉なんかなかったかしらぁとおとみが言い、じゃあうちから持ってきましょうか、アラ悪いわねえ――

ぽかんとしたまま、お恵はおとみと太一の世話を焼いた。太一はお粥をよく食べた。おとみは寝そべったままそれをながめていたが、「美味《おい》しそうだねえ。あたしにもひと口食べさせてよ」と、太一から箸を取り上げたりしている。太一も嬉しそうに母親を見上げて、

「おいしいね」

「ねえ」

「お恵おばちゃんはご飯をつくるのがうまいんだね」

「上手だよねえ。太一あんた、お恵おばちゃんの子になるかい？」

「うん。おかあちゃんもいっしょにお恵おばちゃんの子になろうよ」

「いいねえ」

笑いあったりしている。仲良さそうだ。お恵は蚊帳《かや》の外である。

「あの……」

母子の楽しげなおしゃべりにようやく割り込むと、おとみはあっさり応じた。

「ああ、もういいよ。お手間かけて」

「いえ……それはいいんですけど」

追われるみたいに家に帰って、釈然としないまま、お恵はしばらくぼうっとしてしまった。結局、おとみがどこに何をしに出かけていたのか尋ねることもできなかった。

——徳松さんに、もっとよく訊いてみようかしら。

でも、なんだか気抜けしてバカらしくなってしまった。

それでも、その晩、また半纏に新しいかぎ裂きをこしらえて帰ってきた佐吉に、ことの次第を話して聞かせた。夫に話しているうちに、遅蒔《おそま》きながらようやく腹が立ってきた。

「勝手っていうか、図々しいっていうか。こっちはすっかり振り回されちゃったわ」

佐吉は笑いながら、お恵のつくった小芋の煮付けを旨そうに頬張る。

「まあ、そう怒るなよ。こっちだって、たあ坊が心配で放っておけないから世話をしたんだ。それでいいじゃないか。おとみさんが帰って来たあとは、何事もないんだろ？　徳さんも、何もこぼしちゃいなかったよ」

理屈はそのとおりである。お隣は何事もなかったかのような静かさだ。夕方、ちらりと見かけたおとみは、しらっとした顔で七輪で干物を焼いていた。

でも、ちょっとぐらいあたしの肩をもってくれてもいいじゃないかと、お恵はちくりと考えた。

嫌いの虫。その言葉がよみがえって、心のなかをのろのろと這う。やはり佐吉のなかにもそれがいて、お恵の喜怒哀楽にかまう気持ちを、少しずつ少しずつ食い荒らしているのだろうか。

あるいは、もうすっかり食べ尽くしてしまったのか。

「徳松さんね、おかしなことを言ってた」

飯のおかわりをよそりながら、お恵は小声で言った。

「おとみさんがああやってふらりと家を出るのは、嫌いの虫が騒ぐからだって」

佐吉は受け取った茶碗を宙で止め、眉を寄せた。

「何の虫？」

「き、ら、い。嫌いの虫よ」

「聞いたことないなぁ。どんな虫だ？　花木につくのかい？」

違うわよと言いかけて、お恵は口を閉じた。

「あたしもよく知らない。別に、いいわ」

あとで洗い物をしながら、怒りと入れ替わりにちょっと涙が出そうになって、こんなことで泣くなんて大げさだと、自分を戒《いまし》めた。泣いたら、これは泣くほどの出来事なのだと、それほど大きな出来事なのだと認めてしまうことになる。

床に入るころになって、佐吉が不意に言い出した。「お恵、官九郎を見かけたかい？」

そういえば、今日も一日見かけていない。気配も感じず、鳴き声も耳にしていない。

「遠出してるのかしら」

佐吉は顎を撫で、障子の向こうへ目を投げた。もう鳥が飛ぶはずもない、真っ暗闇だ。

「それだって、出たきりってことはないだろう。あいつ、今までそんなことは一度もしなかったしな」

目のあたりに影が落ちている。お恵のことよりも、よっぽど気を入れて心配している。

「もう木の葉もずいぶん落ち始めてるから、あいつが留まっていたら、下からだってすぐわかる。本当に見かけなかったのか？　探してみたかい？」

「特に探してみたわけじゃないわ。だって高いところにいたら――見えないわよ」

「それだって、官九郎とは昨日今日の付き合いじゃないいんだから」

強い口調だった。お恵はかちんときた。

「官九郎には翼があるんだもの、行きたきゃどこへだって行きますよ。行った先が気にいりゃ、帰ってこないことだってあるでしょうよ。鳥の考えることなんか、わかるもんですか」

さすがに、お恵の言葉に含まれた棘《とげ》に気づいたのか、佐吉はつと目を見張り、お恵の顔を見た。それじゃおやすみなさいと、お恵は夜着《よぎ》をかぶって背を向けた。

「――おやすみ」

しばらくしてそっと首を伸ばしてみると、佐吉もお恵に背中を向けていた。


夜明け前から起き出して、お恵は忙《せわ》しなく働いた。掃除だって、まるで年の瀬のように、畳をあげて埃《ほこり》を叩くようなことまでした。手を休めてしまうと、待ってましたとばかりに、考えなくてもいいことばかりが頭のなかに押し寄せてくる。働いて働いて、つまらない事を近寄らせないのがコツだ。これもおとっつぁんに教わった。

ひととおりのことを終えても、お天道さまはまだまだ高いところに鎮座している。気がふさいでいるから、あれだけ動いてもお腹もすかない。水瓶から柄杓《ひしゃく》で直に水を飲んで、それじゃ内職を始めようと座敷にあがったら、外の方からおばさん、おばさんと子供らが呼ぶ声が聞こえてきた。お恵はがらりと戸を開けた。

「なぁに？　あら、たあ坊。こんにちは」

太一を先頭に、泥と埃で真っ黒けな顔をした男の子が三人、丸い頭を並べている。こんな鄙《ひな》びたところに住んでいても、子供はちゃんと仲間を見つけるもので、二人の男の子はここらの農家の子供らだろう。よく太一とつるんでそこらを走り回っているのを見かける顔だ。三人とも裸足で、一人は長い紐《ひも》の先に赤とんぼをくくりつけたのを持っている。

「お恵おばちゃん」

太一はなぜか思い詰めたような目をして、ごくりと喉を鳴らした。

「あのさ、官九郎、いる?」

「官九郎? うちの鳥?」

「うん」

紐の先の赤とんぼがぐるぐると飛んで顔の前を横切る。男の子がぐいと紐を引っ張り、口をとがらせるようにして言った。「そこの裏の林のなかで、鳥が死ンでんだよ」

太一があわててその子の肘を引っ張った。

「まだ官九郎って決まったわけじゃないよ」

「でもよう、おまえ言ったろ? 右の羽のとこに真っ赤な筋が入ってるから、官九郎だって」

それならば官九郎の特徴だ。どうして洒落者《しゃれもの》の鳥じゃないかと、いつも言っている。

「その鳥、どこに落ちてるの?」

子供らはお恵の手を引っ張り、勇んで案内してくれた。道を渡り、あぜ道を抜けて、伊勢様のお屋敷の裏手へぐるっと回ったところにある雑木林のなか、枯れ葉に埋もれかけて、確かに鳥が一羽、地面に落ちていた。太一の友達の妹だろうか、年下の女の子が一人、そこにしゃがんで膝を抱えていた。

「見張ってたんだ。犬に持ってかれるといけないから」と、太一は小さく言った。

お恵は女の子の頭を撫でて礼を言い、隣にしゃがんで、落ちた鳥を見た。右の翼に赤い筋が入っている。もうカチンコチンに固まっており、汚れて見る影もない姿だが、間違いなく官九郎だった。

「ホントだ……うちの官九郎だわ」

いつ死んだのだろう。声を聞かなくなって二晩。官九郎はずっとここに、ひとりぼっちで死んでいたのだ。

「かわいそうなことをしちゃった」

お恵の言葉に、我慢しきれなくなったみたいに、太一がべそをかいた。小さい女の子が泣き出した。

「泣かないでね。生き物はいつかは死ぬんだもの」

自分も胸が詰まるような思いだったが、お恵は強いてほほえんで子供らを慰《なぐさ》めた。

「こいつぁ、とんびにやられたんだぜ」とんぼをぶんぶんさせながら、男の子が大人びた口調で独りごちた。

「鳥は頭がいいから、とんびなんかにはやられないって」と、もう一人が言い返す。

「それより、おはかをつくってあげなきゃ」

泣き泣き、女の子が言った。

「そうね。うちの裏庭に埋めてやるわ」

「それじゃおばちゃん、おいら、何か包むものをとってくる。むしろでいいかい?」

「うん。ありがとうね、たあ坊。みんなもありがとう。こうして見つけてもらわなかったら、おばさん、ずっと気づかなかったもの」

子供らは小さい手でお恵を手伝い、墓を掘り官九郎を埋め、卒塔婆《そとば》がわりに折り取った梅の枝を立てるところまでやってくれた。

「この梅が根づいて、花が咲くといいね」

「そしたら官九郎も喜ぶよねえ」

それぞれに手をあわせ、子供らが帰ってしまうと、お恵はひどく寂しくなった。

官九郎は、お恵と佐吉の結びの神だった。あの賢い鳥がいなかったら、こうして夫婦になる前に、二人の縁は切れていたことだろう。

その結びの神が死んでしまった。あっけなく、いなくなってしまった。

お恵と佐吉とのあいだにあった、目には見えないけれど大切なものが、今はもうなくなってしまったから、官九郎は死んでしまったのかもしれない。それとも、官九郎の寿命の尽きるときが、お恵と佐吉の縁が切れるときだと、最初から決まっていたのだろうか。

このところの二人の気詰まりなすれ違いを、官九郎は知っていたろうか。

仕事から戻った佐吉に小さな墓を見せると、彼はがくりと両肩を落として、しばらくのあいだはものも言わずにしゃがみこんでいた。お恵も彼の後ろにいたが、あまりにも長いこと佐吉が黙り込んでいるので、思い切ってそっと声をかけた。

「あたしね、お墓をつくりながら、昔のこと……いろいろ思い出してた。官九郎のおかげで、楽しいことがいっぱいあったもの」

佐吉は黙っている。そうやって彼を背中から見ると、妙に窶《やつ》れた感じがした。顎も尖ったし、肩のあたりがげっそりしている。

何を思い悩んでいるのだろう。今もこうして官九郎の墓を見つめながら、彼の頭のなかには、お恵とはまったく違う想いが浮かんでいるのではないのか。

それはもしかしたら、同じ官九郎にまつわる思い出であっても、お恵には推し量ることのできない、お恵には関わりのない思い出なのではないか。だから、話しかけても返事がないのだ。官九郎を失った悲しみを、二人で分かち合うこともできないのではないか。

「……今まで、よく働いてくれたよ」と、佐吉はぼそりと呟いた。

一瞬お恵は、それが自分に向かってかけられた言葉かと思ってどきりとした。今までよく働いてくれたけど、もう終わりだ。そういう意味だと。

が、佐吉は軽く目をつぶり、片手を額にあててこう続けた。「それに、こいつはいろんな人たちに可愛がってもらった。井筒の旦那や河合屋の坊ちゃんにもお知らせしないといけないな」

官九郎の話なのだ。お恵は片手で心の臓の上を押さえ、ささやき声で問うた。「井筒さまって、祝言《しゅうげん》のときに来てくださったお役人さまね。定町廻《じょうまちまわ》りの」

「うん。鉄瓶長屋にいたときには、俺も本当にいろいろお世話になったんだ」

鉄瓶長屋とは、所帯を持つ前、短いあいだながら、佐吉が差配人を務めていた深川の長屋である。取り壊されてしまって、今はもうない。そこには湊屋が屋敷を建てた。もともと湊屋の地所なのである。佐吉の話では、その屋敷には、お内儀《かみ》のおふじが引きこもって暮らしているという。病がちなのだそうである。静養するならもっと静かな土地――それこそこの大島のあたりの方がずっと良さそうなものだが、お金持ちにはお金持ちの考えがあるのだろう。

お恵は湊屋夫婦に会ったことはない。佐吉との縁談をまとめてくれたのは主人の総右衛門なのだから、彼らはいわば仲人《なこうど》なのだが、祝言にも顔を見せなかった。もちろん大店《おおだな》の主人夫婦など、お恵にとっては雲上人《うんじょうびと》に等しい人だから、それを不満に思ったことなどないが、佐吉にとっては総右衛門は縁続きの人物だし、親代わりでもある。実際、佐吉が差配人などという難しい仕事を引き受けたのは、湊屋のたっての頼みだったからであるらしい。

鉄瓶長屋の思い出を話すとき、佐吉はいつも楽しそうだ——いや、楽しそうだった。お恵ははたと気がついた。そういえばこのごろ、佐吉は鉄瓶長屋の話をしなくなった。

二人の間がぎくしゃくし始めたころから、ぷつりとしなくなっていた。それまでは、煮売屋のお徳《とく》さんがどうしたとか、豆腐屋のまめな子供たちがこうしたとか、いっとき、手元に引き取って一緒に暮らしていた長助《ちょうすけ》という子供が可愛かったこととか、折々に語ってくれて、お恵も笑ったりしみじみしたり、まるで自分が体験したことのように、身近に感じたものだったのに。

佐吉の心を虚ろにしてしまった原因は、鉄瓶長屋にあるのではないのか。そこに眠っている思い出のなかに、今さらのようによみがえって、彼の心をかき乱す何かがあるのではないか。

「いつまでこんなことをしてても、官九郎が生き返るわけじゃなし」

佐吉は言って、膝をぽんと叩いて立ち上がった。

「お恵、飯にしようか。おまえもあんまり気落ちしないでくれよ」

そうですねと、お恵はすうっと立ち上がった。今は自分の方がよっぽど虚ろで、それを佐吉がいぶかしげに見返ったことにも気づかなかった。

王子のおみっちゃんにも、文を書いて知らせた方がいいな、でも泣かれるだろうなぁ、しばらく内緒にしておこうか、それにしてもたあ坊は優しい子だな、おまえも、おとみさんのことで腹を立てるのはもうよしなよ——

佐吉はあれこれ話しているが、お恵はほとんど聞いていなかった。おみつ。そう、従妹の名を聞いてさらに思い出した。あの子、たいそう腹を立てていたことがあったっけ。

おみつは湊屋の外腹《ほかばら》の娘であるが、総右衛門とおふじのあいだにも娘がいる。名前は、なんといったっけ？

その娘が王子に物見遊山に来て、たまたまお恵の実家に立ち寄った。茶店なのだし、寄ったのは本当に偶然だったのかもしれない。

それでもおみつは嬉しかった。心の動くままに、思わず「姉さん」と呼びかけた。

すると、湊屋の娘に、平手で頰を打たれたというのである。外腹の娘のくせに、勝手に姉妹面をするなど図々しいというのだ。

湊屋のその娘は、たいそうな器量よしだそうである。絵双紙《えぞうし》にも描かれたそうだ。だからこそまた輪をかけて憎たらしいと、おみつは地団駄《じだんだ》踏んでいた。

——お人形みたいなきれいな顔して、いい着物を着て、お付きの奉公人たちにペコペコされてさ。いけすかないったらありゃしない。

そう、そうだった。だからおみつは、この春、お恵が佐吉と所帯を持つと決まったとき、こんなふうに言っていたじゃないか。

――あたし嬉しくて嬉しくて。もちろん、佐吉兄さんが本当の兄さんになるのが嬉しいんだけど、でもそれだけじゃないの。あのね、湊屋のあの高慢ちきな娘がね、佐吉兄さんに気があったんですってさ。好きで好きで、お嫁にしてくれって、長屋まで押しかけたこともあったんだって。湊屋のお遣いの人が、笑いながらおとっつぁんとおっかさんにしゃべってるのを、あたし聞いちゃったの。

――姉さんに佐吉兄さんをとられちまって、あの娘、さぞかし悔しがってることでしょうよ。あたし、胸のつかえがとれたわ。本人はね、なんでも、夏ごろに、西国のお大名の家にお嫁に行くことが決まったんですって。顔も見たことがない人のところへ行くのよ。あたしはそんなの、死んでも嫌だわ。ああ、いい気味よ、ざまあみろ。

あのときは、子供らしい意地悪な言葉だと聞き流していた。人前で頬をぶたれるなんて、そりゃあ悔しかったろうから、それぐらい言ってやったってバチはあたるまい。それに、あのときのお恵は自分の幸せに酔いしれていて、頭のなかまで桜色に染まっていて、おみつの子供っぽい悪口になど、まともに取り合う気にはなれなかったのだ。

でも――

湊屋の娘が、人形のようにきれいな顔をして、佐吉を恋い慕っていた娘が、この夏に、西国にお嫁に行った。

佐吉とのあいだがおかしくなったのも、ちょうどそのころからのことではないか。

若い娘に慕われて、嫌な気がする男はいない。ましてや湊屋の、絵双紙になるほどのとびきりの器量よしの娘に。

好き好きと、押し掛けたのは娘の方で、では押し掛けられた佐吉はどうだったのだろう。佐吉の気持ちはどこにあったのだろう。

やはり、湊屋の娘への想いがあったのではないのか。どれほどわがままいっぱいに育ち、世間知らずの娘でも、年頃のはじらいというものはあるだろう。湊も引《はな》っかけてくれない男のところに、いきなり押し掛けてはいかれまい。湊屋の娘が佐吉への気持ちを素直に表すことができたのは、佐吉の側にも、それを誘う気持ちがあったからではないのか。ほのかに、かすかに、控えめに。

彼がおとなしい人であることを、お恵はよくよく承知している。娘のことを、どれほど好きでも、最初《はな》から身分違いだし、大恩ある湊屋総右衛門が進めている一人娘の縁談を壊すようなふるまいなど、けっしてしてはなるまいと、ぐっと自分を押し殺したことだろう。

そしてお恵と所帯を持った。湊屋のそばから離れた。湊屋総右衛門が、自ら佐吉とお恵の縁談をまとめたのも、自分の娘と佐吉とを、きっぱりと引き離すためだったのではないか。

それでも——湊屋の娘がいよいよ嫁いでいってしまったと知って——佐吉は、今さらのように切なくなって——

心がお留守になっている?

ああ、どうしよう。

騒ぎ出したのは嫌いの虫ではなく、好きの虫なのかもしれない。

五

それから数日。

秋雨が降って、翌日には晴れ、急に冷え込んだかと思えば、陽がからからと照った。ぼんやりしているせいか、お恵は珍しく風邪を引き、それでまたぼんやりが進んで、朝、佐吉に起こされるという面目ない次第にもなった。ぐっすり眠れず夢ばかり見るので、かえって寝過ごしてしまうのだ。

これまで押し隠してきたぎくしゃくも、身も蓋《ふた》もなく覆《おお》いようがなくなり、佐吉とのあいだでは、用がない限り言葉も交さない。それでも何度か、出がけに彼が何か言いかけて黙り、帰ってきてまた何か言いかけて黙るということがあった。お恵はそこに助け船を出さず、「なあに」と問うこともしなかった。それをしたら最後だという、追いつめられた気持ちばかりがぐるぐる回って、佐吉の顔を真っ直ぐ見ることもできない。

自分のことで精一杯だから、徳松とおとみのことなど、すっかり忘れていた。だからその日の日暮れごろ、徳松の割れるような大声が耳に飛び込んできたときには、ぎょっとしてすぐには動けなかった。作りかけの風車が、膝の上からぽろりと落ちた。

「え？　言ってみろ！　言ってみりゃいいんだ、俺なんかと一緒に暮らすのはもうまっぴらだって、貧乏はごめんだって、言ってみりゃいいだろう！」

怒鳴ってはいるが、半ばは泣くような声の響きだ。おみつが母さんと言い合いをするとき、すぐこんな声を出していた。

お恵はそっと障子を開け、裏庭の方に首を伸ばしてみた。徳松のところも障子が閉じている。太一は家にいるのだろうか。遊びに出ていればいいのだが。

おとみが何か言い返したようだが、徳松よりもずっと抑えた声なので、聞き取れない。

「どうせ俺はぱっとしない男だよ。おめえがどう思ってるかくらい、俺だってちゃあんとわかってるんだ」

おとみがまた何か言う。うるせえ！　と徳松が喚《わめ》き、何かが派手に割れる音がした。おとみがきゃっと叫んだ。

いたたまれなくなって、お恵は障子を閉め、そこに背中をあてて、両手で胸を抱いた。夫婦喧嘩の声は、まだ聞こえてくる。だから今度は耳を押さえた。嫌だ嫌だ、こんな諍《いさか》い、聞きたくない。

じっと身を縮めて、しばらくしてからおそるおそる手を下げてみた。どうやら、夫婦の言い合いは終わったようだ。ほっと安堵《あんど》のため息が出た。

と、裏庭の方から、今度は太一の泣き声が聞こえてきた。確かに泣いている。お恵はあわてて障子を開けた。

官九郎のお墓の前で、太一がしゃがんで泣いている。お恵が近寄って声をかけると、ゲンコツで顔をごしごしこすり、

「何でもないよう」と言って、走り去って行ってしまった。

「たあ坊、どこ行くの？　もうすぐ暗くなるわよ！　たあ坊！」

友達のところに行くのだろうか。それならいいが……案じながら、お恵は徳松とおとみの家を振り返った。障子は閉じている。太一があの様子では、よほどひどい喧嘩になったのだろう。やっぱり心配だ。

「おとみさん？」

かすれた声しか出なかった。

「おとみさん？　お恵です。たあ坊が泣いてたけど……大丈夫ですか？」

返事がない。お恵は障子に指をかけ、静かに引いた。

一度はお恵がきれいに掃除したのに、またぞろ見る影もなく散らかってしまった座敷のなか、おとみがこちらに背中を向けて、ぺたりと座り込んでいた。着物を脱いで、襦袢《じゅばん》姿だ。それも片肌脱ぎになっていた。

秋の日は沈みかけ、それでも茜色《あかねいろ》の光がまっすぐに、座敷へとさしかけていた。

その光に照らされて、おとみの背中一面に、見事な彫り物が浮かび上がっていた。夜叉《やしゃ》だろうか。観音像だろうか。ちらりと見ただけでお恵は息を呑み、その気配を察したのか、おとみがさっと振り返った。

お恵は両手を頬にあて、固まったようになっていた。夕日を背にしたその顔がすぐには見分けられなかったのだろう、おとみはまぶしそうに目を細め、それからゆっくりと、ことさらにゆっくりと、襦袢をずらして背中を隠した。

「――お恵さんかい」

「ごめんなさい」

その言葉を置き去りに、お恵は逃げ出した。

「彫り物？」

「ええ……」

意外なことに、佐吉はあまり驚いた顔をしなかった。

「徳松さんから何か聞いていたの？」

「いいや」首を振り、ちょっと遠くを見る目つきになった。「ただ、噂は少し耳に入ってたよ」

「噂って？」

「まあその……おとみさんは、昔いろいろあったっていうような話さ」

あの彫り物だ。堅気《かたぎ》の暮らしをしていては、あんな背中にはなるまい。

「それでも、徳さんはおとみさんにぞっこん惚れてるんだよ。ふだんは仲のいい夫婦なんだ」

「だけど今日の喧嘩って、凄かったのよ」

佐吉は笑った。「犬も食わないというじゃないか」

鉄瓶長屋でも、そういう夫婦喧嘩をよく見たよと言った。「お徳さんに、いちいちまともにとりあっちゃこっちが身がもたないから、放っておけって言われたもんだ」

「だけど、おとみさんのところは普通じゃないわ。このあいだのことだってあるし。おとみさん、熱を出してる子供をおいて、ふらふら夜遊びしてるのよ。徳松さんが怒るのは当たり前じゃないの」

「怒って気が済んでるんだろ？　おとみさんを追い出したわけじゃない。今だって、徳さん、家にいるんだろ？」

様子はわからないが、太一の声が聞こえるし、さっきは何か煮炊きしている匂いがした。

「喧嘩がおさまれば、仲良く飯を食うんだ。大丈夫だよ」

今日の徳松は、佐吉たちよりも先に仕事が終わったのだという。それで帰りも早かったのだ。

「半次郎親方は、徳の野郎はああやっていそいそと家に帰るんだって、笑っていたよ。あの歳になっても、よっぽど女房が恋しいんだなってさ」

「恋しいんじゃなくて、信用してないのよ」

切って捨てるような言い方になった。

「だからおとみさんを見張ってないと安心できないのよ。浮気してるんじゃないかって、疑ってるのよ。ううん、おとみさんは本当に、他所《よそ》に男がいるんでしょうよ。だから徳松さん、言ったのよ。おとみの奴は、嫌いの虫が騒ぐとどうしようもないんだって」

早口に言い募《つの》ると、息が切れた。頬が熱くなる。佐吉はいったん口を結び、お恵の顔をよくよく見ると、声を落として、説教するみたいに言った。「どっちにしろ、俺たちがなんだかんだ言うことじゃない。おまえらしくもないな、そんな……目引き袖引き面白がるような言い方はさ」

頬は熱いままなのに、お恵の胸は急に冷えた。ぶるりと身震いが出て、ぞうっと寒気がして、身体が一気に冷たくなった。血の気が失せるというのはこういう感じなんだ。

「ええ、そうですよ」

心は凍って止まったように動かないのに、口ばかりがぺらぺら動き出す。

「あたしは育ちが悪いですからね。どこぞのお嬢様みたいにきれいに育ってませんから、他所様のことに目引き袖引き騒ぎ立てるのが大好きなの。悪うございましたね」

佐吉がぎくりとするのがわかった。今夜はまだ夕食の支度の途中で、七輪には鍋がかかっている。先ほどから煮えている。今にもふきこぼれそうだ。立ち上がって土間に降り、蓋をとらなくちゃ。それで話は打ち切りだ。

思うのに、お恵は動けない。わざとそっぽを向いて、憎々しげに畳を睨みつけることがやめられない。

「俺はなにも——そんなことを言ってるんじゃないよ」

佐吉の口調は弱々しかった。怒ってくれればいいのに、この人はそれをしないのだ。引いてしまうのだ。だからお恵は止まらない。また口ばかりがぺらぺらと、

「あら、そう。じゃ、どんなことを言ってるんです？」

「お恵」

「あたしは他人様の悪口を言うのが大好きなの。そういう性根《しょうね》の女なんです」

嫌な女よね、好きじゃないんでしょうと、言い放ってようやく佐吉を見た。自分では睨んだつもりだが、口の端がぴりぴり震えているし、涙目だし、ああこれじゃ台無しだと心の隅で思う。あたしは怒ってるのよ。怒ってるんだから!

「あなたはあたしのことなんか、なんにもわかってない。そもそもあたしのことなんかどうでもいいんだから」

佐吉の両目が広がった。口元が「ど」という形になった。「どうでもいいとはどういうことだ」と訊こうとしたのだろう。が、お恵は皆まで言わせずに遮《さえぎ》った。

「あなたが頭も心も他所へやってしまって、あたしのことなんか、家つきの飯炊き女中ぐらいに思ってるってことは知ってます。だけどあたしたち夫婦だもの、あたしは、ちょっとでも——でも、そもそも夫婦になったのが間違ってたのかもしれない」

未だ「ど」の形のまま固まっていた佐吉の口元がゆるみ、顎が下がった。

「お恵?」と、彼は言った。

「所帯を持って、まだ半年なのに」

その言葉を口にすると、お恵の目から出し抜けに涙がぼたぼたと落ちた。ああ、みっともない。もっときれいに泣けないものかしら。なんだろう、この夕立の雨粒みたいな涙は。

「今のあなたはまるっきり他所の人みたい。話もできないし、何を考えてるのかもわからない。あたしの言ってることに耳を貸してもくれないじゃないの」

「俺は——」と言いかけて、佐吉は、今度は自分から黙った。片手があがって、顎を押さえた。

「俺はそんなふうだった？」

それはお恵に訊いているというより、自問自答しているように聞こえた。

「自分で気がついてなかったとでも言うの？　わざとしてたんじゃないって言うの？　嘘ばっかり。そんなわけがあるもんですか」

「いや、でも——」

「もういいです。言い訳なんか聞きたくないわ」お恵は袖でしゃにむに顔を拭った。「あたし実《さ》家《と》へ帰ります」

「実家？」と、佐吉は腑《ふ》抜《ぬ》けのように繰り返した。「王子へ帰るっていうのか？」

「他のどこに帰れるっていうのよ。いいわよ、実家に入れてもらえなくたって、どこへだって行きます。ここにいるよりはましだもの。ここにはあたしの居場所なんかないんだから」

いきなりそんなことを言われたってと、佐吉は呟《つぶや》いた。

「いきなりじゃありません！」

お恵が大声で叫び返すと、彼はひるんで後ろに下がった。それが情けないのと、自分がいじましいのと、止めて止まらない心の大波に揺さぶられて、お恵はわあっと泣き出した。

「あんたなんか大っ嫌い！」

そこらにあるものを手当たり次第につかんで、佐吉に投げつけた。部屋の隅に片づけた内職の道具。真新しい円座。小さな違い棚と小引き出しのついた簞笥《たんす》は、嫁入りのときに両親が持たせてくれたものだ。大暴れのついでにそれをどんと押しやって倒し、裸足で土間に降りて、勢いあまって七輪を蹴っとばす。

「危ない！」

鍋がひっくり返り、中身が盛大にこぼれた。お恵の足は危ういところで煮えたぎる汁をかわしたが、飛沫《しぶき》が足の甲にかかって針で刺されたような痛みが走った。

「お恵！」

背中に佐吉の声を聞きながら、お恵は真っ暗な外へと飛び出した。ああもうこれで何もかもおしまいだ——そう思いつつ、呼びかける佐吉の声がすっかり裏返ってしまっていることが小気味いい——と、ちらりと考えている自分がいた。

お恵の父は、少女のころのお恵をさして、よく言ったものだった。

「お恵はしとやかに見えるがね、これで案外、勝ち気で譲らないんだ。これと喧嘩すると、たいていの男は勝てないよ」

おとっつぁんは、いつだって小癪《こしゃく》なくらいに正しいと、夜道を泣き泣き走りながら、お恵は思っていた。

六

その子は、たっぷり十ほど数えるあいだ、しげしげと目をこらして、真っ白なさらしを巻いたお恵の足の甲を見ていた。見惚《みと》れているようである。

で、その見惚れている顔が、これまた見惚れるような美形なのだった。お恵は生まれてこの方、こんな整った顔を見たことがない。このきれいさは尋常《じんじょう》ではない。

この世に在る「きれい」というものの量が決まっているのならば、明らかにこの子は「きれい」のもらい過ぎである。独り占めが過ぎて、使いきれずに無駄が出ている。ここまできれいである必要はない。だって男の子だもの。

そう、もう幼くはない。ただ、まだ凛々《りり》しくもない。一生のうちで、「男の子」という呼び方がいちばんふさわしい年齢だ。

こざっぱりとした町家の子供の身なりだ。ぱりりとした袖の短い縞《しま》の着物に、ちょっぴり高めに帯を締めている。それも何やら人形めいている。母親の趣味だろうか。紅をさしたようなくちびるは、女という女がかくあれかしと望むような形。光を浴びてほっぺたの産毛《うぶげ》が光る。

「佐賀町の——河合屋の坊ちゃまとおっしゃいましたね」

いささか陶然《とうぜん》として呟くお恵に、男の子はにこやかに言った。

「はい。弓之助と申します。定町廻りの井筒平四郎は、わたくしの叔父にあたります。突然おじゃましまして、あいすみません」

その笑顔がまた底抜けに明るい。

「昼間のこの刻限では、佐吉さんはきっとお留守だろうと思ったのですが、それでも早く官九郎のお墓に詣《もう》でたいと思いまして、こうしてまかりこしました」

弓之助は、畳に手をつきぺこりと頭を下げた。先ほどから、何度目になるだろう。丁寧な子供である。

「いえ、うちの人も——井筒様と河合屋の坊ちゃんには、官九郎のことを知らせないといけないと申しておりました」

「はい。それでお知らせをいただきまして、叔父上からも、俺の分までよく手をあわせてきてくれと申しつかりました。官九郎には世話になったからなぁ、と」

まだ佐吉が鉄瓶長屋での日々のことをよく話していてくれたころ、ごく頻繁に彼の口にのぼったのが、井筒平四郎とこの弓之助の名前である。その次が煮売屋のお徳という気丈なおばさんだ。それでも佐吉は、弓之助がこんな美形の少年だということまでは教えてくれなかった。

こんな子が、本当に井筒様の跡を継いで町方《まちかた》役人になぞなれるものだろうか。猿若町《さるわかまち》あたりへ行って人気役者になる方が、世の中のためにも良さそうな気がする。

それではまずお参りを——と、弓之助は裏庭に降りて官九郎の墓に向かい、かなり長いこと熱心に手をあわせていた。お恵はそのあいだに、急いで茶菓の支度をした。菓子といっても貧乏所帯のことで買い置きなどない。弓之助が持参してきてくれた干菓子の包みを開けたのだ。お供の奉公人も付けず、一人でとことことやってきたのに、用意のいい子供だ。それとも、井筒様の奥様が持たせてくれたのだろうか。いずれにしろ、細やかな心遣いにお恵は心を打たれた。

座敷に戻ってきた弓之助に茶を勧めると、行儀のいい子供はまたぞろ丁寧に一礼してから両手で湯飲みを持った。そしてまた、お恵の足のさらしに目をやった。

「火傷《やけど》……でございますか?」

「え? ええ、そそっかしくて恥ずかしいことです」

弓之助はにっこりした。「七輪を蹴飛ばすのは、よくあることでございますよ」

お恵はひやりとした。どうしてそんなことがわかるのだろう。今朝、佐吉が仕事に出たのを見計らって家に戻ると、真っ先に、座敷と土間をきれいに片づけた。喧嘩の名残りは、どこにも残っていないはずである。

昨夜は結局、半次郎親方のところに泊めてもらったのだった。親方の家の前を通ったら、おかみのお蔦に声をかけられたのだ。寝間着の上にぶ厚い綿入れを着込んで、寒そうに首を縮めていた。どうやら、お恵の大声と喧嘩の騒ぎを聞きつけていたらしい。

顔から火が出る思いだった。病身のおかみさんに心配をかけることも申し訳ない。が、お蔦は、痩せて血色こそ良くないが、思いのほか張りのある声で笑って、遠慮は要らないから今夜はうちに泊まれと呼び入れてくれたのだった。

「夫婦喧嘩を恥ずかしがることなんかないよ。あたしなんか、うちの親方をしんばり棒で叩いたことがあるんだわよ」

そして、多くは尋ねなかった。今朝も、もしも実家に帰るならば、あたしにひと声かけてから出かけておくれよと、優しい口調で言っただけだった。

「ま、たまには分からず屋の亭主の肝《きも》を冷やしてやった方がいいこともあるから」

それでお恵は、かえって家を離れにくい気持ちになってしまった。佐吉はけっして分からず屋ではない。そういうことで、お恵は出てゆくわけではない——

「お恵さんは、王子の七滝近くのお生まれですよね？」と、弓之助が尋ねた。この子は声もいい。りんりんと響く。

「あ、はい。実家は茶店をしているんですよ」

「有名な不動の滝には、わたくしの母も病気平癒を願って通ったことがあります。癪《しゃく》持ちでございまして。霊験あらたかな滝に打たれて、今ではすっかりよくなりました」

言葉だけ聞いていると、世間知に長《た》けた年上の男と話しているようだが、

「まあ、そうでしたか」

「王子稲荷の方には、わたくしも参ったことがあります。二月の初午《はつうま》の凧市《たこいち》に。畳ほどの大きな凧をねだりまして、父に叱られてしまいました」

と、こんなところはまだ子供だ。

「あのお稲荷さんには、昔から、関八州《かんはっしゅう》の狐《きつね》がこぞってお参りに来るそうですね。お恵さんは狐火をごらんになったことがありますか？」

問いかけておいて、お恵の返事を待たずに弓之助は続けた。「お狐さまが集まる場所があるならば、広い世の中には、鳥の集まる場所もどこかにあるのかもしれません。官九郎もそこに行くのでしょう。さて、鳥はどんな神様のお使いだったかなぁ。八幡さまかしら。いや、あれは鳩だったか」

今度佐々木先生にうかがってみようなどと呟いて、楽しそうだ。

「それでお恵さんは、火傷を治しにお実家《さと》帰りするのですね。気をつけてお帰りくださいね」

今度こそ、お恵は狼狽《ろうばい》した。どうしてこの子、あたしが実家に帰ろうとしていることを知っているのだ？

「佐吉さんもご心配でしょう」

「あ、はあ」

「官九郎がいなくなって寂しいし、いっそお二人で、参拝がてらに王子へ行ってくればいいのにと——これは叔父上の言葉です。俺もぶらりと出かけたいと、いえ、いつも本所深川ばかりをぶらぶらしているので、たまには違うところをぶらつかないと、飽きてしまうというのです」

井筒平四郎は役人らしくないさばけた人柄で、お役目お役目と目をつり上げるような堅物ではないらしい。それは佐吉も話していた。

「そうか、でも今お二人で出かけてしまうと、官九郎が独りぼっちになってしまいますね」

弓之助は裏庭の小さな墓に目をやって、口調を変えた。

「だからお恵さんは一人でお帰りに——」

たまらずに、お恵は口を挟んだ。「あの、坊ちゃん」

弓之助は笑う。「弓之助でけっこうでございますよ」

「では弓之助さん。どうしてあたしが——」

するりとお恵をかわすように、弓之助は立ち上がって裏庭に降りた。お恵は彼を追おうと膝立ちになった。

「生き物は、いつかは死ぬものですよね」と、弓之助はお恵に背中を向けたまま呟いた。

そうだ。お恵もそう言って、太一たちを慰めた。

「でもわたくしはいくじなしで、いつかは死ぬと思うと、それが怖くて怖くて、生き物を飼うことができませんでした」

少し離れても、弓之助の声はよく通る。お恵は膝立ちのまま、彼の華奢《きゃしゃ》な背中を見つめた。

「ですから官九郎の死は、わたくしにとって初めての、生き物との別れです。自分で飼っていたわけではありませんが、やはり辛いものですね」

佐吉さんも、さぞかしがっかりしているでしょう——弓之助は続けた。

「お恵さんと所帯を持たれるまでは、佐吉さんにとっては、官九郎だけが家族だったのでしょうから」

お恵は黙って、座り直した。

「人は欲深いものだと、叔父上はよく言います」と、弓之助は言った。「わたくしが、生き物と別れるのは嫌だ、だから飼わないというのも欲だと」

「欲……？」

「はい。一度自分が親しく思ったものが、どんな理由であれ離れてゆく。それが我慢できないというのも、立派な欲だと。それでも、その欲がなければ人は立ちゆかない。そういう欲はあっていいのだ。だから、別れるのが嫌だから生き物と親しまないというのは、賢いことではない――」

弓之助は頭を動かし、空を仰いだ。

「そして、いつか別れるのではないかと、別れる前から怖れ怯えて暮らすのも、愚かなことだと教わりました。それは別れが怖いのではなく、自分の手にしたものを手放したくないという欲に、ただただ振り回されているだけのことなのだから」

お恵は首筋が寒くなった。これもやはり、今のお恵の気持ちを言い当てているのではないのか？

佐吉の心は、もうお恵の上にない――ないかもしれない、なさそうだ。お恵はそのことに、ずっとずっと怯えて――

だけどどうしてこの子は、今の今ここを訪ねて来て、こんなことを言うのだろう？　こんなことを言えるのだろう？　まるでお恵の心を読んでいるかのようだ。

それとも、すべては井筒平四郎の差し金なのだろうか。彼が佐吉からなにがしかの相談を受けて、自分が出張るのは大げさだからと、甥に託して寄越したのか？

「井筒様は、ご立派なお役人ですね」

お恵の言葉に、弓之助はくるりと振り返り、また花の咲いたような笑顔を見せた。

「いえいえ、叔父上は鼻毛ばかり抜いている御仁です」

おや、とんだ長居をいたしましたと、弓之助は謝った。

「わたくしはそろそろ失礼をいたします。佐吉さんによろしくお伝えください」

「ええ、それはもちろん」

役者のような身ごなしで、弓之助はひらりと座敷に戻ると、もう履物《はきもの》を履いて戸口に出ていた。

「また——遊びにおいでくださいまし」

「はい！　次にうかがうときは叔父上と一緒に」

「ええ、ええ、ご一緒に」

「犬の仔《こ》でも連れて参ります。官九郎に負けないよう、きっと賢く育ててみます」

そして去り際に、ちょっとびっくりしたように飛び上がると、つぶらな目をまん丸に見開いて振り返った。

「そうそう、大事なことを忘れるところでした。叔父上から、お恵さんに言づてをお預かりしています」

「あたしに？」

「はい」弓之助は、それはもう楽しそうに口元をほころばせると、歌うように諳《そら》んじた。

「〝佐吉は鉄瓶長屋で、お徳だのおくめだの、ばばぁ連中にはさんざんしごかれたが、てめえの女房にしごかれるのはまた格別だ、せいぜい叱ってやってくれ〟」

お恵は思わず、両手で口元を押さえた。

「——という言づてです。さて、わたくしには何のことだかわかりかねますが、確かにお伝えいたしました」

弓之助の姿が見えなくなるまで、お恵はそうしてじっと固まっていた。しばらくしてから、ふと息が抜けて、笑ってしまった。


その日、佐吉は陽が落ちきらないうちに帰ってきた。顔が赤いのは、夕日が照り映えているせいではなく、走ってきたからのようである。息を切らしていた。

「ああ、お恵。いてくれたかい」

戸を開けて彼を迎えたお恵の顔を見ると、一気に力が抜けたのか、両手を膝頭においてはあはあいった。

「半次郎親方から、聞いたんだ」

「昨夜はごやっかいになったの。おかみさん、笑ってらした」お恵は優しく言った。

一生懸命に帰ってきた佐吉に、その駆けように、その思い詰めた真顔に、温かな気持ちがこみ上げてきた。

「何て言って？」

「うん、俺もおかみさんに、叱られたよ」

「今日うちに帰っておまえがいなくても、怒るんじゃないって。胸に手をあてて、よくよく反省するのが先だってさ」

お恵は吹き出した。そして、まだあえいでいる彼の背中をさすってやった。

「反省するのはあたしも一緒よ。ごめんなさいね」

そう思ったから、実家へは帰らなかったの。

お恵の顔を、初めて見るように子細にながめて、佐吉は首を振った。

「ここんとこずっと、俺の様子は普通じゃなかったって、親方にも言われたよ。あれじゃお恵さんも心配だろうって、おかみさんと話していたそうだ。そこへ昨夜の——あの喧嘩だったからさ」

お恵はうなずいて、彼を土間に入れ、戸を閉めた。佐吉に水を汲んでやり、彼と並んであがりかまちに腰をおろした。

「ごめんよ」と、本当に面目なさそうにうなだれたまま、佐吉は謝った。「俺は自分のことばっかりにかまけて、そんなふうにしていたら、どんなにおまえに心配かけるかってことを、考えていなかった」

お恵は首を傾けて、彼の顔をのぞきこんだ。

「あなたには、何か悩むことがあったのね」

佐吉はちらりとお恵を見て、それから膝に目を落とした。

「今さら考えてもしょうがないようなことでさ。だけどおまえには言えなかったんだ。言うのが——怖くてさ」

「怖い?」

「うん」

湊屋のことさ——と、佐吉は続けた。瞬間、お恵の頭に、湊屋の娘のことがよぎった。やっぱりそうなの? 湊屋のお嬢さん?

「俺のおふくろが、湊屋の旦那様の姪だってことは知ってるよな? 亭主を亡くして、俺を抱えて、湊屋へ転がり込んで」

「ええ。だからあなたは、子供のころは湊屋で育ったのよね」

しかし佐吉の母、葵《あおい》という人は、佐吉を置いて湊屋を出てしまった。他所《よそ》に男がいたのだという噂があり、だから佐吉は、湊屋総右衛門の恩に背いた母親のことを、ずっと後ろめたく思いながら育ったのだ。今でも、総右衛門の言うことには、けっして逆らわない。総右衛門に頼まれれば、どんなことだってやる。それが佐吉の生き方なのだ。

「おふくろは勝手な女だ。恩知らずもいいところだよ。人の道に外れてるじゃねえか。俺は怒りながら育って、怒りながら一人前になった。今もどこかで元気にしてるんだろうけど、どんなに羽振りよくしてようが、逆に、どれほど落ちぶれていようが、決して許すつもりはないって、ずっとずっと思ってきた」

自分の生みの母親なのに。

「それが、さ」佐吉は強ばった手で口元を拭うと、足元を見たまま続けた。「四月の初めのころだったかな、湊屋の屋敷に呼ばれたんだよ。新しいお屋敷だ。元は鉄瓶長屋があったところ。深川の」

「ええ、知ってるわ」

「今はおかみさんのおふじ様が、女中を何人かつけただけで、一人で住んでいる。そこに呼ばれた。これからはここの庭を頼むって。もちろん喜んで行ったよ。仕事にも精を出した。おふじ様はたいそう誉めてくれてさ。佐吉もいい植木職になったねえってな」

そしてついでのように、こう呟いたのだという。

——あの世の葵さんも、立派に一人前になったあんたを見て、きっと喜んでいるでしょうよ。

そこで言葉を切り、佐吉は急にぶるりと震えた。お恵はまた彼の背中に手をあてた。

「あの世の葵さん、だよ。おふくろは死んでるっていうことじゃねえか。びっくりして、俺は訊いたんだ。おふくろは死んだんでしょうか。いつのことですか、おふじ様はそれをご存じなんですか、いつからおふくろの消息を知っていらしたんですかって」

どこまでも自分勝手な女のことだから、佐吉には内緒でこっそりと湊屋に音信し、たとえば金の無心でもしていたのではないか。湊屋ではそれを佐吉に知らせまいと、今まで伏せていたのではないか。とっさに思ったのは、そういうことだったと佐吉は言った。

「だからもう、顔から血の気が引くような思いだった。もしもそんなことだったら、俺は申し訳なくて」

だが、佐吉の必死の問いかけに、おふじはうっすらと笑ったそうである。そうして何も言わずに、するりと奥へ入ってしまった——

「俺は胸が騒ぐばっかりで、どうにも落ち着かなくってしょうがなかった。だけど追いかけるわけにもいかないし、それから後は、暇《ひま》を盗んで深川のお屋敷へ行っても、おふじ様は会ってくださらないんだ」

「旦那様にお話ししてみた？」

佐吉はようやく顔をあげ、何度も何度もうなずいた。

「このままじゃらちが明かないと思ってさ。俺としちゃ、いてもたってもいられなくて」

無理もない話だ。お恵は佐吉の手を握った。

「そしたら？」

「そしたら」佐吉はひるんだように言いよどんだ。「旦那様はしばらく俺の顔をじっと見て」

――そのことを、誰に訊いたね。

――おふじ様です。

そして湊屋総右衛門は黙り込み、

「確かに葵は死んだ。そうおっしゃった」

佐吉は冷たい手をしていた。

「遠い昔の話だ。おまえには黙っていて悪かったが、本当のことを話すきっかけがなかったんだ。葵は湊屋を出てまもなく死んだ。ただいろいろと障《さわ》りがあって、どこに葬ってあるのか教えることはできない。おまえは朝晩、西方浄土を拝んで母親の菩《ぼ》提《だい》を弔《とむら》うつもりになってくれ、と」

それで説明は終わりだったという。

突き放したような、冷酷なやり方だ。お恵は腹が立った。どんな女であれ、佐吉にとってはたった一人の母親だ。彼だって、許せない、ひどいおふくろだと言いつつも、心のどこかには慕う気持ちがあるはずだ。

それとも、わざと佐吉を苦しめようとしているのか。親代わりの湊屋が、どうしてそこを汲んでやれないのだろう。おふじが「うっすら笑った」のは、佐吉が悩むのを見越しての意地悪か。

お恵は小さな拳を握った。「頭にくるわ。なんて言いぐさでしょう」

佐吉は大きなため息を吐き、両手でごしごしと顔をこすった。

「でも、それはいいいんだよ」

「良くないわ！」

「いや、いいんだ。もしも本当のことがそれならば、俺はそれだっていいんだ。おふくろはああいう生き方をした人だから、死んだときだって、世間様の耳を憚《はばか》る事情を抱えていたって不思議はない。それを旦那様が俺に伏せていたからって、それならそれで納得がいく。むしろ有り難いと思うよ」

とんだお人好しである。この人はどこまでもこういう人なのだ。なんだかいじらしいようだと、お恵は思った。

「だけど、それだけじゃないんだ」と、佐吉はぐっと声を潜めた。「それ以来、俺の頭のなかから、あのおふじ様のうっすら笑ったお顔が、あのときの表情が、どうやっても離れてくれないんだよ。考えすぎだ、そんなバカな話はねえって、どれほど自分に言い聞かせても駄目なんだ」

「いったい何だというの？」

湊屋のおふじと佐吉の母の葵は、おかしな格好で総右衛門の愛を争う形になり、たいそう仲が悪かったのだと、佐吉は話した。それはもう、お店の外にまで知れ渡るほど有名な話だったと。

「俺は考えちまったんだ……考えちゃいけないことなのに」

葵はいつ死んだのか。遠い昔だと総右衛門は言う。

「おふくろは俺を置いて湊屋を出た。男がいるって話だったから、置いて行かれたことも、仕方がないって俺は思った。いや、そう思うしかないような形になってたから」

しかし、幼いころに後付《あとづけ》で聞かされた葵に関する悪い評判を脇に置き、素直に思い出してみれば、葵は、佐吉には優しい母であったそうである。邪険にされたことは、いっぺんだってなかった。

「もしも――もしもだよ。おふくろが俺を置いて湊屋を出たんじゃなかったとしたら？　そもそも出奔《しゅっぽん》なんかしていなかったんだとしたら？」

「おまえさん」お恵は言って、強く佐吉の腕をつかんだ。

「めっそうもない考えだ。だけど、頭から離れないんだ。だっておふじ様があんなふうに笑って――笑って俺の目を見たから」

もしかしたら、かつておふじが葵を手にかけ、それを隠すために、葵が出奔したという作り話をでっちあげていたのではないのか。

以来、佐吉はそれを考え、悩み、思い詰めて、心がお留守になっていたのだ。嫌いの虫なんか、どこにもいなかった。好きの虫も、いやしなかった。佐吉を苦しめていたのは、もっと途方もない事柄だった。

あたしときたら、この人がそれほど思い悩んでいたのに気づかず、自分のことばっかり考えていた。

佐吉の心が自分から離れたら嫌だという、自分の欲にばかり振り回されて。

「こんな縁起でもない話、おまえには言えなかった」と、佐吉はぐらぐら頭を振った。

「湊屋さんの恩を仇で返すような話だしな。天に唾《つば》するような話だ」

「だからずっと、一人で抱えていたの？　誰にも話さずに？」

「いや……実を言うと、井筒の旦那には相談してみようかと思って、お訪ねしたことがあったんだ。官九郎が死んだ、すぐ後に。それを口実にさ。だけど、旦那のお顔を見たら言えなかった。ご機嫌うかがいに参りましたってごまかして、それっきりにしちまったよ」

「そのとき、弓之助さんも井筒様と一緒にいた？」

佐吉は驚いて眉をあげた。「うん。組屋敷にうかがったから、ちょうど居合わせてさ。何でだ？」

「ううん」お恵は首を振り、「ただね、今日ちょっと、そうね、手妻《てづま》みたいなものを見たから」

「え？」

弓之助が訪ねてきたことを、お恵はすっかりうち明けた。それを聞くに従って、佐吉の頬の強ばりがほぐれ、かわりにようやく、照れくさそうな笑みが浮かんだ。

「もしかして、悟られたかな」

「そうだとしたら、とっても聡《さと》い方ね。井筒様って」

もしも井筒平四郎がこの場にいたら、俺は聡くねえ、弓之助の頭が特別なんだと、大慌てで言うことだろう。


いずれにしろ、一朝一夕に片づくことではなく、佐吉とお恵だけで何とかなる問題でもない。今度こそ本当に、思い切って旦那様に談判し、全てを教えてもらうことにしようと、二人で話した。

「なんだか、悪い夢から覚めたみたい。すっとしたわ」

現金なもので、お恵はしゃっきりした。

「すっとしたって言えば、もうひとつあるんだ」

徳松とおとみのことだという。やはり、お蔦に聞いたのだという。

「おとみさんは、言っちゃ悪いが、かなりの莫連女《ばくれんおんな》だったらしい。徳松さんとは、矢場《やば》で働いてるときに知り合ったらしいんだけど」

徳松が惚れて惚れて、おとみを口説いた。おとみもでたらめな暮らしからは足を洗いたかったのだろう。彼の口説きに応じて所帯を持った。

「だけど徳松さんは、今でも心配なんだよ。おとみはいい女だ。情男《いろ》ができれば、俺なんかあっさり捨てられるだろう。あるとき、ふいっと家を出て、それっきり戻らないんじゃないか。そればっかり考えているんだそうだ。おかみさんも親方も、もう嫌になるほど愚痴《ぐち》を聞かされて、よくよく知っているそうだ」

戻らないんじゃないか。行ってしまうんじゃないか。心は別のところにあるんじゃないか。まるで昨日のあたしみたいだ。お恵は思った。勝手にどんどん思い詰めて。

「おとみさんは、そういう徳松さんの気持ちを百も承知でさ。だから、ときどきあやって、わざと家出するんだよ。で、ちゃんと帰るんだ。口でどう言っても徳松さんの疑いを消すことができないなら、気まぐれに家を出て、ちゃあんと帰ってくるよってことを見せるのが、いちばん効く薬だからって。実際、おとみさんが家出から戻ると、そのときは喧嘩をしても、しばらくのあいだは、徳松さん、落ち着くんだそうだよ」

可笑《おか》しな薬だ。だけど、おとみなりに知恵をしぼって、精一杯つくっている薬なのだろう。それを笑うなんて、お恵にはできない。

「それにしても、嫌いの虫とはよく言ったもんだね」と、佐吉は笑った。

「あたし、おまえさんにもその虫がわいたのかと思った」

俺は木に虫をつけるようなぼんくらの植木職じゃねえよと、佐吉はちょっと威張ったように言った。お恵も剛気に、その意気ねと応じた。

「あたしは、おまえさんの味方ですから」

何だよ急にと、佐吉は照れた。お恵は笑って夕食の支度にかかった。今夜は官九郎のお弔いにしよう。お酒も買ってこよう。そうだ、弓之助の持ってきてくれた干菓子も一緒に、官九郎のお墓に供えなくっちゃ。

――弓之助さん。

あの子のおつむりの中身は、どんなふうになっているのかしら。でも、あのおつむりならば、佐吉の抱えている難問を、きっと上手に解決してくれるのじゃないかしら。

きれいすぎるあの顔を思い浮かべ、ふと放心していたら、外から太一の声が聞こえてきた。お父ちゃん、お母ちゃんただいまと呼んでいる。どうやらお遣いから帰ったらしい。酒屋かしら。お隣も一杯つけるのかしら。

佐吉と目をあわせて、お恵はこっそりと笑った。

子盗り鬼

一

お母ちゃん、お母ちゃん——庭の方から、幼い娘たちの賑やかな声が呼びかけてくる。

「お母ちゃん、たいへん！　コマがお芋をかじっちゃった！」

「コマったら、食いしん坊なんだから」

お六《ろく》は台所にいた。つい先ほど、出入りの八百屋の親父が見事な自然薯《じねんじょ》を担いでやって来て、天下一旨いとろろ汁のこしらえ方の講釈を始めたところであったのだ。

「芋、芋って騒いどるけども、わしのあげた種芋を植えてみたんかね？」

この八百屋の親父は、小商いをするだけでなく、自ら畑も耕している。市中《しちゅう》といってもこのあたりはまだまだえらく鄙《ひな》びており、武家屋敷と町屋のあいだに、ぽかりぽかりと畑が広がる。

「うん、植えてみたけど」と、お六は笑って答えた。「でも、あの子たちが騒いでるのは、昨日おじさんから買ったお芋のことよ。庭で干してるの。よく陽にあててから焼いた方が美味しいって教えてくれたでしょう」

そんなことを言っているうちに、きゃあきゃあと笑い騒ぎながら、おみちとおゆきが台所に飛び込んできた。おみちはコマを胸に抱き、おゆきは両手にさつまいもを持っている。

「見て、見て、お母ちゃん！」おゆきが手にした芋をお六の鼻先に突きつけた。「コマがかじったの！ ここんとこ。ホラ！」

子供たちの大騒ぎに、コマはびっくりしているのだろう、耳をピンと立てている。身体をひねって逃げだそうとするのを、おみちがぎゅっと抱きしめて引き戻す。

「嫌がってるじゃないの。放しておやり」

「あら、だって」

それでもおみちが腕をゆるめると、三毛猫はするりと抜け出して土間に飛び降りた。そのまま台所を駆け抜けて、戸口の向こうへと走り去る。

「コマってば、お行儀の悪い子ね！」

追いかけるように大声を出すおみちに、八百屋の親父は大笑いをした。

「まあまあ、叱りなさんな。猫でもかじりたくなるくらい、おじさんの芋は甘いんだ」

「このまんまでも？ 焼かなくっても？」

今にもがぶりと歯を立てようとするおゆきの手から、親父はさつまいもを取り上げた。

「こらこら、やめときなさい。あとでおじさんが焼芋にしてやるから」

「それよりあんたたち、お針の稽古はどうしたの？　今日は子《ね》の日ですよ。お午《ひる》はとっくに済んだじゃないの。法春院《ほうしゅんいん》の先生がお待ちでしょうが」

母親の小言に、娘たちは「はぁい」「行ってきまぁす」と首をすくめて、どたばたと離れの方へ駆け出していった。

「元気だねえ」と、八百屋の親父は目を細める。「おみっちゃんも、目の方はすっかり良くなったみたいじゃねえか」

「ええ、有り難いことです」お六はしみじみとうなずいた。「お針の手は、おゆきよりも上なくらいですよ」

「おゆきちゃんが姉ちゃんだよな？」

「そうです。年子だから、あんまり違いがわからないけど」

おゆきは九つ、おみちは八つだ。

八百屋の親父は、陽に焼けてしわくちゃな顔をほころばせ、「子供は元気がいちばんだよ」と、歌うように言った。「お六さん、ここに来てどれぐらい経つかね」

「三年ですよ」

「もうそんなになるか。早いもんだね」

「おじさんにはお世話にばっかりなって」

「なぁに、わしなんざ何もしとらん。ぜんぶ奥様のおかげじゃねえか」

それはお六も身に染みて感じている。三年前には、金もなく行き先のあてもなく、怯え困《こう》じ果てていた。それが今では、つつましいながらも楽しく安らかな、この暮らしぶり。すべては葵《あおい》奥様が与えてくださったものだ。お六たち母子三人にとって、奥様はまさしく救いの神だった。

それだけに、この一月《ひとつき》ほど、奥様がどうも顔色が悪く、少しずつ窶《やつ》れが進み、なにやら鬱々《うつうつ》と日々を過ごしておられる様子であることが、気にかかって仕方がない。今夕の膳に麦飯ととろろ汁を載せようというのも、夏の疲れに効くものを召し上がれば、少しは奥様のご気分も晴れるのではないか——と、お六なりに知恵をしぼったからなのである。

「奥様は、今日はお出かけかい？」

「はい。午前にお迎えの方が来て……」

八百屋の親父は心得顔になった。「ああ、それじゃあ旦那様とご一緒なんだね」

「菊見にはまだ早いとおっしゃりながら、いそいそとお出かけになりましたから」

「駕籠《かご》付きならば、芋洗坂《いもあらいざか》も苦にはならねえ。心配ないね」

なに、先《せん》にお見かけしたとき、奥様の御御足《おみあし》の具合が良くないように思ったからさと、親父は付け加えた。

「ええ、左の膝がしくしく痛むっておっしゃっていて。それはもう春先からのことなんですけどね。嫌だねえ、歳はとりたくないものだよ、なんて」

「ふうん……」親父は自分の目元のしわをこすりながら、首をかしげた。「そういやぁ、奥様はいったいおいくつなんだろう」

それが、お六にも見当がつかないのだ。もちろん、お六よりも年長であろうことは間違いないのだが、肌のきめなど若い娘にも負けないほど細やかだし、顎の線にも崩れは見えない。三年前には、生まれてこのかたこんなきれいな女の人を見たのは初めてだと思ったし、三年後の今も、いかに江戸の町が広かろうと、たくさんの人が住んでいようと、葵奥様ほどの品と美を兼ね備えた女には、ちょっくらちょっとお目にかかれるはずはないと信じている。

「ま、わしらにゃ、観音様のお歳は計れないわな」

親父はそう言って笑うと、さて、と、手をぽんと打った。

「それじゃとろろ汁の方だがね――」

はいはいと、お六も襷《たすき》を締め直した。

お六は向島《むこうじま》の外れで生まれた。六番目の子だからお六である。父は小作人でさえもない、〝端《は》下《した》〟と呼ばれる貧しい農夫で、あちらの田からこちらの畑へと日雇いで手伝い仕事をしては、その日暮らしでしのいでいた。

そんな家の子供だから、早いうちから働き始めた。父母を手伝って田畑に出る一方、お使いでも子守でも、できることなら何でもやった。十二の歳に、土地では名のある「平河《ひらかわ》」という料理屋に下働きの奉公に出て家を離れたのだが、その後すぐに父が死に、もともと根をおろす田畑を持たなかった一家はすぐに離散して、兄弟姉妹ともちりぢりになった。二つ上の姉とはいちばん仲が良かったのだが、奉公先で間違いを起こしたとかで、上方へ逃げるから路銀《ろぎん》が要る、質草《しちぐさ》になりそうなものは持っていないかと、こっそり「平河」を訪ねてきたのが最後になって、以来一度も会っていない。そのころは察しもつかなかったが、どうやら姉は悪い男に騙《だま》されたのだろう。

お六は「平河」の女中としてよく働き、やがて年頃になると、板場で働いていた新吉《しんきち》という若者と想い合う仲になった。ところがそれを主人に知られ、さんざんに叱られて、雁首《がんくび》並べて追い出される羽目になってしまった。新吉が十八、お六が十七。寄《よ》る辺《べ》のない二人だったが、新吉はしっかり者で、湯島で賄《まかな》い屋をしている遠縁を頼り、いくばくかの金を借り長屋を借りる伝手《つて》をつけてもらうと、

「さあ、これで俺らは所帯を持った。ここが俺たち二人の家だ」

晴れ晴れとそう言って、猛然と働き始めた。お六は彼に引っ張られ、気づいたときにはすっかり夫婦暮らしが板についてしまっていた。

料理屋にいたといっても、二人とも下働きだから、何の取り柄があるわけでもない。その日その日、細かな手間仕事賃仕事を探して稼ぐのである。お六も、向島にいたときと同じように、できることなら何でもやった。

今思えば、綱渡りのようなその日暮らしでも、若かったから楽しかった。狭く汚く日当たりが悪く、年中厠《かわや》の臭いがする長屋の一間《ひとま》でも、新吉とお六にとっては、初めて得た自分の家だった。

そうこうしているうちに、お六の腹がふくれてきた。新吉は大喜びしたが、しかし喜んでばかりいる余裕はない。子供が産まれるということは、口がひとつ増えるということだ。赤ん坊がい

ては、お六も今までのように働きづめに働くわけにもいかない。

新吉は肚《はら》を決め、荷運びの賃仕事をもらっていた油問屋に掛け合って、振売《ふりう》りの商い仲間に入れてもらうことにした。それにはかなりの権利金を払わねばならず、もちろんそんなまとまった金などないから、借金である。毎日の商いのあがりのなかから、少しずつ返してゆくのだ。それでも、これでようやくひとつの仕事に落ち着ける、いい潮時だと彼は喜んだ。日頃はおとなしく、口数も少ない新吉だが、節目のときにはこうして思い切ったことをやってのけ、しかもそれに間違いがない。お六は、なりゆきで来たけれど、それでもあたしはいい人と添ったと思った。

こうしておゆきが生まれ、翌年にはおみちを授かった。新吉の油売りも堂に入ってきたし、お六の小さな顔からは娘々した甘さが消え、母親の落ち着きが漂うようになった。振売りで今の借金を返したら、いつか小売りの店を出せるよう、頑張って金を貯めよう、それに三人目は男の子がほしい――

しかし、そんなことを言い交わしている折も折、新吉はあっけなく逝《い》ってしまった。

何がいけなかったのか、今でもわからない。氷雨《ひさめ》の降る日だった。寒い寒い、すっかり冷えてしまったとこぼしながら帰ってきて、食も進まずふさぎこみ、どうにも頭が痛くて仕方がないからちょっと横になる――と寝て、それっきりだったのだ。

まだそんな歳じゃなかった。前日は元気にしていた。それなのに、なんという呆気ない死に方だろう。人はこんなにあっさりとこの世を離れてしまうものなのか。お六には信じられなかった。それとも今までの暮らしは夢だったのだろうか。狐《きつね》か狸《たぬき》に化かされて、いい夢を見ていただけだったのだろうか。

いや違う。この手には二人の幼子が残されているのだ。夢なんかじゃなかった。泣いてはいられない。「平河」を追い出されたときは新吉が引っ張ってくれた。今度は、自分がこの子らを引っ張って道を切り開いていかないことにはどうしようもないのだ。

三度《みたび》、お六はできることなら何でもして稼ぐその日暮らしの毎日に戻った。幸いなことに、おゆきとおみちの面倒は、長屋のおかみさんたちがみてくれた。みんなこうやって助け合ってきたんだから、遠慮しなくたっていいんだよ。明るい声に、どれだけ励まされたかわからない。振売りを始めるときにできた借金も、おおかたは返し終わっていたし、残りのわずかな分は、さらに細かく分けて返せばいいという油問屋の温情ある申し出にも、お六は何度も頭を下げた。

二人の娘を育てて、しっかりと暮らしていこう。お六の頭にあるのはそれだけだった。時に新吉が恋しくなって涙ぐむこともあったけれど、目尻をぐいと拭ってしまえば、すぐに微笑むことができた。メソメソしていたら、あの人に笑われる。

そんなお六だったから、また所帯を持つことなど考えてもみなかった。あたしの亭主は新吉一人だ。後にも先にもあの人だけだ。そう思い決めていた。だから、再縁の話を持ち込まれたときには、不意をつかれたようでたいそう驚いたものだった。

「あたしに？」と、自分で自分の鼻の頭を指さして、吹き出してしまったほどである。

「いったい、そんな酔狂《すいきょう》な方はどこのどなたです？」

孫八《まごはち》という、四十ちょうどの男だった。やはり油の振売りで、新吉と同じ油問屋で仕入れをしている。お六は彼の顔を知らなかったが、孫八の方は何度か見かけているらしく、おゆきとおみちの歳も正しく承知していた。

話を持ち込んできたのは、新吉が何かと世話になっていた古参の振売りで、この人にはお六も親しんでいた。ちょうどお六の父親くらいの歳の、たいそう穏和《おんわ》な人であった。笑い出すお六に、その優しい顔を曇らせて、彼は続けた。

「笑い事じゃないんだよ、お六さん。わしはこれでも、新吉が死んでからこっち、ずいぶんと骨を折って孫八の気をそらしてきたつもりなんだが、いよいよ保たなくなってきた。それであんたにうち明けようというわけなのだ」

孫八は性質《たち》の良くない男だ、彼奴《きゃっ》に執心されるというのは厄介事だというのである。

「まったく働かず、飲む打つ買うばかりの大バカ者だというのなら、わかりやすくてまだ良いんだ。彼奴はそういうのとは違う。そこそこ真面目に働くし、博打《ばくち》には手を出さねえ。酒もほとんど飲まないしな。ただ――」

たいへんな悋気《りんき》持ちなのだという。

「そら、また笑う。そりゃ、男の悋気持ちなんざ、噺《はなし》のたねにもならねえくだらないことさ。他人事ならな。だが、自分の身に降りかかってきたら、そうはいかないよ」

孫八はこれまでに、三人の女房をとっかえひっかえしているという。三人のうち二人は、添って一年経たないうちに、命からがら彼のもとから逃げ出した。残りの一人は、ある日ふっと姿を消してそれっきり。

「彼奴に縊《くび》られて、大川にでも捨てられちまっているんだろうと、わしは思うよ」

「いったいどんなふうに悋気をするっていうんです?」と、お六は訊ねた。薄気味悪いような気はしたが、まだ半分笑っていた。

「何から何までさ。たとえば女房が水売りを呼んで、瓶をいっぱいにしてるあいだに、こんちは良い天気だねと話をする。それだけでもう彼奴は頭に血がのぼっちまって、ゲンコツを振り上げて、女房が気絶しちまうほどに殴るのだ。たとえば差配《さはい》さんのところに店賃《たなちん》を届けに行く。毎度お世話様ですと頭を下げて、ちょっと笑う。それだけでもう大騒ぎだ。てめえ、俺の目を盗んで差配に色目使いやがったな、誰のおかげでおまんまが食べられると思っていやがるんだ――と、な」

あれは尋常《じんじょう》じゃないと、真顔で言った。

「なお悪いことに、お六さん、孫八は、新吉が元気であんたと仲むつまじくしていたころから、あんたに岡惚《おかぼ》れしていやがったんだ。新吉さえいなければ、お六はすぐにも俺のもとに飛んでくるのになんてことを、勝手に言い触らしていやがった。わしはそうそう怖がりじゃないつもりだが、新吉があんなふうにぽっくり逝ってしまったとき、こりゃ孫八の呪《のろ》いのせいじゃねえかと、背筋がぞっとしたもんだったよ」

悪いことは言わねえ、孫八がどんな猫撫で声を出して寄ってこようが、真に受けちゃいけねえよ、きっぱりと退けて、できるなら、おみっちゃんたちを連れて家移りした方がいい、彼奴をまともに相手にしちゃいけねえよ――拝むように言い聞かされた、そのすぐ明くる日、当の孫八がお六の長屋を訪ねてきた。

　お六は充分に心構えができていたし、いざ相対してみると、確かに孫八の声音は優しく、お六や小さな娘たちに向ける笑顔はとろけるようだが、その目の奥にはひどく冷たく、硬くしこった光のあることが、はっきりと見て取れた。くわばら、くわばら。お六はできるだけ穏やかに、再縁する気がないことを告げて、頭を下げた。

「すると何だ、お六さんは、まだ新吉に惚れていなさるのかい？」

　孫八の声音がちょっと変わった。しゃくれた顎をぐいと突き出す。

「死んだ亭主にいくら操《みさお》をたてたって、どうなるものでもないだろうによ」

「それでも、あの人の分まで頑張って働いて、子供たちを立派に育て上げるのがあたしの役目ですから」

「だからさ、それが女一人じゃ大変だから、俺が助《す》けようというんじゃねえか。面倒みようっていうんじゃねえかよ」

「お気持ちは有り難いですけれど、一人でやっていかれますから」

　笑顔ながらも、お六はぐいと突っぱねた。

「その日その日の賃仕事で、どうやって暮らすっていうんだよ」

「奉公先のあてができたんです」

　そんなことまで話す必要はなかったのだが、つい口に出してしまった。

　ほかでもない、あの料理屋の「平河」である。ごく最近のことだが、昔、板場で新吉と一緒に働いていた仲間に、お六はばったり再会したのだ。そしてこれまでのことを話すと、相手はたいそう感心し、数日後わざわざお六を訪ねてきてくれた。

「あんたたち二人をあんなふうに追い出したのを、おかみさんも悔やんでおられてね。あのころは、奉公人の分際でお店のなかで火遊びをしおってと、面憎《つらにく》く思ったそうだが、どうしてどうして、あんたたちは立派に所帯を持っていた。新吉は、残念なことをしたね。お六さんも辛かっただろう。それでさ、もし良かったら、また戻ってこないか、もちろん住み込みの女中奉公で、子供たちも連れてきていいとおっしゃっているが、どうだね」

願ってもない話だった。これも新吉の魂のお導きかもしれない。だからお六としても、強気に出ることができたのだ。

話を聞き終えると、孫八はふうんと唸《うな》って口元を歪めた。そして、じろじろとお六の顔や身体をながめ回しながら、名残惜しそうに引き上げていった。

やれやれ……と思っていたお六だが、それから間もなく、孫八が「平河」に怒鳴り込んで大騒ぎを起こしたという話を聞いて、腰が抜けるほどに驚いた。孫八は、俺はお六の男だ、この板場の野郎がお六にちょっかいをかけやがって、勘弁ならねえと大暴れ、板場をめちゃくちゃにし、止めに入った番頭を殴って大怪我をさせたというのである。

お六は真っ青になって「平河」に飛んでいった。先方はお六の必死の話を聞いてはくれたものの、住み込みの女中奉公の口は儚《はかな》く消えた。あの剣呑《けんのん》な男との縁が切れないならば、「平河」には近づいてくれるなという。

「孫八なんて奴は、あたしとは関わりはないんです！　あっちが勝手にそう思いこんでるだけなんです！」

声を嗄《か》らして叫んでも無駄だった。「平河」では大変な損害を被っているのだから、土地の岡っ引きに頼み、孫八を捕らえてもらってくれと頼んでも、孫八がお六を自分の女だと言い張っている以上、これは色がらみの揉め事なので、岡っ引きもいい顔はしてくれない、けっこうな金を包まなければ、動いてはくれないと言うばかりだ。むろん、「平河」にそんな金を出させるわけにはいかないし、お六にも金はない。

古参の振売りの忠告を、軽く考えていたのが間違いだった。お六は今さらのように深く悔やんだ。

一方の孫八は、首尾良くお六の逃げ道を断って気を良くしたのだろう、ひんぴんと長屋を訪ねて来るようになった。近くまで来たからと、日に何度も顔を出す。薄ら笑いを浮かべ、おゆきとおみちには菓子など持ってくる。頑是《がんぜ》無《な》い子供はそれを喜んで食べてしまい、お六がきっと叱ると、待ってましたとばかりになだめにかかる。

「子供は甘いもんが好きなんだ。女手ひとつじゃ、暮らしがかつかつで、好きなもんも我慢させないとやっていけねえ。それじゃ可哀想だとは思わねえかい？」

お六が働きに出ているうちに、勝手に長屋のなかに入り込んでいたり、子供たちを外に連れ出したりと、どんどん図々しくなってゆく。いつもお六が世話になりますなどと愛想を振りまくので、事情を知らない長屋の人たちは、孫八がお六の男なのだと思い込んでしまっている。違うと言い張っても、冷やかし顔をされるだけだ。

そしてある日、お六は、出先から家に戻ると、どっかりと座り込んだ孫八が、おみちを膝に乗せ、おゆきの頭を撫でながら何かしら言い聞かせているところに出くわした。

「おや、お帰り」

にやにや笑ってお六を見上げた孫八の目は、蛇の目だった。おゆきの頭を撫でていた手がするりと下がり、おとがいのあたりにかかる。長年の振売りで、しっかりと鍛えられた丈夫な手だ。おゆきの細い首など、一瞬で縊《くび》ることができるだろう。

お六は震えあがった。

あんな男の女房になるなど、死んでも嫌だ。だが、このままでは逃げ場がない。ぐずぐずしていたら、子供たちの身も危なくなる。

そのころお六は、昼は通いの女中働き、夜は一膳飯屋でお運び、合間に繕《つくろ》いものや掃除の手間仕事を引き受けるという毎日だったが、気の弱りが身体にも響き、とうとうある晩、飯屋で倒れてしまった。心配してくれる人たちの優しさに、ほとんど堰《せき》が切れたようになって事情をうち明けると、居合わせた客の一人が、日本橋で小商いをしている老人で、自分の知り合いが住み込みの女中を探している、いろいろと厳しいことを言うので、なかなか折り合う働き手が見つからないのだが、先方の出す条件さえ呑めば子連れでもかまわないと思うから、口をきいてみようかと声をかけてくれた。お六は飛びついた。

女中を探しているその家は、六本木の芋洗坂を登った先にあるという。大きな一軒家だが、事情があってある商家の奥様が一人で住んでいるのだそうだ。

さて、先方の条件というのは、

「仕事の主なことは奥様のお世話だが、その一切合切を一人でやること。料理も掃除も洗い物も、ぜんぶ一人でこなすこと。住み込みで、日常の用足しのためのほかには、家から外に出ないこと。神仏参りも厳禁。外に家族がいても、一切音信をしないこと」

さらにもうひとつ、少々思わせぶりな事柄が付け加えられていた。

「当家には昔、悪い風聞が立ったことがある。それについて近隣の者どもは今でも噂をしているが、委細《いさい》気にせず、取り合わないこと」

確かに変わった条件だ。が、お六にはまったく気にならなかった。むしろ、外に出てはいけないということなど、身を隠したい今のお六にとっては願ったりかなったりだ。

「きちんと躾《しつけ》て面倒をかけないならば、子供も一緒でいいそうだ。どうだね、やってみるかね？」

断る理由はない。お六は長屋の差配人にさえ何も告げず、着の身着のまま、新吉の位牌を懐《ふところ》に、子供たちの手を取って、翌日には芋洗坂を登っていた。

そして、葵奥様にお目にかかった。それから三年が経つのである。

二

葵奥様は、日暮れ前には戻ると言い置いて出かけられた。とろろ汁は、早くつくり過ぎると美味しくないから、奥様のお顔を見てから取りかかろう。

お六は家のなかのこまごまとした仕事に大わらわとなった。八百屋の親父は居残って、空き俵をほぐして焚き火《たび》をし、芋を焼いている。腰を据えてじっくりと焼くのがコツなのだそうだ。香ばしく甘い匂いが流れてくる。庭を耕して、青菜や芋を植えることを教えてくれたのも親父である。

もともとこの家は、この地の豪農の屋敷であった。その家が傾き、一家離散したのが二十年ほど前のことだそうだ。以来、屋敷は空き家となり、荒れ放題に荒れていたのを、葵奥様の旦那様が借り上げて、隅々まで普請《ふしん》直しをして蘇らせたのが五年前。つまり、お六がここにやって来たとき、葵奥様ご自身も、まだここに二年ほどしか住んでおられなかったわけだが、その二年のあいだに三人も女中が代わったというのだから、落ち着かない話もあったものだ。

それらの女中たちの話を、お六はここへやって来てすぐに、葵奥様の口から直《じか》に聞かされた。彼女たちも皆、最初のうちは、風変わりで厳しい条件も厭《いと》わず、お屋敷の立派なこと、のどかな風景の美しさ、女中部屋としてあてがわれた座敷のきれいで陽当たりのいいことを喜んで、けっしてここを離れるようなことはなく、一生懸命に働きますと誓っていたのだそうだ。それなのに、早い者では二月《ふたつき》としないうちに、お暇がほしいと言い出した。

「三人とも、てんでに言い訳はいろいろ並べていたけれど、煎《せん》じ詰めれば、ここにいるのが怖くなったのでしょうね」

葵奥様はそう言って、お六の顔をじっと見た。興味深そうな、ちょっとばかり意地悪な光をたたえた瞳だった。みんな怖くて逃げ出したのだよ。おまえはどうかえ？

お六は動じなかった。このお屋敷に何があろうと、孫八のあの蛇のような目に比べたら、なんぼかましだと思ったからだ。

「その怖いというのは、この家にまつわる風聞とかいうものと関わりがあるのでございますか」

きちんと顔を上げ、奥様の目を見て問い返したお六に、葵奥様はうなずいた。

「では、それはどのような風聞でございましょうか」

「ここであたしの口から聞かなくとも、早晩、近所の誰かに教えてもらえるだろう」

「それでも、ご近所の噂には取り合わないようにというお申し付けでございますから、わたくしは奥様からお聞かせいただきたいと思います」

きっぱりとしたお六の返事に、葵奥様は初めて頬を緩《ゆる》めた。「おまえ、本当に聞きたいかえ？言っておくけれど、ここから逃げ出した三人の女中たちのうち二人までは、おまえと同じような子連れだったのですよ。二人とも言っていた——自分は我慢することができる、でも子供のことを思うと恐ろしくて、もうここにはいられない、と」

思わせぶりな言い方で、お六はぞくりとした。が、本当は思い出したくもない孫八のあの目を強いて思い浮かべて、自分を励ました。

「いったいどんな風聞なのでございますか」

葵奥様は語られた――この屋敷には、子盗《ことり》り鬼《おに》が出るというのだよ。

「子盗り鬼……？」

「そうです。子供をとって喰らう鬼だよ」

昔の話だそうである。かつてこの家を建てた豪農は、何代にも亘《わた》り、手ひどいやり方で小作人たちを痛めつけていた。つもりつもった小作人たちの恨みは、いつしか子盗り鬼に姿を変えてこの家に襲いかかり、豪農の後を継ぐべき幼い子供たちを喰らって、一家を根絶やしにしたというのである。

「この家が空き家になり、喰らう子供たちがいなくなっても、子盗り鬼は残った。今でもこの家のどこかに潜んで、飢えて渇いて目をぎらぎらさせながら、夜になると家中さまよっているのだそうだよ」

恐ろしい話だが、語る葵奥様はなぜかしら楽しげで、目が笑っている。

「怖い昔話でございますね。でも奥様は、子盗り鬼など信じておられないのでございましょう？」

ちょっと驚いたように目を見張ってから、葵奥様はしげしげとお六を見つめ直した。

「おまえは信じるかえ？」

「わかりません。子盗り鬼がどんなモノノケなのか、見当もつきません。でもわたくしには、正体のわからない子盗り鬼より、もっと怖いものがいるのです。ですから——」

葵奥様は何も言わなかったが、つと身を乗り出し、お六の顔をのぞきこむようにした。その瞳からは、今までのような好奇の光が消え、手を差し伸べるような優しさが感じられた。

お六は思い切って、孫八のことをうち明けた。葵奥様は、ひと言も口をはさまずに聞き終えると、すぐに立ち上がった。

「それじゃあ、少し家のなかを案内しましょう。夜具と布団は押入に入っているから、すぐ陽にあてるといい」

「それでも、あの……」

「あたしはおまえが気に入りました。おまえなら、ここでも務まると思います」

こうしてお六は、お屋敷に住み込むことが決まったのである。

日々の仕事はそれほど苦にはならなかった。確かに広いお屋敷だが、お世話をする相手は葵奥様一人である。数え切れないほどたくさんある座敷も、使っているのはごく限られた場所だけだから、手順さえ覚えてしまえば掃除も手早くできる。

それでもしばらくのあいだは、これで本当に孫八を振り切ることができたかどうか心許《こころもと》なくて、落ち着かない気分が続いた。おゆきもおみちも、新しい土地の物珍しい風物に、外へ出かけたがったけれど、お六は二人をそばに留め置いて、けっして目を離さなかった。

そうやって半月ほど経ったころだったろうか。御夕食の膳を下げにいったお六に、葵奥様がこう言った。

「どうやら、怪しい男がうろついているようなこともないね。お六、もう気を緩めてもいいようだよ」

そして、親しげににっこりとした。ああ、奥様も心配してくだすっていたのだと、お六は心が温かくなった。畳に両手をついて、深々と頭を下げた。

「はい、おかげさまでありがとうございます！」

二人は顔を見合わせて笑いあった。

「ところでお六、子盗り鬼の話はまだ覚えているだろうね」

「はい」

「今までに、何か怪しいものを見たことはあるかえ？」

「いいえ、一度もございません」

「おかしな物音を聞いたことも？」

「ございませんでした」

「子供たちはどうだろう」

「二人とも、ごく楽しそうに暮らしております。何も怖がってなどおりません」

葵奥様は満足げにうなずいた。

「おまえはその孫八という男を恐れて、もう大丈夫か、もう安心かと、眠っているあいだも耳をそばだてていたことだろうからね。それなのに何も見ず、何も聞こえはしなかった。そうだね？」

「はい、おっしゃるとおりでございます」

葵奥様はお六を手招きし、近くに座らせた。

「お六。子盗り鬼などいはしないよ」

「ただの作り話でございますか？」

「いえ、昔は本当にいたのだろうね。豪農の子供たちをとって喰らったというのも本当の話だろう。だけどそれは、子盗り鬼のふりをした誰かがやったことだろう。あたしたちと同じ、ごく当たり前のひとがね。鬼やモノノケじゃあるまいよ」

豪農の家を滅ぼしたいと願い、その血を継ぐ子供たちを憎んだ誰かがいたのだろうと、葵奥様は言うのだった。

「でもそれは、あくまでも生身の誰か、あたりまえのひとであったはずだよ。そしてそのひとは、もうこの家にはいない。それなのに、先の三人の女中たちは、ここに住むようになるとすぐに、廊下で怪しい影を見ただの、かぎ爪の生えた手が井戸の縁からのぞいていただの、夜中になると舌なめずりのような物音がするだのと、怯えて騒いで言い始めたものだった。みんな、自分の頭のなかにある幻を見たり聞いたりしているだけなのに、それがわからなかったのだね。だけどお六、おまえは違う。本当に怖いものが何だか知っているおまえは、ありもしない幻に振り回されるようなことはないのだもの」

これはお褒《ほ》めの言葉なのだろうけれど、お六はなぜか緊張した。淡々と言葉を続ける葵奥様が、ひどく厳しい顔をしていたからだ。誰かを諫《いさ》めてでもおられるかのようだった。

「だからお六、これからも安心してここで暮らすがいい。口さがない連中は近寄らせてほしくないけれど、その心配がないならば、近所の人たちともぼつぼつ顔つなぎをしておくといい」

そして、ついでのように付け足した。

「それから、明日はお客様がおいでになるからね。夕食は二人分支度しておくれ。お酒も用意しておくように」

翌日、初めて旦那様がこの家を訪れた。歳のころは五十の半ば、押し出しのいい、整った顔立ちの方で、うっとりするような響きのいいお声で話をされる人だった。お六はようやく、葵奥様がどうやらこの立派な旦那様の手活《てい》けの花で、葵奥様がここにいることを、旦那様の本宅の奥様には知られてはいけないのだ——という事情を察することができた。噂話の好きな連中を近づけてはいけないというのも、外に音信をするなというのも、こうした事情を漏《も》らしてはいけないという意味であったのだ。

やがて八百屋の親父と親しくなったり、酒屋のご用聞きと話をするようになったりして、旦那様と葵奥様のことが、もう少しわかってきた。八百屋の親父によれば、旦那様はたいそうなお金持ちであるらしい。酒屋の言うところでは、旦那様はお酒になかなかうるさく、江戸では手に入りにくい銘柄を所望されることもあったりするという。

「大商人《おおあきんど》なんだよ、きっと」

お六は旦那様がいらした時にお迎えし、あとは料理や酒を運ぶだけで下がってしまう。膳の片づけは翌朝だし、お六がどんなに早く起き出しても、旦那様はお帰りになった後だ。お二人で何日も他所《よそ》へお出かけになることはあるが、旦那様がこの屋敷に泊まられることは一度もなかった。

旦那様の訪れは、たいてい、前日に報されることになっている。これも旦那様に雇われているのだろうけれど、この家には、十五、六のおとなしい小僧さんが一人、ほとんど毎日のように顔を出す。そして、奥様の前で、本日は御用はございませんか、ご機嫌はいかがでございますかと、教えられたとおりの口上を行儀良く並べてゆくのだが、この小僧さんが報せを持って来るのである。お六はこの小僧さんの名も知らないし、引き合わされたこともない。彼が訪ねてくると奥様の座敷の縁側の方へと通し、帰るときには見送るだけだ。彼はお六に会うと、いつもバカ丁寧にお辞儀をし「お邪魔さまでございます」と言う。お六もお辞儀を返して「ご苦労様でございます」と言う。こちらからは水一杯出さないし、小僧さんも所望しない。詮索《せんさく》してはいけないと思うから、何も訊かない。

旦那様は、二十日も来ないこともあれば、数日おきに来ることもある。あまり間が空くと、葵奥様のご様子に何も変わったところがなくても、お六の方がはらはらした。

なぜならば、旦那様がいらしていないときの葵奥様の暮らしは、静かで平穏ではあるけれど、うら寂しいものでもあったからである。終日、ほとんどご自分の座敷で過ごされている。よく縫い物をなさっているが、それは旦那様の着物だ。気晴らしに絵《え》双紙《ぞうし》や黄表紙《きびょうし》を読んだり、墨絵《すみえ》を描いたり、写経《しゃきょう》をなさっていることもあるけれど、どうかするとその手を止めて、ぼんやりと外をながめておられることも多い。

呉服屋だの小間物屋だの、家に出入りする商人たちは、来るたびに顔ぶれが変わった。ひとつのお店と長くつき合うことを避けているのだろう。葵奥様は着物でも小物でも贅沢《ぜいたく》なものをお好みだが、しばしば買い物をするわけではなく、また芝居見物や物見遊山にも、一人ではけっして出かけようとなさらなかった。

お六にはそんなつもりはなかったが、そうしたあまりにもひっそりした暮らしぶりを、不審に思われていると感じたのだろうか、あるとき葵奥様が、あたしもここへ移って来る前は、もっと派手に忙しく暮らしていたのだよと、問わず語りに語ったことがある。

「長いこと江戸を離れて、上方《かみがた》に住んでいたこともあるし、あちらでは、あたしの裁量で商いもしていた。旅にもあちこち出かけたものだった」

「また、そうなされたらよろしいのに」

するとちょっと寂しそうに笑って、

「それがねえ、身体を壊してしまってね。そしたら、急にがっくりと気も弱ってしまった。ここに越してきたのも、あたしがあんまり鬱々《うつうつ》としているので、家移りでもしたら少しは気分が変わるだろうと、旦那様が計らってくだすったんだけど……。この家にこもっていると、このままこうして、ぬるま湯につかったみたいにぼんやり歳をとっていくのも悪くない……なんて思うようになってねえ」

要は、歳をとったということなのだろうねと、袖についたごみをつまんで捨てるみたいに言った。

子供のときから働きづめに働き、それでもいつも食うや食わずだったお六だ。身近には、〝のんびりぼんやりと歳をとってゆく老人〟などという贅沢《ぜいたく》なお手本がいたためしがない。葵奥様の手持ちぶさたで寂しげな表情は、裏返せばゆとりのあるしるしでもあり、それはつくづく羨《うらや》ましい身の上だ。それでもお六は、そのとき少し、葵奥様が気の毒になった。

どうしても、旦那様と一緒に暮らすことはできないのだろうか。旦那様とは、昨日今日の間柄ではなさそうなのに、それでもやっぱり難しい事が多いのだろうか。お二人のあいだに、子供はいないのだろうか。葵奥様は、子供がお好きなように見えるのに。

奥様は、おゆきとおみちが騒いだり笑ったりしても、嫌な顔をなさらない。広いお屋敷だから気にならないということもあるだろうが、それだって、子供が嫌いな人ならば、ちょっと物音をたてただけでも怒鳴りつけたりしそうなものだ。奥様はまるで逆だ。子供たちがあんまり可笑しなことをするのでお六が笑い転げていたり、言いつけをきかないのでうんと叱りつけたりすると、あとできまってお訊ねを受ける。

「さっきは何を笑っていたのだえ」

「またひどく叱っていたものだけど、どうしたの」

お六がこれこれこうとお話しすると、奥様も一緒になって笑ったり、それぐらいのことであんなに大声で叱ってはいけないとおっしゃったりもする。

お六の娘たちのことを、何くれとなく気にかけてくださっているのだ。おみちは少し目が弱く、細かいものが見えにくくて、お六はずいぶんと心配していたのだが、毎日陽にあたって、青菜をたくさん食べればすぐによくなると教えてくれた。そうしてみると、本当に良くなった。この先の法春院のお堂を借りて、寺子屋を開いている先生がいる、とりわけ女の子の躾には長《た》けている先生のようだから連れていってごらんと言って、入門願いを書いてくれて、お六がきちんと月謝を払えるように、給金を少しずつ前払いにしてくれた。おかげで娘たちは、ひらがなの手筋《てすじ》など、お六よりもよほどしっかりしている。

八百屋のおじさんの台詞《せりふ》じゃないけれど、あたしたちにとっては、本当に奥様は観音様だ――お六は微笑んで、そう思う。

さて、少し薪《まき》を割っておこうかと、お六は庭に出た。陽はまだまだ高いが、奥様は遠出から帰られるとまずお風呂を使うのが習慣だ。すぐ焚けるようにしておこう。

八百屋の親父は、なだらかな小山にした藁灰《わらばい》を枝でつついて、芋の焼き加減を見ている。

「そろそろいい案配《あんばい》だ、子供らに焼きたての熱いのを食わしてやれる」

と、親父が笑顔をみせたとき、お六は庭の生け垣の向こう、法春院からこの屋敷に続く緩い下り坂の先に、おゆきとおみちの二人らしい小さな人影が現れるのを見つけた。

「ちょうど帰ってきましたよ」

と言いかけて、お六は口をつぐんだ。あれは確かにおゆきとおみちだ。奥様からいただいた古い小袖のお下がりを、仕立て直してやったお揃いの着物。

だが、二人ではない。誰か大人が一人、後ろから尾いてくる。いや、今二人のあいだに割り込んで、片手でおゆきの手を、もう片手でおみちの手をつかんで、ぶらぶらと揺さぶりながらこちらへと歩いてくる――

そうやって、お六の目に、それが誰だかはっきりわかるところまで近づいてきた。手をつながれたおゆきとおみちが、蛇でもつかんでいるみたいな顔をしているのも見える。

お六の手から薪がからりと落ちて、足元に転がった。

「よう、お六さん」

孫八は、親しげに声をかけてきた。

「久しぶりだなぁ。ずいぶん探したんだよ」

三

葵奥様は、少しばかりくたびれた顔ながら、いかにも楽しい一日だったというご様子で、上機嫌で戻られた。おゆきとおみちにと、白と黄色の菊の花をかたどった砂糖菓子をお土産に。

そして、すぐに、お六の顔色が変わっているのを見てとった。こんなことで心配をかけるわけにはいかないと重々承知の上ながら、お六も、黙っていることができなかった。

「いったいどうして――どうやってここを探しあてたんでしょう。三年も経っているのに、いったいどうやって」

ほんの少し眉根を寄せて、奥様は言った。

「三年も経っているから、だろうよ。それだけの時をかけて、ようやく探しあてたのだろうよ」

「子供たちが法春院へ通っていることまで知っているなんて……」

「きっと、かなり前からおまえたちがここに暮らしていることを突き止めていたんだろう。そして、どこかに隠れて様子を窺《うかが》っていたんだよ。今日も、おゆきたちが法春院へ出かけるのを見て、後を尾けて行ったのだろうね」

お六は両手で我と我身を抱きしめていた。孫八の目つき、あの声、あの話しぶりを思い出すだけで身震いが出る。

孫八の頭のなかでは、お六が子供たちを連れて彼の前から姿を消したということが、彼の都合のいいように解釈されているようだった。そうでなければ、愛想たっぷりに笑いながら、あんな台詞を吐けるわけがない。

「お六さん、すまなかったな。本当に俺が悪かった。お六さんは、俺のためを思ってくれていたんだな。こぶつきの身で俺と一緒になるなんて、できないって思ってしまったんだな。いきなりおゆきとおみちを抱え込むことになれば、俺の苦労が増えると思いやってくれたんだろう。だけどそんなこと、俺はちっともかまわないんだ。おゆきもおみちも、本当の俺の子供だと思ってるんだから」

誰がそんなことを考えるものか。どこまでいけ図々しい男なのだろう。

「それで、おまえは何と言ってやったの」

「もちろん、そんなのはあんたの勘違いだって言いました。あたしはあんたと一緒になる気はない。子供たちと三人で、この家に奉公して幸せに暮らしてる、あたしたちにはもうかまわないでくれって」

「そしたら?」

「にやにや笑いながら、強がるもんじゃねえよ、お六さんの本音は、ちゃんと顔に出ているから俺にはわかるって」

腹が立って腹が立って、お六は何度か、薪ざっぽうを振り上げて孫八を殴りつけてやろうかと思った。あの薄ら笑いが消えるまで、何度も何度もめちゃくちゃに殴ってやりたかった。

「それでも今日は、おとなしく引き上げたのだね?」

「はい。ちょうど八百屋のおじさんがいてくれて、助かりました」

「また明日来ると言っていたかい?」いえ、言いやしなくても来るに決まっているけれど」

「お金を持って来ると言いました」お六はくちびるを噛みしめた。「どうせ奉公先に前借りをしてるんだろうから、俺がきれいに払ってやるって。前借りなんてないって言っても、そんなはずはない、遠慮するなって言うんですよ。おゆきとおみちにも新しい着物を買ってやりたいしって」

そんな古着なんざ着せて。だから言ったろう、女手ひとつじゃ無理なんだよ。へらへらしながらそう言った。でも、その目は少しも笑っていなかった。ぺったりとして表情がなく、瞳は真っ黒に冷たく、お六はその目のなかに自分の姿を映されていると思うだけでもおぞましかった。

「子供たちと三人で、あたしの座敷の隣に移っておいで」と、奥様は言った。

「でも……」

「遠慮している時じゃないだろう。戸締まりはしっかりするんだよ。それと、子供たちを法春院にやるのは少し見合わせた方がいいね。あたしは明日、旦那様に手紙を書いて、人を寄越してもらうから」

「そんなことまでしていただくわけには」

皆まで言わせず、

「これはおまえのためだけじゃないよ。明日、孫八はおまえの前借りをきれいにしに来るつもりなんだろう。あたしが会おうじゃないか。あたしはあんたの主人なんだもの。だけどそんな化け物のような男と二人になるのは剣呑《けんのん》だからね。しっかりした者を、そばに控えさせておくんだよ」

「それで引き下がるでしょうか」

「にらみをきかせるだけじゃ、駄目だろうね。だから、明日あたしは、お六はあたしに五十両からの借金があると言ってやるからね。内訳はどうにでも言いつくろうさ。五十両耳を揃えて持ってこない限り、お六も子供たちもこの家からは一歩も出さないとね」

五十両。とんでもない大金だ。それなら孫八も、引き下がらないわけにはいかないだろう。振売りの油売りには、一生かかっても稼ぎ出せない金額だ。

いくぶんほっとしたお六の内心を見透かすように、葵奥様は続けた。「だけどお六、安心するのは早いよ。その男は、おまえが考えている以上に危険な男のようだもの。今度は、借金に縛《しば》られて可哀想だ、俺と一緒に逃げようと言い出すだろう。あんたが嫌がっても、無理にでも連れていこうとするだろう。あんたが駄目なら、おゆきやおみちを連れ出して、楯《たて》にとろうとするだろう。子供を質に入れられては、あんただって言うことをきかないわけにはいかないし、子供の方が狙いをつけやすいしね」

お六は思わず口元に手をあてて、まじまじと葵奥様の顔を見た。

「他人事で気楽だから、縁起でもないことを言う女だと思うかえ？」と、奥様は言った。口元がほろ苦く笑っている。

「いえ、いえ、とんでもありません」お六はあわてて首を振った。「そうじゃなくて……奥様は、あたしなんぞより、あの男がしでかしそうなことをよくご存じなのかもしれないって思っただけでございます」

奥様は真顔に戻り、深くうなずいた。

「そうだね。おまえより、ずっとよく知っていると思うよ。孫八みたいな男のこと――というより、世間に潜んでいる鬼の怖さみたいなものをね」

一瞬、遠い目になった。

「欲しいものは何としてでも手に入れる、そのためだったら何でもするし、何でも自分の都合のいいように考える。世間には、そういう鬼がごろごろしている。あたしはそれをよく知っている。知りたくもなかったけれど」

誰かのことを思い浮かべているみたいな言い方だった。

「ともかくね、お六。気を緩めてはいけないよ。さっきも言ったように、孫八は危険な男だ。用心してし過ぎることはない」

お六は目を伏せた。「でも奥様、あたしは、そんなふうに手を打っていただかなくたって——いえ、そんなことをしていただくなんてあまりにもったいなくて。あたしがここから他所《よそ》へ行けば——もっと遠くに、江戸を離れて逃げ出せば——それがいちばんいいんだとも思うんです。ですからあたし、お暇を」

奥様に今日のことを話し始めたときに、お六としては覚悟を決めていたのだ。これでここの暮らしは終わりだ。このお屋敷とも、奥様ともお別れだと。

だが、奥様はぴしゃりと遮《さえぎ》った。

「馬鹿なことをお言いだね」

平手で打たれたように、お六はびくりとした。

「何処《どこ》へ逃げるというんだえ？　足弱の子供を連れて、職も家もあてもなしにさ。江戸を出るだって？　おまえ、今まで市中から外へ出たことなんかないだろうに」

おっしゃるとおりだ。新吉が元気だったころ、子供らがしゃきしゃき歩けるようになったら、いっぺん川崎の御大師さまにお参りに行きたいねと話していたことはあるけれど、話だけで終わってしまった。

「今のおまえが逃げる先といったら、大川の底ぐらいのものだよ。おゆきとおみちの手をひいて、どぶんだ。そんな情けない仕儀《しぎ》にさせてたまるものか。どうしても逃げたいというのなら、一人でお行き。子供らはあたしが引き受けるから。それでいいかえ？」

できるわけがない。もちろん奥様もご承知だ。つと手を伸ばしてお六の肩をつかむと、ぐいとゆさぶった。

「気弱になってはいけないよ。こういう男からは、逃げては駄目だ。やっつけないことには振り切れないよ」

「た、戦うんですか」

お六の声がよっぽど情けなくかすれていたのだろう。葵奥様は、莫連女《ばくれんおんな》のように舌打ちをすると、ああ、しょうがないねえと言った。

「ねえ、お六。あんた悔しくはないかい」

もちろん悔しいとも。何も悪いことはしていないのに、こんなふうに追い回され、脅かされ、悔しくないはずがない。

「あたしは……どうにもおまえがお人好しに見えて仕方がない」

なぜかしらためらいがちに、ちょっと目をそらして奥様は呟いた。

「おまえだけじゃない。最初に、孫八があんたに岡惚れしているから気をつけろと教えてくれた振売り仲間の男だってそうだ。おまえよりも年輩だろうに、何も気づかなかったのかしら」

「何のことでございましょう」

「あのねえ、お六」

ふと息を吐いて、奥様はお六に向き直った。

「おまえがこのまま静かに暮らせるならば、こんな余計な話など耳に入れることもない、黙っていようと思っていたのだけれど、どうやらそれも無理そうだから、思い切って話してみよう。おまえは今まで、おまえのご亭主の死に方がおかしいと、疑ってみたことは一度もないのかえ？」

お六は、ぽかんとした。新吉の？

「おまえから身の上話を聞いたとき、あたしはすぐにおかしいと思った。昨日まで元気で働いていた者が、しかもまだ若いのに、そんなふうにぽっくり逝《い》くわけがないよ。孫八は、ご亭主が元気なころから、おまえに懸想《けそう》していたのだろう？　おまえを手に入れるために、邪魔なご亭主を片づけてしまおうと考えたとしても、ちっとも不思議はないじゃないか」

言葉が出なかった。あの夜――震えて帰ってきた新吉。寒さでがくがくしていて、顔色は真っ白だった。頭が痛くて仕方がない、ちょっと横になる。そしてそれっきり。

「孫八がどんな手を使ったのか、細かいことはわからない。何か毒になるものを飲ませたのかもしれないし、あるいは、殴ったり蹴ったりしたのかもしれない。身体に傷がないからといって、命取りになるような怪我をしていないとは限らない。とりわけ、頭を打ったときなどは、見た目ではわからないからね」

ああ、そうかもしれない。ひょっとしたらそうだったのかも。

「新吉という人は、おとなしくて口数も少なかったそうじゃないか。あるいはその夜、孫八と揉《も》み合うなり何なりしても、おまえに心配をかけまいと、黙っていたのかもしれない。もちろん本人も、まさか死ぬことになるとは思わなかったのだろうけれど」

お六は両手で自分の喉元を押さえた。そうしないと、今にも叫んでしまいそうだったからだ。それでも、かすれた嗚咽《おえつ》がこみあげてきた。

「あたしは――あたしは何てぼんやりしていたんでしょう」

「やめなさい。今さら後悔しても、ご亭主を悲しませるだけだ。それより、しゃんと背筋を伸ばして、しっかり目を開けるんだよ。戦わなくちゃいけない。子供たちを守るだけじゃなく、ご亭主の仇《あだ》を討つためにもね」

葵奥様の美しい顔に、闘気のようなものがみなぎって、瞳が光った。お六は唖然としてそれを見つめていたけれど、目の前がぼわぁとぼやけるのを感じて、強くうなずいた。すると涙が落ちて、ぼやけていた目が元に戻った。お六は、肩に乗せられた奥様の手を、強く握った。

四

昨日のお六の様子から、いろいろ察してくれたのだろう。八百屋の親父は、翌朝早くに訪ねてきてくれた。

お六は進んで事情をうち明けた。親父は、お六が身辺に気をつけるに越したことはないとうなずいたが、しばらくのあいだ子供たちを家から出さないという話には、ちょっと渋った顔をした。

「籠《かご》の鳥じゃ、あんまり気詰まりで、おゆきちゃんたちが可哀想だ。法春院ぐらいには行かせたらどうだね。わしが送り迎えをしてやろう」

親父の親切は身に染みて有り難かったが、反面、孫八の様子を目の当たりにしているにもかかわらず、親父はお六や葵奥様ほどには深刻に受け止めてはいないようにも感じられた。おじさんもやっぱり男だから……と、お六は少し寂しく思った。もしも親父が、今はこんなふうにこじれてしまっているけれど、かつてはお六も孫八を憎からず思っていた時期がある、二人はそういう間柄だったのだと穿《うが》っているのだとしたら――大いにありそうなことだが――それも悔しいと思った。

いつもの小僧さんが来ると、葵奥様はすぐに文を持たせて返した。すると、それから一刻もしないで、旦那様からの遣いだというお客が訪ねてきた。

枯れ木のような老人である。しわの深い顔に尖った顎、薄い髷《まげ》。しかし笑顔も声も優しい。奥に通すと、葵奥様は老人を出迎えて明るい声をあげた。

「おや、旦那様はおまえを寄越しておくれかえ。よかった、よかった」

葵奥様と老人は、懐かしそうに挨拶を交わし合った。奥様は手放しで嬉しげな様子だ。お六が茶菓を持って奥へ行くと、小娘のように陽気に手招きをした。

「お六、こっちへおいで。今日からこの人がうちに泊まり込んで、いろいろ助けてくれるからね」

老人はお六に向き直り、久兵衛《きゅうべえ》と申しますと丁寧に挨拶をした。

「私のような年寄りでは、とうてい用心棒は務まりませんが、それでも女所帯でいるよりはましなこともあるでしょう」

「頼りなく見えるかもしれないけれど、久兵衛は世慣れているからね」葵奥様はにっこり笑った。「孫八のような男を扱うには、ただ腕っ節が強いだけの人では駄目だ。久兵衛ならうってつけだよ」

「奥様、あまり売り込んではいけません」と、久兵衛は笑って遮《さえぎ》った。

お六はあいまいに微笑《ほほえ》んだ。この人は、おおかた、旦那様のところの奉公人だろう。番頭さんかしら？

お六の疑問を読みとったのか、葵奥様は続けた。「久兵衛は、旦那様の料理屋で番頭役をしてくれていたのですよ。旦那様の家作《かさく》の差配人をしていたこともある。面倒見はいいし、口も堅い。おまえもうんと頼りにしていいからね」

その顔は、急に若やいで見えた。たぶん久兵衛とは長い付き合いなのだろう。久兵衛は、葵奥様が若いときから、よく知っているのだろう。

やがて久兵衛が家のなかを案内してほしいと申し出て、お六は老人と二人になった。お六はまず、二人の子供たちを久兵衛に引き合わせた。おゆきもおみちも人見知りをする気質ではないが、昨日のことで子供なりにぴりぴりとしており、笑顔が出ない。それを久兵衛は上手に解きほぐした。

「今日からしばらくのあいだ、このじいさんもお屋敷に住んで、おゆきとおみちのおっかさんの手伝いをすることになったからな。厠《かわや》の行き帰りにひょいとこのしわしわ顔を見ても、驚いて泣いたりしないでおくれよ」

老人は間取りや戸締まりのことを細かく気にする一方、お六が耕している裏庭のささやかな畑をたいそう褒めてくれた。

「こちらに住まわせてもらうあいだに、私も畑仕事を覚えることにしよう」

そして、青々と茂った芋の葉をながめながら、

「奥様のお手紙でだいたいの事情は知ったけれども、やはりお六さんの口からも聞かせてもらった方がいいだろう」

と、切り出した。

お六は話した。久兵衛は聞き上手で、お六はほとんど言葉を探す苦労を感じなかった。久兵衛さんは、本当に他人の世話を焼き慣れている人なんだ——と思った。

「困ったことだね」

骨張った腕を胸の前で組んで、久兵衛は眉をひそめた。

「もっとも私は、ずいぶん昔のことではあるが、似たような話に出くわしたことがある。男というのはしょうがないものだ」

「そのときはどうなさったんですか？」

「いろいろと手を尽くして追っ払ったよ」

「危なくはありませんでしたか」

「危なくならないように知恵をしぼったのだけれどね」久兵衛は言って、つと目元を引き締めてお六を見た。「お六さん、よもやその孫八という男に、金を包んだりはしていまいね？」

「お金を？　どうしてです？」

「あんたの言うことはわかったから、どうかこれで帰ってくれ――とかだな」

お六は強くかぶりを振った。「していません。そんなことしなくちゃならない謂《い》われはありませんもの」

「孫八からそんなふうに水を向けられたこともないかね？」

「ありません」

それならいっそ楽だとお六が言うと、今度は久兵衛が強く否定した。

「そんなことはない。女に金をたかる男は、それはそれでひどく厄介なものだ」

「目をつけた女を手に入れるために、その女の亭主を手にかけるような男よりもですか」

久兵衛はちょっと首をかしげた。「そんな比べっこはしても何にもならないね。お六さん、今のことも、孫八には話しちゃいけないよ。問いつめたりしてはいかん。それ以前に、これから先、あんたは孫八と話してはいかん。声をかけられても知らん顔をしていればいい。あんたがどうしてそうするのか、孫八にわかるように、私が話をするから」

私はこの家の家令《かれい》ということにするからね、という。

「孫八が、本当にあんたの前借りを払うための金を持って押し掛けてきたら、私が会って、例の五十両の前借りのことを言ってみる。それで孫八がどう出るか、見てみよう」

それから、当たり前のような顔で、これからの仕事の分担の話などをするので、お六は心中、ずいぶんと恐縮した。

秋茄子《あきなす》が実るころだというのに、その日は妙に蒸し暑かった。昼食《ちゅうじき》を終えたころ、先《せん》に一度来たことのある日本橋の呉服屋が三人ばかりで大きな桐の箱を担いでやって来て、奥様の座敷に通った。たぶん、これも示し合わせてあったことなのだろう。久兵衛は、

「あの連中はしばらく居座るだろうから、私はそのあいだにちょっと出かけてくる」

と、汗をふきふき出ていった。日暮れになって、老人がようやく戻ってきたときには、葵奥様が帯と着物を三対も新調する話がまとまっていた。

「孫八は、なかなか悪賢《わるがしこ》いね」と、久兵衛は台所でお六に言った。「自身番と木戸番をいくつか回ってみた。彼奴《きゃつ》め、先手を打っていたよ」

日本橋あたりの商家が立ち並ぶところならいざしらず、町家と武家屋敷が大半を占めるこのあたりでは、他所者《よそもの》がひんぴんと訪れれば、それだけ自身番や木戸番たちの目を惹くものだ。

「孫八は、ひと月も前からあんたらがこの家にいることを突き止めていたようだ。あんたらの前に姿を現す前に、何度もここへ通って様子をうかがっていたらしい。それで、木戸番たちには、念のいった作り話を聞かせていたよ」

曰《いわ》く、子供を連れて逃げた女房がこの町に隠れ住んでいる、元はと言えば自分が借金をしたことが原因で、女房は借金の取り立てが怖くて逃げ出したのだが、もうそちらの心配はなくなっ

た。自分としてはよりを戻したいのだが、女房には合わせる顔がないし、しばらく女房子供の暮らしぶりを見てから会いに行きたい、頻繁《ひんぱん》にこのあたりを通りますが、そういう事情なので、ひとつよろしくお察しくださいーー

もちろん、酒の一升や菓子折のひとつも提げて行ったのは言うまでもない。

お六は呆れた。「よく回る頭だこと。なんていう二枚舌なんだろう」

「こういうことをする男はーーまあ男に限らんがーー用意周到なものだよ」

「それにしたって！」

「嘘で他人を丸め込もうというときには、どんな知恵足らずでも思い切ったことをするものさ」

久兵衛は少し笑った。「思い切りが足らんで中途半端だと、かえってややこしくなるからな」

曰くありげな口調であるのに、お六はちょっと引っかかった。まるで久兵衛自身が、誰かを騙そうとした経験があるような口振りだ。

「あれだけ地固めをされているとなると、土地の岡っ引きに加勢してもらうわけにはいくまいよ。もともと、町方役人や岡っ引きは、どっちの言っていることが本当かわからないような仲裁事には首を突っ込みたがらないものだ。それは差配人や大家の仕事だし、骨を折っても一文にもならないからねえ」

「そういうものでしょうか」

「そういうものだ」久兵衛はきっぱり答え、ちょっと語調を緩めて、「私は、そうではない町方役人を一人知っているけれどもーーなにしろ遠方だし、私が頼りにしてはバチがあたるお方だか

ら」

　また、奥歯にものが挟まったような言い方だった。が、久兵衛の方は、お六に聞かせているつもりはないのだろう。独り言に近い。

　その晩は、夕食の後も、葵奥様の座敷では長いこと話し声がしていた。時折、久兵衛が静かに笑い、葵奥様が明るく笑い、またひっそりとして、しみじみと話し合う。極端に声が小さくなることもある。とても密かな、内密の気配が感じられた。

　身に迫る厄介事はさておき、お六はあらためて、葵奥様の身の上に思いをはせずにはいられなかった。もしかしたら、旦那様とのあいだには、ただの〝手活けの花〟などという通りいっぺんの事情ではおさまらない関わり、隠し通さねばならない秘密な事柄が、横たわっているのではないかしら……？


　考え事をしながら床に入ったせいか、その夜、お六は妙な夢を見た。

　この家の夢である。どういうわけか真っ暗で、誰もいない。お六一人が、暗がりのなかで明かりも持たず、長い廊下にぽつねんとしている。

　慣れ親しんでいる家のなかの様子。ああこれは夢だとわかっているのだが、なまなましくてはっきりしている。夢を見ているお六は、夢のなかの自分が所在なげにぼうっと突っ立っているのに気が揉める。葵奥様はどこにおられるのだろう。おゆきとおみちは？

　そのうちに、夢を見ているお六は、夢のなかのお六が一人ではないことに気づく。

廊下の端に、真っ黒い影がうずくまっている。大きな影だ。人の形をしている。闇よりなお暗いが、闇との境目がぼやけていて、輪郭《りんかく》がわかりにくい。ただ、その影が背中を丸めていることはわかる。しゃがんで両手で頭を抱え込んでいるようにも見える。

――どなた?

夢のなかのお六が訊ねる。

――奥様ですか? 久兵衛さん?

子供たちのようには見えない。身体の大きさが――いや、それを言うなら奥様でも久兵衛でもない。頭が大きすぎる。背中が広すぎる。

これは、この世のものではない。

夢のなかのお六が慄然《りつぜん》としてそう悟ったとき、真っ黒な人影がぬうっと起きあがった。天井まで届きそうなほどの身の丈に、盛り上がった肩、節々がこぶのように飛び出した腕と脚。そして、頭に生えている、見まがいようのない禍々《まがまが》しい形の二本の角。

子盗り鬼だ。

――見たな。

鬼の影が、腹の底にこたえるような声で呼びかけてきたとき、お六は目が覚めた。びっしょりと冷汗をかいていた。

五

気をもたせているのか、二日、三日と経っても孫八は姿を現さなかった。久兵衛は落ち着いたもので、それについては特に何を言うでもなく、屋敷のなかを細かく検《あらた》めては、修繕の要りそうなところを探すという作業に打ち込んでいた。お六がまったく気がついていなかった納戸の天井の小さな雨漏りや、空き座敷の床の根太が腐れかけているのを見つけては、直すのにはどれぐらいの日にちと費用が要りそうか書き出してゆくなど、まめまめしい。差配人をしていたこともあるというから、昔とった杵柄《きねづか》というものだろうか。

八百屋の親父は、あの男のことは、やっぱりお六さんの取り越し苦労だったんじゃねえのかと、朗《ほが》らかな顔をしている。

「あんまり思い詰めるのはよくないよ」

おゆきとおみちはいかにも子供らしく、目前に嫌なことがないものだから、けろりと機嫌を直してしまった。しきりと外で遊びたがる。お六が渋っても、八百屋の親父が「いいよ、いいよ、行っといで」などと気楽な声を出すものだから、すっかり緩んでしまった。

「孫八は、あたしたちが油断するのを待っているのかもしれないんだから、おじさん」

お六の言葉も、親父は笑って退ける。

「よしなよ、お六さん。そんなに心配しなさんな。大丈夫だからよ。ちっとは年寄りの言うことに耳を貸すもんだぞ」

結局、孫八が訪ねてきたのは、それからもう三日後のことであった。やっぱり来た——と思うと、お六はかえってほっとしたような気分になり、それがまたむかっ腹の元になった。来ても来なくても、孫八がお六たちを振り回していることに変わりはない。

孫八はやたらに陽気で、意気揚々《ようよう》というか、鼻高々に反《そ》っくり返ってこう言った。

「思っていたよりも金をこしらえるのに手間取っちまった。待たせて悪かったな、お六」

久兵衛からは、孫八を相手にするな、すぐに私に引き合わせろと言われていたので、お六は言い返してやりたいのをこらえて彼を奥へ通した。

「これで借金はきれいになる。すぐにも俺と一緒に出られるように、荷物をまとめときな。おゆきとおみちにも支度させときなよ」

久兵衛の座敷へ入る前に、孫八はしたり顔でお六にそう囁《ささや》きかけた。

お六は離れているように——と、久兵衛が目顔で命じた。お六はさっさと引き下がり、掃除や洗い物に打ち込んだ。それでもときどき手を止めて、久兵衛の座敷の方へ耳を澄まさずにはいられなかったが、ことりとも音がしない。孫八が声高に久兵衛を罵《ののし》っているようなこともない。それがかえって恐ろしくて、お六は逃げるように井戸端に戻った。

半刻か、もう少し経ったろうか。人の気配を感じたかと思うと、もう孫八がすぐ後ろにいた。むんずとお六の肩をつかんだ。お六は思わずきゃっと叫んで、つるべをつかんでいた手を放してしまった。水しぶきがあがった。

「本当なのか、お六」

孫八の顔が変わっていた。水に濡らした紙を貼り付けたみたいに、のっぺりと青ざめている。目は虚ろだが、その芯に硬い光が宿っている。

「本当かって、何がですか」

お六は井戸を背に足を踏ん張った。

「前借りだよ。借金だ。五十両もあるって、本当の話なのか？」

ふと見ると、久兵衛が勝手口のところまで出てきている。お六を励ますように見つめて、穏やかな表情と声音もそのままに、

「お客様はお帰りだよ。お六」

と言った。そして孫八に向かい、軽く頭を下げた。

「それでは私はこれで失礼しますよ」

久兵衛は勝手口から消えた。隠れて様子を見るつもりだろう。お六は深く息を吸い込むと、孫八の目を正面から見据えてうなずいた。

「本当ですよ」

「そんな馬鹿な話があるかよ！　どうしておまえが五十両も借金なんかしなくちゃならねえわけがあるんだ？」

図々しく詰め寄ってくる孫八から身をかわし、彼の呼気から顔を背け、お六は彼の手を肩から

払い除けた。

「商いのためとか、いろいろあったんです」

「おまえ、騙されてるんだ！」

「いいえ、奥様も久兵衛さんもそんなお方じゃありません。困っている新吉とあたしに、一生かかってのんびり返してくれればいいからって、大枚のお金を貸してくだすったんです」

孫八はケッと足元に唾を吐いた。「口からでまかせを言うんじゃねえよ！　俺は新吉なんかよりも長いこと振売りをやってるんだ。あんな小さい商いで、どうしてそんな元手がかかるもんか！」

「誰がでまかせなんか言うもんですか！」お六も声を張り上げて言い返した。「借金なんて大事なことで、どうしていい加減な嘘なんか言うもんか」

孫八は初めて、お六の勢いに押されてひるんだ。お六は胸がすくような気がした。

「だ、だけど……」

「新吉が死んでからは、あんたが言うとおり、女手ひとつで子供たちを育てるのは大変でしたよ。だから、またじりじりと借金が増えてしまった。でも、奥様も久兵衛さんも、お六はよく頑張るねって、褒めてくださりこそすれ、いっぺんだってなじったりなんかなさらなかった。あたしは、深く深く恩義を感じているんです」

だから、本当に一生かかったってかまいやしない、一心にこの身で奉公して、借りたお金をお返しするんだと、お六は言い切った。

「そういう次第ですから、孫八さん。あたしとは縁がなかったと思ってくださいまし。五十両もの借金を、孫八さんに背負わせるわけにはいきませんからね。そんなことをしちゃ、死んだ新吉だって面目が立ちません」

孫八は半歩退いて、じっくりとお六をながめまわした。ぬるぬると手で撫でられるようで、お六は身体中がむずむずしたが、ここで目をそらしたら負けだと思って、しっかりと面《おもて》をあげていた。

「お六」と、孫八は近寄ってきた。また囁き声になっている。「俺と逃げよう」

一瞬、これまでの我慢の堰《せき》が切れて、お六は両手で彼を押しやった。「とんでもない！」

「何でだよ？　こんな理不尽な話はねえ。五十両なんて、どうやったっておまえ一人で返せるわきゃねえし、おまえは騙されてるんだ。俺と逃げよう。な？　子供らも連れてさ」

「借金からは逃げられても、受けた恩からは逃げられません」お六はきっぱりと言ってのけた。

「あたしは、恩ある奥様と久兵衛さんに、後足で砂をかけて逃げるようなことはできません。ここで奉公して、骨を埋めます。孫八さん、どうぞお六はもう死んだものと思ってくださいまし」

凄い勢いで頭を下げて、お六は勝手口目指して駆け出した。引き戸の内側に飛び込み、ぴしゃりと後ろ手に戸を閉めると、そこに久兵衛と葵奥様がいた。

「しい」と、葵奥様がくちびるの前で指を立てた。「よくやったね、お六」と、かろうじて聞こえるくらいの小声で言った。

久兵衛は竈《かまど》の前の小さな格子戸の隙間から外を見ている。お六も彼のそばに寄って、一緒に外をうかがった。

孫八はまだ、未練たらしく井戸端に立っていた。勝手口の方を見ている。今にもこちらに近づいてきそうだ――が、やがて足元の土をぽんと蹴ると、背中を向けて立ち去っていった。

「帰っていくね……」と、久兵衛が呟いた。「これで諦めてくれるといいが」

「あの人、あたしに〝俺と逃げよう〟と言いました」

お六は今さらのように悪寒に震えた。

「だろうね。それは承知の上だよ」と、葵奥様が静かな口調で言った。「これからも、しつこく誘ってくるかもしれない。あの男から見れば、あたしと久兵衛は強欲な金貸しで、お六は囚《とら》われの哀れな女だ。そんな女を助け出し、一緒に駆け落ちするなんて、えらく格好がいいものね」

そして、ようやくいつもの葵奥様のあでやかな笑顔を見せた。

「でも、それこそこちらの思うツボだよ。次に孫八がそんなことを持ちかけてきたら、久兵衛が番屋に駆け込む。この男、大枚の前借りをしている当家の奉公人に、借金を踏み倒して逃げようと誘いをかけた不埒者《ふらちもの》でございますと訴えれば、番屋の連中だって放ってはおけないものね」

なるほど、そういうふうに持っていくわけか。二段構えだ。お六はやっと、肩の力を抜いた。

「ありがとうございます」

「そんなに頭を下げちゃいけないよ、お六さん」と、久兵衛が言った。「番屋に訴え出ることになったときには、こちらから、前借り借金のきちんとした証文を出して見せなくちゃならなくなる。そんなものは、何枚でも、私がたちどころに作ってみせるけれど、五十両もの借金の詳しい内訳についちゃ、もう少し話を練って、あんたとも口裏を合わせておかないといけない。そのためには、亡くなったあんたのご亭主が、隠れた博打狂いだったとか、実は恥ずかしながらこれこれこういうわけで——と、番屋の連中を納得させられるだけの、もっともらしい借金の使い道をこしらえることも必要だ」

久兵衛は本当に申し訳なさそうに肩をすぼめた。

「死人に口なしで、あんたのご亭主には、要らぬ汚名を着せなくちゃならない。それでもいいかね、お六さん」

お六は、葵奥様に負けじと、晴れやかに笑った。「かまいません。それでお六と子供たちが安心して暮らせるようになるならば、俺はどう言われようとかまうこっちゃねえ。うちの人はそう言うでしょう。ええ、そうですとも。そういう優しい人でしたから」

久兵衛と顔を見合わせてから、葵奥様は冷やかすように言った。「お六。あんたは今でも亡くなったご亭主に惚れているんだね」

お六はためらいなく「はい」と答えて、両手で顔を覆った。まあ、赤くなってるよ、この人は——と、葵奥様の明るい声が、台所の高い天井に響いた。

六

しかし、孫八は姿を見せなくなった。

お六は毎日暦にしるしを付けた。暦がひとまわりするまで付けて、それでようやく、お六も考え始めた。これで終わったのかしら。五十両という途方もない借金の金額は、蝶番《ちょうつがい》のはずれた孫八の自分勝手なおつむりにも、充分な効き目があったのかしら。

その日は朝から、しとしとと秋雨が降っていた。ここ数日、急に冷え込むようになっていたが、今朝はことさらに秋の深まるのが身に染みる。そのせいだろうか、おゆきが起き抜けからくしゃみばかりして、鼻水を垂らしている。

「風邪をひいたんだね。今日は法春院へ行く日だけど、一日お休みにしようね」

お六はおゆきを寝かしつけた。しかしおみちは元気いっぱいで、お外へ行きたい、法春院へ行くと言い張ってきかない。仕方がないので、行きはお六が送っていった。帰りはまたぞろ、ちょうど入れ違いに野菜を背負ってやってきた八百屋の親父が、

「俺が迎えに行ってやる」と言う。「おみっちゃん一人で外歩きは、やっぱり剣呑《けんのん》だからな。でもお六さん、送り迎えはいつまで続けるね？」

親父のからかうような笑顔に、お六はようよう笑顔で答えた。「ごめんなさいね、おじさん。でも、あたしの気が済むまで……」

「まあ、いいよ。お六さんはお得意さんだからなあ」

気が済むまで。お六が、おそるおそるという思いで、

「久兵衛さんはいつまでこちらにいてくださるんですか」と訊ねたとき、彼もまたそう答えたの

だった。

「こういう心配はきりがないからね。まあ、私の気が済むまでだな」

忙しい日だった。久兵衛が見つけた家の不具合を直すために、大工が二人やって来ていたからだ。思いのほか手のかかる修繕もあるらしく、検分と相談に、今度は葵奥様も一緒になって侃々《かんかん》諤々《がくがく》やっている。しかし奥様は生き生きと楽しそうで、お六は嬉しかった。一人でぽつねんとしているよりも、こんなふうに家のなかを仕切ることの方が、奥様には向いていらっしゃるんだわ。

その弾むような気持ちは、しかし半日と経たないうちに、水をぶっかけられるようにして雲散霧消した。八百屋の親父の倅《せがれ》が、息を切らし顔を引きつらせてお六のところに駆けつけてきたのである。

「うちの親父が大怪我をして、戸板で担がれて帰ってきたんです。血みどろで、もう半分死んでるみたいな具合で——それがあの、気を失う前に、俺の手にすがりついて、おみっちゃんが、おみっちゃんがと言いまして、あの、おみっちゃんてここのおみっちゃんですよね？ 親父がよく話していたから——お六さんの娘のおみっちゃんですよね？」

お六の耳のなかいっぱいに、足元ががらがら崩れる音が響き渡った。おみちが？ おみちがどうしたって？

「じゃ、おみちはおじさんと一緒にいなかったんですか？」

「一緒のはずだったんですか？」

お六は金切り声をあげて家中を探し回った。しかしおみちはどこにもいない。法春院に行ったまま、まだ帰ってこないのだ。

そして八百屋の親父は命が危ないほどの大怪我をしている――

孫八の仕業だ！


「探し回ることはない。あの男がやって来るのを待とう」

久兵衛の言うとおりだった。それからいくらも経たないうちに、いっそ気楽といってもいいほどのぷらぷらとした足取りで、孫八がお六を訪ねてきた。二人はまた井戸端で顔を合わせた。

「どうした、お六。顔が真っ青だぜ」

「おみちがいないの」

お六は怒りと恐ろしさで口が震えて、うまくしゃべれないほどだった。

「ほう、そりゃ大変だ。拐《かどわ》かしかい？」

「あんたが連れ出したのね？　そうなんでしょう？」

孫八は、饐《す》えたような臭いのする息を吐きながら、じっくりとお六をながめまわした。

「それならどうする？」

「いったいどういうつもりなの？　おみちは何処《どこ》にいるの？」

「俺の知り合いのところに預けてあるんだ。言っとくが、探しても無駄だぜ。俺は案外、顔が広いからな」

「おみちは無事なのね？」

「今のところはな」鼻先で笑うように言って、孫八はぴったりと身を寄せてきた。

「なあ、お六。悪いことは言わねえから、俺と駆け落ちしよう。難しい話じゃねえだろ？　今すぐおゆきの手を引いて、この家を逃げ出せばそれでいいんだ。借金なんて、逃げちまえばそれまでよ」

お六は歯を食いしばった。次に孫八が何と言うかわかっていたからだ。

「俺と一緒に来なければ、おまえはもう二度とおみちには会えねえよ。それでいいのかい？　借金を返すことと、おみちを天秤《てんびん》にかけてみな。どっちが大事だい？」

八百屋の親父の凶報を聞いてから今までの短いあいだに、久兵衛はてきぱきとお六に指示を出していた。孫八が来たら、とにかく彼を言いくるめて、時を稼げ。一晩でいいと。

「お六さん、あんたの気持ちは察するよ。あんな男のもとに、一晩だっておみっちゃんを置いておくなんてたまらない。その気持ちは充分にわかる。だが、ここは我慢だ。それにあの男は、あんたがはっきりした態度をとらないうちは、おみっちゃんに手をあげるようなことは絶対にしない。それをしたら、あんたをこの家から引っ張り出すことができなくなるからな。だから一晩の我慢だ。それ以上は長引かせないと、私が約束する」

それでも、お六は泣いて訴えた。番屋に駆け込ませてくれ。孫八があたしの娘を拐かしたと言えば、いかな融通の利かない番屋の人たちだって、きっとあの男を捕まえてくれるだろう。

しかし久兵衛はかぶりを振った。「確かに、今度ばかりは番屋も動いてくれるだろう。孫八を捕まえることもたやすいよ。しかし、そういう手順をとったあかつきには、あの男はどれほど厳しく責められようと、石を抱かされようと逆さ吊りにされようと、おみっちゃんの居所を吐かないだろう。あの子をどこに隠したか、知っているのは孫八だけだ。それを聞き出せなければ、たとえ彼奴《きゃっ》を牢に放り込むことができたとしても、あんたの負けだよ。あの男はそれを承知している」

「おみちとは生き別れになるってことですか？」

「ああ、そうだ。孫八にとっては、それがあんたに対するいちばんの仕返しになるからな」

自分の心を宥《なだ》めるのが、今度ほど難しかったことはない。お六の足はうずうずと、おみちを探して走り回りたがっている。両手はぞわぞわと、孫八の首を締め上げたがっている。それをこらえるのは、死ぬよりも辛かった。

しかし、お六は頑張った。ぐいと顎をあげ、孫八の目を見て言った。「今はこの家を出られません。近所の人たちが集まって、おみちを探し回ってくれているの。大騒ぎになっているのよ。あたしがこの家を抜け出したり、町なかを歩いていたりしたら、すぐ目についてしまうわよ」

一晩待って、明日の夜明け前に、またここに来てくださぃ——お六は孫八に懇願《こんがん》した。

「そしてそのときには、必ずおみちをここに連れてきてちょうだい。だってあの子の顔を見なかったら、あたしはあの子が無事でいるかどうかわからないもの。いいえ、それ以前に、あんたが本当のことを言っているかどうかもわかりゃしない」

「バカ言え。おみちをここに連れて来るなんて、そんな手間をかけられるか。おまえ、俺を信用しないってのか?」

「そんなんじゃないけど……でも、母親の気持ちっていうのはそういうものなのよ」

死んでも言いたくない言葉だが、お六は気力を振り絞って続けた。孫八の肘に手を置くことさえした。そうしろと、葵奥様に言われたからだ。

「孫八さん。あんたもあの子たちの父親になろうというのなら、あたしの気持ちを察してくれなくちゃ」

孫八の口元が、だらしなく緩んだ。

「親の気持ちね。ま、しょうがねえ」

「じゃ、連れてきてくれるわね?」

「いんや。それは駄目だ」孫八は、お六の懇願を面白がっているようだった。「そのかわり、明日おまえが俺と一緒にここを逃げ出したなら、すぐにおみちのいるところに連れていってやる。それでいいだろ?」

「でも!」

「連れては来られねえ。おめえ、バカじゃねえのか。俺がせっかく苦労しておみちを連れ出してやったのによ」

憤りで息が詰まりそうだったから、お六はしばらく何も言えなかった。がっくりと首を折り、うちしおれて見せるのが精一杯だ。

孫八はその肩をぽんぽんと叩いた。「心配するな。明日には会えるんだからよ」

「あの子は怖がっていませんか？　世話をしてくれる人はいるの？」

「大丈夫だよ。俺が悪いようにするわけねえだろ」孫八はなれなれしくお六の腰に手を回した。

「おまえの言うとおり、何てったって、俺はおみちとおゆきの父親になろうって男なんだからな」

孫八が去ると、怒りに震えるお六を脇に、久兵衛と葵奥様はあわただしく動き始めた。やがて久兵衛は駕籠《かご》を呼び、夜には戻りますと言い置いて出かけた。葵奥様はお六とおゆきを自分の座敷に呼び、お六が、とうとう風邪の熱が出てきたおゆきを寝かしつけるのを待って、これからの段取りを話し始めた。

お六には信じられなかった。こんな企てが、本当に上手くいくものだろうか。あまりにもとんでもない。だいいち、そんなことのできる人がこの世にいるのか？　いるとしても、すぐに調達できるものなのか？

「あたし――というよりも、あたしの旦那様は顔が広くてね」と、葵奥様は凄みのある笑い方をした。「孫八には気の毒だけれど、孫八よりももっとずっと世間をご存じなのさ。伝手《つて》もたくさん持っているし、もちろんお金もたくさんある。だから、このくらいのことは造作もないのだよ」

「でも……」

「まあ、見ていてごらん。そして、あたしたちの言うとおりにふるまうんだよ。ここが勝負どころだ。お六、気をしっかり持ってね」

夜半になって、ようやく久兵衛が帰ってきた。驚いたことに、大きな荷物を荷車に積んだ五、六人の男女を連れている。

「この人たちの力を借りられることになった。だが、手配はすべて私がするから、お六さんは何も気に病まなくていい」

久兵衛が説明するあいだにも、連れの一行は手分けして大きな荷物を家のなかに運び入れ始めた。数えて見ると、男が五人に女が一人。これがまた年増ながら匂い立つような美女で、お六のそばを通るとき、風変わりな櫛巻《くしま》きにした髪から、珍しい香料が薫《かお》った。

芸人だろうかと、お六は思った。一緒にいる男たちも、町人には見えない。それに、みんなして身のこなしの軽いこと。

それから、お六は夜っぴて葵奥様との打ち合わせに専念した。奥様はそれを〝下稽古〟と言った。

「どうせ眠れないだろうから、無理に休めとは言わないよ。それより、明日孫八に言うべき台詞やふるまいの順番を間違えないように、しっかり稽古をつけておかなくちゃねえ」

夜が更けるにつれ、ともすればおみちのことを考えて泣き出してしまうお六を励まし、叱咤《しった》して、奥様はどこまでも気丈だった。あまりに揺るがず動揺のないその態度に、少しばかり非情な気配さえお六は感じた。

やって来た不思議な男女六人は、夜明け頃まで家のあちこちでガタガタ、ごとごとと立ち働いていた。張り子のようなものや、廊下の隅に、細く割《さ》いた竹を組んで、からくりみたいなものを立てている様子もあった。いずれにしろ、お六には何が何やら見当もつかなかった。

七

長い、長い夜が明け始めた。

葵奥様は手ずから飯を炊き、おむすびをこしらえた。お六も何とか手伝おうとするのだが、手が震え足がふらついてどうにもならない。結局、葵奥様一人でてきぱきと、例の男女の分の朝飯まで用意してしまった。

「力をつけないといけないんだからね。さ、ひとつでいいから食べなさい。薬だと思って」

励まされて、お六もようやくおむすびをひとつ食べた。味などしなかった。おみちはご飯をもらっているかどうかと思うと泣けてきて、途中からは涙を食べているみたいになってしまった。

朝焼けが東の空を染めるころ、孫八はこっそりと訪ねてきた。彼が訪れやすいように、家中が息を殺していた。

「支度はできたか？　おゆきはどうした」

お六は両手をよじり合わせてみせた。

「それが……ちょっとおかしなことになっていて」

「おかしなって、何だよ？」孫八の眉が吊り上がる。「ひょっとして、岡っ引きでもうろついてるっていうのか?」

「ううん、そうじゃないの」お六はそわそわと勝手口を振り返った。「ねえ、孫八さん。この家には、先《せん》から恐ろしい謂《い》われがあるのよ」

お六は、大急ぎで語った。この家に巣くうという子盗り鬼の話を。

「それがどうしたってんだ?」孫八は苛立っている。

「だから、この家の奥様は、おみちが姿を消したことを、子盗り鬼の仕業《しわざ》だって思いこんでるのよ!」

両手を拳に握り、お六は地団駄を踏んだ。これは芝居ではなかった。早くおみちを取り戻したくて、早く孫八を殴り飛ばしてやりたくて、目玉をくり抜いてやりたくて、舌を引っこ抜いてやりたくて、いてもたってもいられなかったからだ。

「それでね、昨日の夜、霊験《れいげん》あらたかだっていう祈禱師《きとうし》を呼んで、夜中のうちから、何やらおかしな御祓《おはら》いを始めちゃったのよ。子盗り鬼を呼び出して退治するって。そしたらおみちも無事に帰ってくるからって」

孫八は目をぐりぐりさせたが、

「だったら、家のなかは大騒ぎなんだろ? ちょうどいいじゃねえか。その隙《すき》に逃げ出せばいい」

「でも奥様が、子盗り鬼を呼び出すんだから、今度はおゆきに何かあっちゃいけないって、あの子をご自分の座敷に連れていって、押入に閉じこめちゃったんですよ。だからあたしもあの子を連れ出せなかったの」

孫八はぷはぁと息を吐いた。「何やってんだ。まったく呆れかえるぜ。子盗り鬼なんざ、作り話だ。そんなモノノケがいるわけねえだろう」

「そうよねえ」と応じつつ、お六は心のなかで罵《ののし》っていた。子盗り鬼はいるよ。ここにいる。今あたしの目の前に。あんたじゃないか。あんたこそが子盗り鬼じゃないか。

「いったいどうしたもんかな……」

首をひねる孫八に、お六はすがるようにして頼んだ。

「ねえ、お願いよ。おゆきを連れ出してきてちょうだい。あたしはあんたみたいに上手く立ち回れないから、きっとすぐに見つかっちまうわ。あたしは先に逃げるから」

「え？　おまえが？」

「先に逃げて、あんたがおゆきを連れてきてくれるのを待ってるわ。それならいいでしょう？」

孫八は、お六が何処《どこ》まで本気か計りかねているようで、ちょっとたじろいだ。

「それでいいのか？」

「ええ、もちろんですよ。あたしは何処にいればいい？　下手なところで待ち合わせるよりも、いっそおみちのところにいたいんだけど。バラバラに逃げた方が目立たないし。ね、それでいいでしょう？　おみちは何処にいるのかしら？」

孫八はお六の目をのぞきこむようにした。お六は、そこに自分の本心が顕《あらわ》れていないことを祈った。心から嘘をつけるように願った。

「そうだな、それがいいか」と、孫八は言った。お六は目が回りそうになった。

「おゆきは、いちばん奥の座敷の押入のなかにいます。おみちは何処？」

孫八の袖をつかんで問いかけると、彼は声を落とし、早口でお六の耳元に囁きかけた。

「向島の元橋《もとはし》って橋のたもとに、あたり湯って湯屋があるんだ。そこの二階に預けてある。俺が出てくるときには、まだよく寝てたぜ」

向島の元橋のたもと、あたり湯の二階。お六は繰り返し、しっかりと心に刻み込んだ。

「じゃ、あたしは行くわ！」

「おまえ、荷物は？」

お六は勢いよく袖を振り、孫八をぶつ真似をした。「嫌ねえ。五十両からの借金から逃げようっていうのよ。身ひとつでいいわ。足りないものは、これからあんたが買ってくれるんでしょ？」

孫八は、春の雪のようにでれでれと溶けた。

「おうよ、任せとけ！」

「気をつけてね。そこの勝手口から入れば大丈夫よ」

孫八はひょろひょろと勝手口へ駆けてゆく。思い入れたっぷりに、いっぺん戸口に背中を向けて壁に張り付き、様子をうかがってから、おもむろに戸を開けた。そしてなかに忍び込むと、戸を開けっ放しにして姿を消した。

お六はごくりと唾を飲んだ。

ぴしゃん！　と音をたてて、勝手口の戸が閉まった。

「お六さん、お六さん」

呼ばれて振り返ると、生け垣の陰から若い男が頭をのぞかせている。

「聞き取りました。向島のあたり湯ですね」

「ええ、そうです！」

「あたしは自身番の捨松《すてまつ》っていう者《もん》です。話は久兵衛さんに聞いてます。これからひとっ走り行ってきますから、ご安心を」

久兵衛の手配は、どこまでもぬかりない。お六は深々と頭を下げた。「お願いいたします！」

そして捨松が駆け去ると、勝手口を振り返った。

(そりゃ素晴らしい見せ物だから、あんたも見逃す手はないよ)

葵奥様はそうおっしゃった。どれ、ひとつ見物させてもらおう。お六は口元を引き締めて、勝手口へと駆け寄った。


家のなかにそっと滑り込むと、すぐに気がついた。何だか生臭い。この臭い——何だろう？まるで食べ残した魚が腐っているみたいな臭いだ。

お六はそろそろと土間を抜け、台所にあがって、廊下の隅に身を潜めた。雨戸はまだぴっちりと閉じられているので、家のなかは真っ暗なはずだ。が、廊下の先の座敷から、ろうそくのゆらゆら揺れる黄色い光が漏れてくる。それがわずかに廊下を照らしているのだ。

ずしん！

音が響いた。足元に振動が伝わってくる。お六は思わず胸を押さえた。心の臓が口から飛び出しそうだ。

ずしん！　ずしん！　ずしん！

こわごわと首を伸ばしてみて、お六はそこに信じられないものを見た。

真っ黒で、大きな人影。頭に角が生えている。あの夢のなかで見た異形《いぎょう》のモノそのままだ。それが廊下の先にいる。

子盗り鬼の足音だ。

ずしん！　足が痺《しび》れる。これは足音だ。あのモノが歩き回るときの足音だ。

しゃがれたようなだみ声が、壁や天井を震わせて聞こえてきた。

「我を呼ぶのは誰だ」

子盗り鬼がしゃべっているというのか。

「我を起こす、己《おのれ》は何者だ」

しゃらんしゃらんしゃらん！　鈴の音がする。激しい衣擦《きぬず》れ。そして涼しい女の声が詠《うた》いあげる。呪文だ。

「おん、まか、そうら、わ、きたり、きたり、さん、はん、こん、おれあいあ、そうらいあ、われはきどうにつかえるみこのねのながれをくむものなり――」

子盗り鬼の影が、廊下から消えた。座敷に入ったのだ。お六は這うようにして廊下を進み、がくがく震える下顎を噛みしめて、しばらくのあいだじっと固まった。それから、座敷の方へ首を伸ばした。

　座敷のあちこちに立てられたろうそくの灯のなかで、昨夜見かけたあの匂うような美女が、白装束に身を包み、無数の鈴を縫いつけた長い布を両手で捧げながら、手を振り足を踏んで踊っていた。踊りつつ呪文を唱え続ける。

「おん、まか、そうら、わ、なもなき、ねのものよ、きけ、つどえ、われはきどうにつかえるみこのねの――」

「己はなぜ我を起こす」

　お六ははっと天井を仰いだ。子盗り鬼の大きな影は、いつの間にか上へ、座敷の天井の隅に張り付いていた。まるで大きな蜘蛛《くも》のようだ。

「己はなぜ我を呼ぶ」

　白装束の美女はぴたりと止まると、鈴を鳴らして布をひと振りし、天井の黒い影を見上げて深々と礼をした。

「冥府魔道《めいふまどう》の獄卒《ごくそつ》に追われしモノよ。黄泉《よみ》の果てにうずくまり、道を阻《はば》む形なきモノよ。わたしはあなたに、希《こいねが》い申し上げる。あなたが連れ去りし幼き魂を、どうぞお返し願いたい。あなたの欲するは穢《けが》れなき魂。しかしそは未だこの地上のもの。あなたの影の内に踏み入る無礼を罰するも、そを連れ去るは衆生《しゅじょう》をいたずらに恐れさす愚かな行いなり」

　天井の黒い影がふるふると震えた。

「この家は我の休み処《どころ》。我は踏み入るものを喰らう」

こんなことがあるだろうか。お六は息を止めていた。本当に苦しくなってぜいぜいあえぎ出すまで、自分が息を止めていることとさえ気づかなかった。

これが子盗り鬼――本当にいたのだ。本当に、この家に巣くっていたのだ。

「黄泉の果てにうずくまり、道を阻む形なきモノよ。阿弥陀《あみだ》の浄土への約定《やくじょう》に、誓うたことをお忘れか」

白装束の女は朗々《ろうろう》と詠《うた》った。

「あなたは地に害をなす影にはあらず。あなたは地に光を求めるものなり。古《いにしえ》よりの教えと、あなたの足の踏み処は何処《いずこ》に。何故にあなたは浄土への道を逸《まぬが》れ賜《たま》う。何故に惑い賜《たも》うや」

何か泡が吹いてるみたいな音がする――と思ったら、白装束の女を取り囲むろうそくの光の輪のすぐ外で、孫八が腰を抜かしているのだった。

口が開きっぱなしになっている。

「何故に惑うと問うならば」

頭上の影がまたふるふると震えた。

「この家に血の臭いがする。この家に、生きながら我の同胞となるべきものの息がある」

ふるふる、ふるふる。お六はそれを仰いで、それが笑っているのだと、やっとわかった。

「鬼の眷属《けんぞく》のある処、我の影を置くべき休み処。この血の臭いは我が同胞のしるし」

白装束の美女は大いに驚いた表情を浮かべ、しゃん！　と鈴を鳴らした。

「ならばそれもまた魔道の踏み迷い、踏み違い、過ちのしるし。道を阻む形なきモノよ、連れ去るならば、あなたの同胞を。我らは未だ黄泉に至らず、六道《ろくどう》に巡る力無きヒトなれども、ヒトの身にて魔道に落ちしものを救うべき力は持たず。再び希う、この踏み迷う道をあなたの力にて絶ち、災いを平らげて速やかに影の在るべき処へと納め賜え！」

天井の鬼の影が、ぐいと身を乗り出したように、お六には見えた。

「ならば、これは我がモノか」

かぎ爪の生えた手が伸びる。差しのばされる。座敷にへたり込んでがたがた震えるだけの、孫八の方へ。

「ヒトの血を喰らう我が同胞を、この影の身に奉ずるか」

「然《しか》り！」美女の声が凛《りん》と響く。「鬼道衆《きどうしゅう》の長のもとへ、この人殺しの血を捧げ賜え！」

ぎゃっと叫んで、孫八が逃げ出しにかかった。腰を抜かしたまま、必死で畳をひっかき後ずさりする。その情けない姿を、巨大な黒い影が追いかけ、その上に覆い被さる。

「俺じゃない！　俺じゃない！　俺は人殺しなんかしてない！」

「狼狽《うろた》えるな！　素性なき者よ！」美女は振り返って孫八を指さした。

「すでに逃れる道はありませんぞ！　おまえが魂に浴びた不浄の血を、鬼道衆に捧げるのじゃ！」

そのとき、お六は見た。天井の隅に張り付いていた子盗り鬼の黒い影が、ふわりと座敷に舞い降りるのを。見上げるようなその巨体、にょっきりと角の生えたその下に、黄色い眼がかっと開くのを。

「助けてくれい！」

たまげるような孫八の叫び声に、お六は思わず両手で耳を覆った。

「少しばかり、薬が効きすぎた」

久兵衛は照れたように笑っている。葵奥様は、いれたての香りのよいお茶を味わっている。奥様の座敷である。あの大芝居の舞台となった座敷の後かたづけも済み、家のほうぼうで香を焚いているというのに、まだほんの少し生臭い。

「あれであの男がすっかりおかしくなってしまっては、番屋でも手を焼くことでしょう」

久兵衛の言葉に、葵奥様はにんまり笑った。

「それならそれでもいいじゃないかえ、久兵衛。いっそ、その方が安心だ。孫八はもう、誰にも悪さをすることはできないのだから」

おゆきとおみちは、隣の座敷でひとつ床に入り、仲良く眠っている。これではおゆきの風邪がおみちに移ってしまいそうだが、二人が離れたがらないので仕方がない。お六は、開け放った唐《から》紙《かみ》の敷居のところに座り、奥様たちとおみちたちの顔を等分にながめていた。

「それでもまあ、新吉を手にかけたことや、八百屋の親父を半殺しの目に遭わせたことを、ちゃんと白状する程度にまでは、おつむりの調子が戻ってもらいたいものだけどね」

不思議な男女一行は、すでにこの家を立ち去っていた。

結局のところ、もちろんすべては大がかりな芝居だった。見世物である。そしてあの男女一行は、その道では凄腕だというのであった。

「あの六人はね、昔、東両国でたいそうな評判をとったこともある、手妻《てづま》と幻術使いの一座なのだよ」と、葵奥様は話してくれた。「幻灯機とからくり人形を組み合わせた、大仕掛けが得意でねえ。ところが、あまりに凄い見世物をするので、お上に睨まれてね。御府内《ごふない》では木戸銭を取って舞台をすることができなくなってしまった。でも旦那様は、一目見てあの者たちの手際の素晴らしさに惚れ込んでしまって、何年も後ろ盾をしてこられたの。だからあの者たちも恩義を感じてくれていて、今度のような急ぎの仕事でも、喜んでこなしてくれたというわけだよ」

手妻と幻術か。あの子盗り鬼の黒い影も、つくりものだったというのか。そうと聞かされても、お六はまだ半信半疑だ。本当に子盗り鬼が現れたように見えた。本当に、あの世から異形《いぎょう》の鬼が舞い降りてきて、この世で非道《ひど》いことをしている孫八を、「我の同胞だ」と、連れ去ろうとしたように見えた。

それに、あの異形のモノは、お六の夢のなかに出てきた子盗り鬼そっくりだったではないか。

「後のことは、私が引き受ける」久兵衛が言って、お六に微笑みかけた。「もう心配することはないよ、お六さん」

「お六、まだぼうっとしているようだけど」

葵奥様は笑った。

「もしやおまえ、あれでは孫八が可哀想だとでも思っているのじゃあるまいね?」

「いいえ、そんなことは」お六は急いでかぶりを振った。「ただ、あんまり真に迫っていたので――本当に子盗り鬼が出たような気がしてしょうがないんです」

「おやまあ。こちらも薬が効きすぎたね。種明かしをしても、夢から覚めないようだ」

勝手口で声がした。八百屋の倅の声だ。お六が出ようと立ち上がりかけると、久兵衛がそれを制した。

「私が出よう。お六さんはここにいなさい。今はまだ、ちょっとでも子供たちから目を離したくないだろう?」

久兵衛がいなくなると、葵奥様は湯飲みを置き、お六の方に首をかしげた。

「本当にねえ……お六、大丈夫かえ?」

「だ、大丈夫です」お六は座り直した。「ありがとうございました。本当に、なんとお礼を申し上げても足りません」

畳に頭を擦りつける。葵奥様は何も言わない。ようやくお六が顔をあげてみると、奥様はおゆきとおみちの寝顔を見やっていた。

「いいんだよ。このくらい。あんたとこの子たちのおかげで、あたしはずいぶんと楽しませてもらってきたのだもの」

「でも……これだけのことをしていただいては、手間もお金も、きっとたいそうな」

「少しはね。でも、あたしはお金だけなら売るほど持っている。旦那様もね。だから、あんたが義理に感じることはない」

それにね、と微笑んで、

「あの一座の者たちには、前々から、あたしのためにひと働きしてもらう約束をしてあったのだよ。それはまた違う形のものではあったのだけれど、でもね、そっちより、こっちの方がずっと良かった」

「奥様のために……ですか?」

「そう。あたしはあたしで、ああいう幻術を見せて騙したい相手がいたものだから」

あっさりとした言い方だったが、奥様の目がつと潤《うる》んだようになったのを、お六は見逃さなかった。

「お六、この家には本当に、子盗り鬼などいやしないよ。今日おまえが見たものは作り物だ。だから今までどおりに、安心してここで働いておくれ」

お六は、正直言うと、すぐには「はい」と答えられない気持ちだった。心が——そう、あの鬼の影のようにふるふると震えている。

だから、黙ったままうなずいた。

「本当にね、あたしが言うのだから、これ以上確かなことはない」

独り言のように、葵奥様は言うのだった。

「怖い鬼なんて、ここには出やしないよ。だって、鬼より怖いものが住み着いているんだもの」

「は」お六は奥様の顔を見た。「奥様?」

「ふふふ」奥様は含み笑いをした。そして内緒話をうち明けるように、そっと掌《てのひら》を丸めて口元を覆った。

「お六。あたしはね、幽霊なのだよ」

「奥様が……幽霊？」

「そうさ。それに」

奥様はちょっと言い淀み、またおゆきとおみちの寝顔に目をやると、小さな声でこう続けた。

「子盗り鬼よりもっと酷《ひど》い、子捨ての親でもあるのだからね」

お六は何も言えなかった。黙って、今の話が聞こえなかったようなふりをしている方がいいという気がした。お六にこれを話したことを、きっと奥様は後悔なさる。そう思った。その一方で、胸の奥がざわざわした。

幽霊。子捨ての親。

葵奥様の寂しい今と、隠されている昔。

久兵衛が戻ってきた。「お六さん、八百屋の親父さんが、気がついたそうだ。命はとりとめた。もう大丈夫だそうでございますよ、葵様」

「ああ、それは良かったねえ」

顔をほころばせる奥様と、うなずきあってお六は胸を抱いた。ああ、良かった。ホントにこれで終わったんだ。

「奥様、今夜は何を召し上がりたいですか」

お六は言って、何とか笑みを浮かべた。

「奥様のお好きなものを、お六がたんとこしらえて差し上げます」

「まあ、そうかえ。じゃあ何を奢《おご》ってもらおうかねえ」

そうそう、明日か明後日か、旦那さまがおいでになる頃合いだよと、奥様が言った。このところ、足が遠のいておいでだったからね。

孫八のことが片づくまで、わざとそうしておいでだったのだろう。お六は申し訳なく思った。でも、もう終わった。もう元通りだ。

そう、元通りだ。奥様の昔や、隠されている事情を、お六なんぞが詮索《せんさく》してはいけない。どれほど、悲しく不安に胸が騒いでも……。

なけなし三昧

一

井筒平四郎は困っていた。

平四郎のまわりには、秋の実りからこしらえた、さまざまなお菜《かず》が並んでいる。お徳は家中の器の、ありったけを出してきたのだろう。皿や小鉢や塗りの椀《わん》。色も柄もとりどりで、なかには縁《ふち》がちょっと欠けているものもある。

お徳の煮売屋は、本日休業である。竈《かまど》の火も落としてある。その竈の前には小平次が座り込み、やっぱり目を丸くしてお菜の品々をながめ回している。平四郎と同じく、お徳から箸と小皿を渡されているのだが、小平次はまだどれにも手をつけていない。存外、口のきれいな男なのである。

一方の平四郎は、それらを片っ端から食っていた。たいそう旨く、食べれば食べるほど箸が進んだ。

で、今になって困っている。

「旨いだろ、旦那」と、お徳は言った。

仁王立ちである。襷《たすき》がけでむき出しになった腕がたくましい。

今さっき、見廻りついでに立ち寄った平四郎を呼び入れたときには、いつもと変わった様子はなかった。このところ平四郎は瑣事《さじ》に振り回されて忙《せわ》しなく、お徳の煮売屋を訪ねるのは、中四日ぶりのことであった。当然のことながら、旦那旦那と呼ばれて大喜びをした。呼ばれなくても、ちくと煮物のつまみ食いをさせてもらうつもりであったのだ。

が、待っていたのは火の落ちたお徳の鍋と、代わりに並べられたこのご馳走である。

平四郎とお徳の付き合いは長い。お徳が深川北町の鉄瓶長屋《てつぴんながや》にいたころからの顔馴染《かおなじ》みだ。あれやこれやの事情があって、鉄瓶長屋は今はもうない。地所の持ち主である築地の湊屋《みなとや》という俵物問屋が、長屋を壊して屋敷を建ててしまったからである。

その〝あれやこれや〟の事情に、平四郎は深く関わった。お徳も、平四郎と方角はちょっとズレているが、やっぱり深く関わった。そして、やっぱりちょっとずつズレた場所ではあるが、心にそれぞれ傷を負った。

鉄瓶長屋ではいちばんの古顔で、差配人と同じくらい、みんなから頼りにされていたお徳だった。自身の住まいと生業《なりわい》の煮売屋を、この柳原町《やなぎわらまち》三丁目、南辻橋《みなみつじばし》たもとの幸兵衛《こうべえ》長屋へと移して、ぼつぼつ一年が経とうとしている。そしてその一年のあいだに、この幸兵衛長屋でも、やっぱりみんなの世話を焼き、頼りにされるようになってしまった。

まあ、そういう性分なのだ。

お徳の面倒見のよさが、彼女のつくる煮物の旨さとあいまって、店をどこへ移そうと、商売繁盛に変わりはない。平四郎はそれを、我が事のように喜んでいた。お徳のような働き者がちゃんと報われるというのは、陽の下には珍しいまっとうな事だ。

鉄瓶長屋では、長年連れ添った亭主に先立たれ、そのあと短い間だが親しく暮らしたおくめという女も看取《みと》ってやって、お徳は孤独な身の上である。どれほど元気に暮らそうと、独りの元気には、いつも一抹《いちまつ》の寂しさがつきまとう。最初《はな》からの独りではないから、なおさらだ。

だから平四郎は、お徳が幸兵衛長屋に移ってからこれまで、何度となく、これを機会に商売の手を広げてみたらいいんじゃないかと謎をかけていた。人を雇い、新しい商いのあれこれに頭を使い心を配れば、自然、暮らしもにぎやかになろうというものだ。

ここ柳原町三丁目は、鉄瓶長屋のあった深川北町よりも、本所深川という新開地の外れの方に寄っている。もちろん町家も少なくはないが、ぶらぶらと歩けばすぐに田圃《たんぼ》が広がり、地主の屋敷や武家の下屋敷も点在している。素ッ町人相手でどんぶり一杯いくらの煮売屋だけでなく、そうした屋敷もお客にできるよう、仕出し屋や弁当屋をやってみたらどうだろうかと、平四郎は考えた。お徳の腕なら充分にやれる。それに、幸兵衛長屋は鉄瓶長屋よりこぢんまりとしていて住人が少ないが、その分、お徳の借りた表長屋の家は広々としていた。竈を増やし、住み込みの雇い人を置くこともできるだろう。

しかしお徳は、平四郎の謎かけの意味がわからないはずはないのに、何だかんだとはぐらかしてばかりいた。今さら儲けようなんて思わない、あたしが暮らせる分だけ商えばいいんだから。商いをするのは金のためだけじゃねえだろうと平四郎が言うと、へえ、じゃあ他に何があるのさ旦那——と、とぼけてみせるだけだった。

だから平四郎は、お徳が気負い込んだ様子で彼を呼び、おいおい何だよと店をのぞいてみて、小あがりの座敷にずらりと並べられたお菜を見たときには、すわこそと喜んだのだ。ようようお徳もやる気を出したかと。箸を持つ手も浮き浮きと、皿から小鉢へと飛び移り、あれも旨いこれも旨いと大声で褒《ほ》めた。

が、しばらくして、褒めれば褒めるほどに、お徳の顔が険しくなってゆくことに気がついたのである。表情が変わるだけではない。平四郎が一皿褒めると、お徳の拳がぐいと握りしめられる。二皿食うと、お徳は座っている空き樽の上で唸《うな》る。四皿平らげると、とうとう立ち上がって両手を腰にあてた。

で、「旨いだろ、旦那」と、凄みをきかせて問いつめるのである。

「うん、旨い」

他に方策がなかったので、平四郎は素直にそう繰り返した。お徳は、上がり框《かまち》にどっかりと腰を据えている平四郎のそばまできて、のしかかるように見おろしている。

「どれもこれも、旨いだろ？」

「うん」平四郎は箸の先を舐《な》めて、笑った。

「しかし、おまえの顔は妙に怖いぞ」

竈の前で、小平次が首を縮めている。きっと心のなかで（うへぇ）と合いの手を入れているのに違いない。

「どうしたんだ？　自分がつくったお菜が気に入らねえのか？　どれもこれも上出来だぞ。本当に旨い」

「そんなに旨い？」

「旨いとも。焼き物も揚げ物も和《あ》え物《もの》も、みんなみんな旨い。八百善《やおぜん》や平清《ひらせい》にだって負けねえだろう。これなら充分に商売になる。お徳の腕は、ただの煮売屋にしておくのはもったいないと睨んだ俺の眼力に間違いはなかった。いや眼力じゃなくて舌力か」

平四郎が上っ調子に続けても、お徳はにこりともしない。それどころか平四郎に尻を向けると、かあっと声をたてて息を吐き、どっかりと元の空き樽に腰をおろした。顔が真っ赤になっている。

どうやら、腹を立てているらしい。

平四郎は横目で小平次を見た。小平次も同じようにして平四郎を見ていた。彼は平四郎付きの中間《ちゅうげん》で、実に忠義な男だが、肝っ玉は平四郎より小さいので、もしもお徳が暴れ出したら、とっとと往来に逃げ出してしまうだろう。そして大声で助けを呼ぶ。小平次の忠義のあり方というのはそういう形なのである。

「何だよ、お徳。鬼にでも憑《つ》かれたか」と、平四郎は茶化した。「いったいどうしたっていうんだい？」

　お徳は返事をしない。顔まで仁王のようになってしまった。

　お徳は平四郎より歳上で、日頃は平四郎に対しても憚《はばか》ることなく雑駁《ざっぱく》な口をきく。どうかすると、平四郎が町方役人であることを忘れているときもあるようだ。だが平四郎には、彼がお上の威光など振りかざさなくても、お徳がお徳なりの物差しで彼を計り、一目置いてくれていることがわかっているので、まったく気にしたことはなかった。

　――にしても、この様子は尋常ではない。

　口をへの字に曲げたまま、お徳はお菜の品々を睨み回した。それから、小言でも並べるみたいな口調で言い出した。

「茄子《なす》の煮浸し。小芋の素揚げの味噌あんかけ。干し椎茸《しいたけ》と玉こんにゃくの煮付け」

　ひとつひとつ、指さしてゆく。

「旦那が大喜びして食べたあの串にさした鳥団子は、ただの鳥じゃない、鶉《うずら》だよ、鶉。風味が変わってて、オツだろ。でもって、あっちの小さい魚は紅葉鮒《もみじぶな》。琵琶《びわ》湖の方で採れる鮒は、秋になるとひれが赤くなるからそう呼ばれるんだってさ。京都で生干しを作ってて、それをわざわざ取り寄せて、甘辛のたれをからめて炙《あぶ》ってあるんだ」

　小平次が「うへえ」と言った。感心しているのだ。

「たいそう、手がかかっておりますね」

「手間も金もね」

「大したもんじゃねえか、お徳」と、平四郎はもうひと押し褒めた。「いつの間に、これだけの献立を覚えたんだ？」

「だから、旦那——」

お徳は深々とため息をついた。頬の赤味も引いてきた。

「これはみんな、あたしがこしらえたもんじゃないんだよ」

「おまえのつくったお菜じゃない？」

「そう。他所《よそ》から買ってきたんだ」

平四郎は小平次と顔を見合わせた。

「そいつは豪勢だ。いったいどんな風の吹き回しで、俺たちにこんなご馳走をしてくれるんだい？」

「卵を使ったお菜だけでも、三品はありますよね」と、小平次が言った。彼にとっては、鶉や珍しい鮒よりも、卵こそがいちばんの贅沢《ぜいたく》なのである。

「ちっとも張り込んじゃいないよ」

「これだけ揃えてか？」平四郎はずらりと並んだお菜の方へ手を振った。「二十品はあるじゃねえか。えらい費《つい》えだ——」

と言ってみて、ぱっと閃いた。「さてはおまえ、富くじが中《あた》ったな？　どこのだ。いくら中った」

お徳は首を振る。「あたしが富くじなんか買いやしないことぐらい、旦那は知ってるだろ？」

確かに、あんなもので一発あてようなんて考えるのは、みんなろくでなしだというのがお徳の持論である。

「これだけみんな、いくらで買ったと思う、旦那」

「俺には見当もつかん」

「これ全部でさ」と、お徳もぽっちゃりした手を振って、「あたしの煮物を鍋いっぱい買ったのと、同じ値段だよ」

てっきり「うへえ」と言うだろうと思っていた小平次が、笑い出した。「いやはや、お徳さんは私らをかつごうとしていなさるんですよ、旦那」

平四郎は笑わなかった。お徳の口の端がぐっと下がって、今にも泣きそうな顔になっていることに気づいたからである。

「こんなことやられちゃ、こっちは商売あがったりだよ」

お徳は怒っているのではなく、ひたすら悔しがっているのであった。

お徳の商売敵は、ほんの半月前に幸兵衛長屋に移ってきたばかりであった。幸兵衛長屋には、表長屋の貸し家は四軒しかない。そのうちの端の一軒がお徳で、問題のお菜屋は、反対の端にある。

主《あるじ》は女である。名はおみね。歳は判然としないが、お徳よりは若いことは確かで（若作りだよと、お徳は吐き捨てるように言ったものである）、身なりも派手であるらしい。

平四郎はお徳の家を出ると、突っ立ったまましょっと思案して、それから幸兵衛の家へと足を向けた。おみね本人にあたるよりも前に、差配人の話を聞いておきたかったからである。目を剝《む》くような派手な商売をしているおみねの裏側にあるものを、彼なら承知しているに違いない。

それが差配人の役目だからだ。だがそれ以上に、幸兵衛が元来金に細かい老人であることを、平四郎は知っていた。〝細かい〟というのはきれいな表現で、実は〝汚い〟と言った方が正しい。要するにがめつい狸《たぬき》爺《じじい》なのである。七十をいくつも過ぎ、小柄で枯れ木のように痩せているし、気が弱そうにちまちまとまばたきをするからといって、気を許してはいけない。あのまばたきのたびに、幸兵衛の胸の奥に仕込まれている算盤《そろばん》の玉がぱちぱち鳴る音を、平四郎はしっかりと耳にする。

訪ねてみると、幸兵衛は家にいた。風邪を引き込んだとかで、重ね着をして襟巻きまで巻いていた。焼き葱《ねぎ》の匂いをぷんぷんさせている。襟巻きのなかに仕込んでいるのだろう。確かに、喉を温めるには良い療法だ。夏葱は硬くて食えたものではないが、薬にはなる。

幸兵衛にはおえんという古女房がいるが、これがここ何年か足腰を悪くして、一人では寝起きさえままならない。もちろん家のなかを仕切ることもできない。それで、今は娘夫婦が一緒に暮らしている。お秋というこの娘は、父親とはまったく違う気だてのいい女だ。父親と平四郎の話す声を聞くと、奥の台所から飛んできて挨拶し、座布団を勧めたり、散らかっていてすみませんと、座敷のなかを取り片付けたりとまめまめしい。

「そんなにあわてなくっていい。ちっとも散らかってなんかいねえしな。それより、喜一《きいち》の具合はどうなんだい？」

喜一というのは、お秋の亭主である。絵双紙《えぞうし》の版木《はんぎ》の彫り手で、とびきりの腕の持ち主だと、平四郎は評判を聞いている。江戸でも有数の絵双紙屋である通油町《とおりあぶらちょう》の鶴屋《つるや》のお抱えで、そこの絵双紙の作者には、彫り手に喜一を名指しで頼む者も多いという話だ。

ところがこの喜一が、半年ほど前から、しつこいものもらいに悩まされていた。右目の下まぶたのところに、治ってはでき、治ってはまたできして、一向に全快しない。熟練した彫り手である喜一には、それで仕事に障《さわ》りが出るということはないようだが、煩《わずら》わしいことではあるだろう。

平四郎はこの話を、お徳から聞いた。世話焼きのお徳は、すっかり喜一とお秋に同情し、眼病に霊験あらたかだという神社を聞き込んできたり、ものもらいにいいという薬を探したりと、走り回っているのだ。

「まあ、井筒様にまでご心配をおかけして、あいすみません」

うどん粉でも練っていたのか、両手をまだらに白くしたまま、お秋は丁寧に頭を下げた。

「おかげさまで、この何日かはだいぶいいようです。今度こそ、このまま治ってくれるといいんですけれど」

風邪で寒気でもするのか、いつにも増して貧相に縮こまっている幸兵衛が、娘の愛想のいい言葉を聞いて、フンというような顔をした。これもお徳からの又聞きだが、娘が絵双紙の彫り手なんぞと所帯を持つことに、幸兵衛は大反対したという話だ。もう二十年近く昔の話である。だからお秋は、駆け落ち同様に家を出て、喜一と暮らしていたのである。

幸兵衛とおえんには、お秋の他に息子が二人いたそうだが、どちらも早世《そうせい》してしまった。頼むはお秋だけである。で、古女房が寝付き、身辺が寂しく不便になってようやく、彼女と和解し、呼び寄せる気になった――というのは幸兵衛の側の言い分で、喜一とお秋にしてみれば、彼の稼ぎで充分に暮らしが立っていたのだし、無理に日本橋から深川の外れまで引っ越してくることはなかったのだ。それでも、年老いた父母を放っておかれないから、一緒に住むことを承知したのであった。

喜一は、通油町と深川を行き来する時が惜しく、仕事が忙しい折には、何日も店の作業場に泊まり込むこともあるという。彼とお秋は傍目《はため》にも仲むつまじい夫婦だから、本当はそんなことをしたくはなかろう。それでも両親のことを思って、不便を忍んでいるのだ。そんな優しい娘と婿《むこ》殿《どの》なのに、幸兵衛は今でも、事あらばこんな意地悪な顔をする。困った爺様だと、平四郎は密かに苦笑した。

「おふくろさんの方はどうだね」

「おっかさんは相変わらずです」お秋は明るく笑った。「でも、寝床の上でもお針は達者にしていますよ。あたしはもうこんなに目が良くなくてもかまわないんだから、喜一さんと代わってやりたいなんて言って」

姑《しゅうとめ》殿の方は喜一に肩入れしているのだ。するとまた、この言葉に、幸兵衛が険悪な目つきをした。

「井筒様はお忙しいんだ。油を売っているんじゃない。それに、お茶ぐらいすぐにお出しするもんだろう」

ああ、はいはいと、お秋は嫌な顔もせずに立ち上がった。平四郎の後ろに控えていた小平次が、ぬかりなく「お手伝いをいたしましょう」と声をかける。お秋は遠慮しつつ、それでも連れだって台所へと消えていった。

「風邪で寝込んでいるところに、悪いんだがな」と、平四郎は切り出した。座布団を尻の下に引っ張り込む。

「寝込んでいるわけではございません。少し寒気がするだけでございますよ」

ちまちままばたきをしながら、幸兵衛は言った。何を計算しているのか、いつもより、心なしかまばたきが速い。

「表長屋に新しくできたお菜屋、な」

幸兵衛のまばたきが一瞬止まり、また始まった。そら来たか、という感じである。幸兵衛とて間抜けな差配人ではない。平四郎に限らず、誰かが早晩この件で訪ねてくることがわかっていたのだろう。

「派手な商売をしてるそうじゃねえか。俺は腰を抜かしそうになったよ。あれだけの品数をあんな安い値段で出せるとは、いったいどうやりくりをしてるんだろうなぁ」

幸兵衛は小さな目で平四郎を見ると、けほんけほんと咳をした。それからおもむろに訊ねる。

「お徳から話を?」

「うん」と、平四郎は率直に認めた。「悔しがってるよ。商売あがったりだって」

「無理もないことです」

「ってことは、あんたもおみねのやり方を面白く思っちゃいないわけだ」

「当然でございますよ。あの女があんな無茶な商いをやるとわかっていたら、けっしてこの長屋に足踏みをさせはしませんでした」

平四郎は幸兵衛の表情を窺《うかが》いながら、おくめという女の顔を思い出していた。鉄瓶長屋でお徳が最期を看取ってやった、人生の大半を春をひさぐことで生きてきた女である。

おくめは確かに売女《ばいた》だったが、開けっぴろげで可愛い女だった。長いこと、この幸兵衛長屋に住んでいた。ただ、店賃《たなちん》は一文も納めたことがなかった。つまり、幸兵衛がおくめと取引をして、無料《ただ》で住まわせてやっていたのである。

しかし先年、さすがに寄る年波で、幸兵衛もおくめを買うことができなくなった。それだと、もう取引は成り立たない。そこでおくめは鉄瓶長屋に家移りをした。おくめは、自分が幸兵衛長屋に住み続け、毎月店賃を払うようになったら、そのたびに差配さんは、男としての面子《メンツ》が立たない思いをするだろう、それは気の毒だと考えたのである。

そのおくめも、今はもういない。位牌はお徳が守っている。祥月命日《しょうつきめいにち》になると、お徳はぽつりと、あの人はあの気質《たち》だから、きっと閻魔《えんま》様に取り入って可愛がってもらってるよ、などと言い出す。

おくめの思い出は懐かしいが、とりあえず今はそれを脇において、平四郎は考えた。幸兵衛には、おくめとそういう取引をした〝前科〟がある。だったら、おみねとだって、彼女がどういう商売をするか事前に聞いており、それだとほうぼうと軋轢《あつれき》が起こることも充分に承知した上で、何らかの取引をしておいて、この長屋に引き入れたということがあり得るのではないか。

しかし、少なくとも今目の前の顔を見る限り、幸兵衛は本当に気を悪くしているようだった。

「あの女には、よく言い聞かせたのですよ。軒を並べた表長屋に、お徳の煮売屋があることもちゃんと話して、お互いに商売の障《さわ》りになるようなことがないようにするのだと、堅く約束をさせたのです。それなのに……」

「文句は言ってみたかい？」

「言いましたとも」幸兵衛は目を剝《む》いた。その拍子に、また咳が出た。

「あれではお徳の店がつぶれる、それに、どう考えてもこんな商いはおかしいと申しました。するとあの女は、そりゃまあ立て板に水で、私に言い返したのですよ」

――差配さんは、それは世慣れてござるでしょう。でも、商売のいろはは ご存じありませんでしょ。商いってのは、損得だけで成り立つものじゃござんせんの。まずは評判をとることが大事なんです。あたしだって、ずうっとこんな赤字覚悟の商いを続けるつもりはございません。この一帯に、おみねのお菜屋の名前が知れ渡るまでのことでございますよ。

――それにね、差配さん。安いものを高く売るのはあこぎですけれど、高いものを安く売って、どこが悪いんです？

――あたしのお菜屋にお客が集まれば、並びのお徳さんのところにだって、そのお客が流れます。けっして悪いようにはならないはずです。お徳さんにだって、今にきっとそれがわかってきますよ。

平四郎は顎を撫で、剃《そ》り残しのちびた髭をぷつりと抜いた。

こいつはなかなか手強い女である。それに、面白いことを言う。

「赤字覚悟と言ったんだな？」

「はい、そう申しました」

「ってことは、損を承知で商いしても大丈夫なように、ある程度まとまった金を持っているんだな。それをやりくりして、今のようなやり方をしているってわけだ」

派手といっても表長屋で切り盛りしているくらいの規模の、しかも新しい店だ。八百屋でも魚屋でも、ましてや鶉なんかを仕入れるには、付け買いはきかない。その都度きちんと支払いをして買っているのだ。

「おみねは独り身かい？」

「はい。当人はそう申しております」

「子供は？」

「おりません」

「雇い人は？」

「女ばかり、二人おります。一人はまだ子供ですよ」

「そいつらは本当に雇われているのかな」

「さて、家族のようには見えませんですよ。おみねのことを〝おかみさん〟と呼んでおりますし」

となると、二人分の給金も、おみねが自分の手元から払っているわけだ。

「店賃は？」

「は？」と、幸兵衛が目を見開いた。それから、すばやくまばたきをした。

「あんな商いのやり方じゃ、儲けが出ねえのは目に見えてる。あんたとしちゃ、おみねがちゃんと月々の店賃を払えるのかどうか、心配になって当然だ。そのへんは確かめてみたのかい？」

幸兵衛は襟巻きに顎先を埋め、咳をした。が、これは空咳だった。

「どうなんだよ」と、平四郎は突っ込んだ。

幸兵衛は渋々白状した。「……半年分を、先に払ってもらっております」

「なるほど。いくらか色をつけて、だな？」

幸兵衛は黙っているが、それが返事になっていた。平四郎はにやにや笑った。

差配人のまぶたがぱちぱちして、心の内の算盤をはじいている。確かに店賃に色をつけてもらい、自分は得をしたつもりだったが、平四郎なんぞにこんな冷やかし顔をされてバツの悪い思いをするのだったら、あの程度の〝色〟では足りなかったのではないかと、検算しているのだろう。

「で、おみねはどこから回されてきた店子なんだい？」

平四郎の問いに、幸兵衛のまばたきが止まった。口元が歪む。

「喜一でございますよ」

意外なところに婿殿の名前が出てきた。

「喜一がどうかしたのか」

「あれに頼まれたのです。おみねは、鶴屋の上得意客だとかで。事情があって家移り先を探しているから、何とかしてくれないかと泣きつかれたのですよ」

「じゃあ、請状《うけじょう》は」

店子を引き受ける際の身元保証書のことである。

「鶴屋が出してくれました」

異な話である。いや、お店が得意客のために便宜《べんぎ》をはかるというのは、格段に珍しい話ではない。ただ、喜一は鶴屋の奉公人ではなく、版木の彫り手だ。絵双紙の作者とは親しくとも、客と懇意にはなりにくい立場だろう。

お秋はこのことを知っているのだろうか。平四郎は腹のなかで思案した。そして立ち上がった。この先は、おみねという女の顔を見てからにした方が良さそうだ。

「邪魔したな。この時期の風邪は厄介だ。大事にしてくれよ」

平四郎が外に出ると、すぐに小平次がやって来た。平四郎はつくづくと、見慣れた中間の丸い顔を観察した。

「茶は出てこなかった」

「旦那はもう腹一杯だと思いました」

「うん。お秋と何か話したか?」

「このあたりで、おみねのお菜屋の人気はどんな具合なのか訊いてみました」

上出来だ。「で?」

「たいそうな評判だそうです。でもお秋さんや長屋のかみさんたちは、お徳さんに悪いんで、誰も買わないと言っていました」

「律儀な話だ。お徳は幸せもんだな」

平四郎はぶらぶらと幸兵衛長屋に引き返した。お徳の家の前は通らず、わざと裏に回ってからおみねのお菜屋の前に戻ってみた。

表戸は半分しか開いていない。休業なのではなく、まだ支度の途中なのだろう。午《ひる》を過ぎ、夕刻まではまだ間のある半端な時刻だ。

戸口から往来まで、煮炊きの匂いが流れてくる。焼き物の煙も見える。なかで女の笑い声と、きびきびした話し声が聞こえる。

平四郎は小平次に、ちょっとしたことを命じ、自分は手近の天水桶《てんすいおけ》の陰に隠れた。小平次はそれを見届けると、お菜屋の戸口に首を突っ込み、ごめんなさいよと声をかける。すぐに若い女が出てきたが、小平次がこちらのおかみさんはどなたでと訊ねると、入れ替わりに小柄で色白の年増が現れた。小さく結った髷《まげ》と、裾を短めに着付けた粗縞《あらじま》の着物が粋である。いかにも働き者というふうに、平四郎には見えた。それでいて、ちらちらとのぞく華奢《きゃしゃ》な足首が色っぽい。

「それはそれは、お役目ご苦労様でございます。新参者のわたしどもをよろしくお願い申し上げます」

おみねは小平次に頭を下げる。少し嗄《か》れたような声だが、世慣れたしゃべり方である。

「なに、そんな堅苦しい挨拶はおよしなさい。ところでこのお菜屋では、弁当もあつらえてくれるのかね」

小平次が、せいぜい威張った口調で訊ねる。おみねはころころと喜んで、はい、ご注文に応じていくつからでもと請け合った。

「それじゃあ、近いうちに頼むかもしれない。よろしく頼みますよ」

「ありがとうございます！」

おみねだけでなく、他の女の声も唱和していた。活気がある。

小平次が戻ってくると、平四郎は来た道を引き返し、幸兵衛長屋を離れた。おみねがなかなか佳《い》い女だということと、真面目で女房想いの喜一のなかにも、舅《しゅうと》殿への気苦労に疲れた部分があるに違いないということ。結びつきそうで結びつかない。また、結びつかない方が良いに決まっている。が、ちょっと気を抜くと結びついてしまいそうなので、落ち着かなかった。

二

現在の、本所深川方の臨時廻りになる以前、平四郎は十五年ものあいだ、諸式調掛《しょしきしらべがか》りを拝命していた。諸式つまり物価を観察し、不当な商いを取り締まる役職である。それだから、今でも物の売り買いには少々詳しい。

そんなわけで、平四郎はとっとと組屋敷に帰ると、自分の書き物机の前に座り、半紙を広げ墨を磨った。お徳に馳走になったお菜の品々を作るのに、はたして元手がどれくらいかかるものか、ざっと計算してみようと思ったのである。

やっているうちに夢中になった。途中で細君に呼ばれたような気がしたが、面倒なので返事もせずに放っておいた。

と、いきなり肩口からぬうと手が伸びてきたので驚いた。

「ここで足し算を間違っておられますよ、叔父上」

弓之助であった。平四郎の甥である。細君の方の血筋で、尋常ではない綺麗な顔をした男の子だ。そのうえ頭も切れる。

「何だ、何しに来た」

弓之助は澄まして答えた。「叔母上にお通しいただき、何度もお呼びしたのですが、お返事がなかったので脇に控えておりました」

「いつからいたんだ」

「ちょうど叔父上が」と、弓之助は平四郎の書き付けたものに目をやり、「鶉《うずら》の仕入値を計算しておられるあたりからです。その仕入値は、少々安値に過ぎませんか。このところ、鳥肉は全体に高うございますよ」

「何でおまえがそんなことを知ってるんだ？」

弓之助の家の河合屋は藍玉問屋である。

「到来品をやったりとったりするのは商人の常でございますから」

「じゃ、おまえならいくらに付ける」

弓之助は平四郎から筆を借りると、書き付けのいくつかを直した。いずれも高値への修正であった。おみねの商いは、どう計算してもとんでもない赤字続きだということが、なおさらはっきりする。

「ついでにこの足し算も直しておきましょう。それと、こちらのかけ算も間違っておりますですね」

「おまえは計測だけじゃなく、計算も上手《うま》いんだな」

「計測と計算とは、切っても切れない間柄でございますよ。でも叔父上は、どうして算盤をお使いにならないのですか？」

「嫌いなんだ」

そのとき突然、「ふわわぁ」と、誰かがあくびをした。

平四郎は振り返り、唐紙の前にちんまりと、赤い着物をきた少女が座っているのを見つけてまた驚いた。

「やあ！」

すると少女は平伏し、口上を述べた。「初めてお目にかかります。わたくしはとよと申します。

よろしくお願い申し上げます」

平四郎は息を整えた。「今の〝やあ〟は、挨拶じゃねえんだ。俺は驚いたんだ」

「失礼いたしました。叔父上」弓之助は言って、少女の方へ膝を乗り出した。「とよ姉様、お顔を上げてくださいい」

「あん？」

とよ姉。平四郎は弓之助の顔を見た。「この娘は誰だ？」

「不作法なことになりまして、申し訳ありません。わたくしの従姉《いとこ》です」

「父方の従姉です。叔父上にお目にかかるのは初めてのことと存じます」

「初めまして」と、おとよはまたぺったんこになってお辞儀をした。

「まあ、いいや。もうちょっと真ん中の方に来るといい。ああ驚いた」

「陽のあるうちから娘御のお化けが出たかと思われましたか？」

弓之助はニコニコしながらおとよと並んで座った。従姉弟の間柄だから、似ていなくても不思議はない。が、ちょっとは似ていても良さそうなものだと同情を覚えるほどに、おとよの容姿はぱっとしなかった。歳は弓之助よりもいくつか上のようである。

もっとも、弓之助は度はずれた美形だから、どんな美人が並んでも見劣りしてしまう。平四郎の細君は、こんなふうに評する。

「男でも女でも、過ぎた美形は本人の身を誤らせます。でも弓之助の美形は、本人どころか他人の身をも誤らせるものですわ」

おとよはきょとんとした顔をしている。平四郎はまだ彼女をきょとんとさせるようなことは何も言っていないから、これは天然ものだろう。平四郎の朋輩《ほうばい》にも、いつも驚いたような顔をしている男がいる。本当に驚いたときには泣き顔になる。それでもまあ、世の中には、笑っているのに怒っているように見える顔の持ち主もいるのだから、不幸の度合いはまだ薄いと言わねばなるまい。

「お仕事のお邪魔をして申し訳ございません」と、弓之助は言った。

「邪魔されるほどの仕事じゃねえよ。それに、もう済んだ。で、何だい」

「そう言っていただけると救われます。ねえ、とよ姉様」

おとよはまだきょとんとしたまま、一拍置いて、繰り返した。「そう言っていただけると救われます。ねえ弓之助さん」

平四郎は、昔、何処やらに参拝に行って、ご神体が納められているという洞窟のなかで柏手《かしわで》を打ったときのことを思い出した。自分の柏手の音が、洞窟の壁にはね返り、ちょっと遅れて聞こえてくる。木霊《こだま》だ。

「とよ姉様は、今、悩み事を抱えているのです」と、弓之助が注釈した。

「はい、わたくしは悩み事を抱えているのです」と、おとよが続ける。

「あらかたのところに相談をしてみたのですが、まだ得心《とくしん》がいきません」

「はい、まだ得心がいきません」

「それでわたくしが叔父上のことをお話ししましたら、ぜひ叔父上のご意見もうかがってみたいと申されまして」

「はい、わたくしはぜひ叔父様のご意見をうかがってみたいと申しました」

「それで、おまえが案内してきたっていうわけか」と、平四郎は木霊に割って入った。

「はい」

「俺なんぞが力になれるとも思わねえが、どんな悩み事なんだい」

弓之助はおとよを見た。促したつもりなのだろう。が、おとよも弓之助を見返すだけで、口を開かない。

弓之助は平四郎に目を戻し、言った。「縁談なのです」

「縁談？　おとよにか」

「はい」

「そいつはめでたいじゃねえか」

おとよは平四郎と弓之助の顔を見比べている。

「めでたくねえのか。ははん、その縁談が気に染まねえんだな」

「そうではないのですよね、とよ姉様」

「そうではないのですよね、弓之助さん」

おとよというこの娘の頭の中身にも、いろいろと足し算の間違いがあるのではなかろうかと平四郎は思った。それは弓之助にも直せないようである。

「とよ姉様は、縁談の相手が嫌いなわけではないのです」

「はい、嫌いなわけではないのです」

おとよは弓之助の父の弟の娘だという。生家は河合屋の分家で、やはり藍玉を商っている。縁談の相手は通本町《とおりほんちょう》の紅屋《べにや》だというから、平四郎は笑った。

「藍と紅で色合いはちょうどいいじゃねえか」

おとよはにこりともしない。さすがに弓之助は気詰まりらしく、困ったように笑った。

「おとよは人見知りなのかな」と、平四郎は言ってみた。それでも反応はない。弓之助と並んでいると、まるで人形使いと人形だ。ただし、人形使いの方が人形よりも美形だという変則的な組み合わせだ。

「とよ姉様は世間ずれしていないのです」と、弓之助は注釈した。「叔父上にお目にかかる以前のわたくしもそうでした」

それは違う。弓之助は、初めてこの家に来たときから、世間には床ずれするくらいにすれていた。

「まあ、いいや。で、縁談相手が嫌いなわけじゃねえが、縁談には気がすすまねえと」

「はい」

「他に好いた男がいるのかな」

「違いますよね、とよ姉様」

「違いますよね、弓之助さん」

「ンじゃ、何が嫌なんだ」

いつもの平四郎なら面白がるところだが、今日はお徳のこともあって、いささか面倒になってきた。

「とよ姉様は、縁談相手が嫌いなわけではありませんが、好きでもないのです」

弓之助は平四郎が焦《じ》れているのを察して、おとよの木霊が返る前に続けた。

「というより、人を好きになるというのがどういうことか、まだわからないのです。知らないのです。そのままで誰かと添ってよいものなのかどうか、悩んでいるのです」

やっと平四郎は納得した。年頃の娘らしい悩みである。

「そうさなぁ」と、首のあたりをぼりぼり掻《か》いた。真っ直ぐに答えるには、ちと照れくさいような話だ。

「人を好きになるというのはどういうことか」

「はい」と、弓之助とおとよが同時に乗り出した。その熱心な顔つきから察するに、弓之助本人も、この問いに対する答えを知りたがっているのだと、平四郎は思った。

「おまえ、いくつだった?」

急に関係のないことを訊ねられたからか、弓之助はつと背を伸ばした。

「昨年は十二でした」

バカに正確である。「だ、だ、だったというのはそういう意味じゃねえ。じゃ、今年は十三か」

「そうなりますね」

元服《げんぷく》にはまだ早い。しかし町場の子は早生《わせ》なものだ。この夏、岡っ引きの政五郎のところのおでこが元気を失くしてしまったとき、政五郎が〝片恋でもしているのじゃないか〟と疑ったことを、平四郎は思い出した。結局それは思い過ごしだったのだが、政五郎の心配は本物だった。

おでこも確か十三のはずだ。おでこに片恋の疑いをかけられるならば、弓之助が色恋に興味を持っていると察しても、穿《うが》ちすぎにはならないだろう。

「おまえはどう思う?」

弓之助は少々及び腰になった。「何をでございますか?」

「人を好きになるとはどういうことか」

美形の顔が、ちょっと歪んだ。「さあ、わかりません」

「わからないなら考えろ」

「叔父上――」

「おめえなら見当がつくはずだ」

弓之助は、昨年起こった湊屋の揉め事――鉄瓶長屋に絡む騒動の根っこにあるものを、平四郎よりもずっと早く察して真相をつかんだ。あれだって、煎じ詰めれば人が人を好きになったり嫌いになったりすることから生じた拗《こじ》れだったのだ。あれが理解できるならば、わかるはずである。

急に子供こどもした風情《ふぜい》になって、弓之助は指で鼻の下をこすった。「好きになると、ずっと一緒にいたくなるでしょう」

「うん、それから?」

「その人と楽しく暮らしたくなります」

「それから？」

「その人の笑う顔が見たくなりますし、困っていたら、助けてあげたくなります」

平四郎はおとよに目を向けた。「どうだ、得心がいったかい？」

おとよは依然、きょとん顔だったが、今度は本当のきょとんだった。初めて弓之助によそ見をせず、平四郎を見ている。

「そういう気持ちになったことが、これまであったかい」

「ありません」

「そうか。でも、これからなるかもしれないぜ。縁談相手を嫌いじゃないなら、試してみる価値はある」

「それじゃ、嫌いというのはどういうことなんでございましょう」

おとよが平四郎に直《じか》に訊ねた。平四郎は笑った。「今の逆さ。その人と一緒にいたくないし、楽しく暮らせなくてもかまわないし、笑う顔は見たくないし、困っていても放っておける」

おとよはほっそりとした手を頬にあてた。優美で美しい指先だった。この娘の手は器量良しだ。

「わたし……紅屋の若旦那が困っていても、痛くも痒《かゆ》くもござんせんわ」

「そりゃ、今はまだ他人だからさ」

「夫婦になると、違うのですか？」

「いろいろな。みんなが勧める縁談ならば、乗ってみても悪くはないだろうよ。添ってみてどうしても駄目だったなら、夫婦別れして帰ってくりゃいいんだ」

弓之助があわてた。「叔父上、いくらなんでもそれは無責任です。そんな簡単なことではないでしょう」

「そうでもねえさ。いや、俺だって、おめえらが長屋暮らしの素ッ町人だったら、こんなことは言いやしねえ。でも、河合屋は繁盛してるし、おとよの家だって金持ちなんだろう？」

箸より重い物を持ったことがなさそうなあの指と、おとよが着ている優美な手鞠《てまり》模様の刺繡《ししゅう》の小袖を見れば、一目瞭然だ。

「暮らしにゆとりがあるんなら、人生にもやり直しがきくってもんだ。違うか？」

弓之助はなぜかしらしゅんとして、そうですねと小声で呟いた。いろいろ、思い出しているのかもしれない。

「それでもわたし……誰かを好きになってみたいのです」と、おとよが言った。「胸を焦《こ》がすと申しましょう？　お慕い申し上げていますと、言ったり言われたりしてみたい」

絵双紙や黄表紙《きびょうし》の読み過ぎだ。平四郎は試みに訊いてみた。「おとよ、通油町《とおりあぶらちょう》の鶴屋って知ってるか？」

「はい！」

今までいちばん元気の良い返事だった。図星だ。平四郎は内心、額に手をあてた。

「あのな、ああいう物語は、ありゃ作り物だ。あんなことはめったにあるもんじゃねえ」

「そうでしょうか」

「そうだとも。俺だって、誰にもそんな台詞《せりふ》を言ったことはねえ。やっぱり周りに勧められて、顔を見たこともねえ嫁をもらったが、それでも一向、差し支えねえ」

おとよはきょとんと目を見張ったまま考えた。そして訊ねた。「それでは、叔父様は奥様がお好きなのですよね？」

「好きとか嫌いとか、そういうことじゃねえな」

「では、何ですの」

「便利だな、うん」

「それでは、奥様に〝好きだ〟とおっしゃったことはございませんの？」

「あるわけねえだろう、そんなもん。あんなおかめをつかまえてだな――」

笑い飛ばそうとした刹那《せつな》、鋭い声が飛んできた。「あなた」

平四郎は固まった。他でもない細君が、開けっ放しの唐紙のところに鎮座している。

「な、な、な」

何だおまえかと言おうとしたが、呂律《ろれつ》がまわらない。

平四郎の細君もまた、いっぱしの器量良しであった。今は相当品下《しなくだ》ったが、まだ美人だと褒めてくれる者もいる。その綺麗な顔でお雛様《ひなさま》のように微笑み、細君は言った。

「先ほどから、政五郎さんがお待ちです」

政五郎は恐縮していた。さすがに、場を読むことにも長《た》けている。彼が座敷に入ってきたとき、平四郎は袖で顔を扇《あお》いでいた。逆上《のぼ》せて暑いのだが、井筒家ではひぐらしの声を聞くと細君が団扇《うちわ》を片づけてしまうので、他に扇ぐものが無いのである。

「ああ、寿命が縮んだ」

冷汗の平四郎に、政五郎は謝った。

「とんだお邪魔をしましたようで」

「いいんだ、いいんだ、気にするな。しかし、おまえが俺を訪ねてくるなんて、珍しいこともあるもんだ」

政五郎はいつもながらの艶《つや》やかな月代《さかやき》で、顔色もいい。この夏はひどく暑かったが、夏負けなどこの男には無縁なのだろう。がっちりした肩のあたりもそのままだ。

「書いたものをお預けしようと思ってまかりこしたんですが、奥様が、ちょうど旦那はご在宅だからとお通しくださいまして」

「書き物を寄越すなんざ、しかつめらしいことをしなくたっていいよ」

やはり同心だった亡父がそうしていたからという理由で、平四郎は長いこと、岡っ引きを使わずにお役目をしてきた。例の鉄瓶長屋の騒動を通して政五郎と知り合いになり、親しく頼り合うようになったのは、ここ一年以内のことである。平四郎の方はすっかりうち解けたつもりだが、政五郎にはまだ遠慮があるのだろう。旦那、旦那と呼ばわりながら、庭を回って縁側に取り付くなどという不作法を、この男はまだしたことがない。

「ひとつ、旦那のお力を貸していただきたいことが生じまして」

几帳面《きちようめん》に正座して、政五郎は切り出した。

「常盤町《ときわちよう》三丁目に、有馬屋《ありまや》という筆屋があるのをご存じでしょうか」

すぐには思いつかなかった。「知らんが、有馬筆が売りの店かい」

有馬温泉名産の有馬筆は、江戸では扱う店が少ない。それを屋号にしているところを見ると――

「店主が有馬の出なのです」

「深川じゃ新参者だな」

「はい、まだ一代目です。ですが、手堅い商いで評判のいい人物です」

この有馬屋には、珍しい筆の他にも売り物があった。看板娘である。

「主人夫婦の一人娘で、歳は十八。名はお鈴と申しました」

平四郎は察した。政五郎の「申しました」は、さっきの平四郎のそれとは違い、言葉の綾ではなさそうだ。

「そのお鈴がどうかしたのか」

「自分の寝起きしている座敷で、鴨居《かもい》に帯紐を下げ、首を括《くく》って死にました。見つかったのは、一昨日《おとつい》の朝のことでござんす」

書き置きがあった。娘がこの十日ほど、ひどく萎《しお》れていたことには、両親も気づいていた。

「縊死《くびれじに》であることに疑いはございません」

「検視はどうした」

「やはりそのお見立てでした」

だとすれば、御番所にも岡っ引きにも出る幕はない。にしては、政五郎の目が用心深く翳《かげ》っている。

「両親も、その書き置きを読んで初めて知ったそうなのですが、実はお鈴は、こっそりと家の金を持ち出していたようなのです」

皆まで言われずともピンと来る。

「男だな」

「はい。どうやら性質《たち》の悪い女たらしに引っかかっていたようなのです。しかも、お鈴は身ごもっておりました」

甘い言葉で誑《たぶら》かされ、さんざんに貢《みつ》がされたあげく、身重《みおも》になった途端に捨てられた――そんな話だ。

「気の毒だが、今さらどうしようもねえな」

「私《あたし》もそう言ったのですが……」政五郎は濃い眉を歪めた。「有馬屋の夫婦は、何としてもその男を探し出し、相応の罰を与えてやりたいと言い張ってきかないのです」

「それでおめえに助《す》けてほしいと?」

政五郎はうなずいた。「大事な娘を傷つけられた親の気持ちもわかりますし、こういう男を放っておけば、また同じようなことをやるでしょう。いっぺん身柄を押さえて、ぐうの音も出ないように懲らしめてやった方がいいのはわかっております」

それには平四郎も同感だ。「で、どうやるつもりなんだい」

「お鈴は稽古事の行き帰りに、時を作って男と会っていたようです。文をやりとりしましてね。男から来た文が、文箱にいくつか残っていました。それで、お鈴の手筋を真似た文を書き、男をおびき出そうと思うのです」

縊死という悲しい死に方なので、お鈴の死はまだ伏せられている。このままこっそり荼毘《だび》に付し、身内だけで葬るというから、男には悟られる気遣いはないという。

「しかし、上手くいくかね。男はお鈴から逃げちまったんだろう？」

「残っていた文によると、男はお鈴に駆け落ちしてくれと頼まれて、進退窮《きゅう》していたようなんですよ。駆け落ちじゃ、この先一文にもならないお荷物を抱え込むだけですからね」

そこで囮《おとり》の文には、有馬屋の両親が二人の仲を認めてくれた、世間体があるので店を継がせるわけにはいかないが、とりあえずは所帯を持たせ、暮らしが立つようにしてやろうと言っていると書き綴《つづ》る。

有馬屋が小金持ちの筆屋であることは、男は承知している。両親が計算してみると、お鈴がこっそり持ち出した金は、積もり積もって三十両ほどにもなるという。

一度引っかけた女からは、搾《しぼ》れる限り搾り取るというのが、こういう女たらしの常套《じょうとう》手段である。お鈴がまだ金になるかもしれないと思わせることができれば、もういっぺん呼び出すぐらいのことはできるだろう。

「わかった」と、平四郎は膝を打った。「俺はその場にいて睨みをきかせていりゃいいんだな？」

「はい。段取りはすべて私《あたし》らがやります。旦那はただ、お身体を運んできて、私らが男をとっつかまえたら、怖い顔をしていてくだされればよろしいんで」

「面白そうだ。俺もいっぺん、役人風を吹かせてみたかったしな」

そのとき、今度はぬかりなく閉めていた唐紙が、がらりと開いた。帰ったはずのおとよと弓之助がいる。おとよは相変わらずきょとんとした顔だが、気が張っているのか顎先が尖って見える。

「叔父様」と、おとよは平四郎に呼びかけた。

「その企みには、若い娘がご入り用ではありませんか？」

「およしなさいよ、とよ姉様」脇で弓之助が狼狽《うろた》えている。

「どうして止めるの。囮役の若い娘がいた方がいいと言ったのは弓之助さんじゃありませんか」

政五郎は平四郎の顔を見て、後ろの二人を振り返った。「これはこれは、河合屋の坊ちゃん」

「こんにちは」と、弓之助は中腰で挨拶した。

「大事なお話に割り込んで、すみません」

「それはかまいませんが……」

先んじて、平四郎は紹介した。「そっちの娘はおとよだ。俺の姪《めい》だよ」

「わたくしの従姉なんです」と弓之助が言った。だから責任は自分にあるという顔だ。

「私は井筒の旦那にお世話になっている政五郎という者です。お上の御用を務めております」政五郎は丁寧におとよに名乗った。「それでお嬢さん、あなたが囮になるとおっしゃるので？」

おとよは前に出た。「はい。何処《どこ》にしろ、その男を待ち合わせ場所に呼び出したときに、若い娘がいた方がよろしいでしょう？　お鈴さんのふりをして、ね。お鈴さんの着物を借りて、背中を向けていればいいんだもの。それで、男が油断して親しげに寄ってきたら、親分さんたちがわっと取り押さえればよろしいでしょう」

政五郎はにっこりした。「聡《さと》くていらっしゃる。私らも、まさにおっしゃるとおりにするつもりなんです。でも、そんな荒事《あらごと》に、お嬢さんが関わることはござんせん」

優しいがきっぱりとした口調だった。腹の据わった岡っ引きと、手練《てだ》れの差配人にしか出すことのできない声でもある。

それでもおとよは引かなかった。若い娘の思いこみは、弘法大師《こうぼうだいし》の錫杖《しゃくじょう》よりも強い。おとよは平四郎の方に顔を向けた。

「叔父様、わたしに手伝わせてください」

「とよ姉様……」

袖を引っ張る弓之助を押しのけて、

「その男は、お鈴さんを騙したのですよね？　好きだ、惚れたと言っていたけれど、それは真実《ほんとう》ではなかったのですよね？」

平四郎は答えた。「ああ、そうだ」

「お金を引き出すために、嘘を言っていた」おとよは言った。「その男は、お鈴さんの笑い顔を見たいと思ってはいなかった。お鈴さんと一緒にいたいとも思ってはいなかった。お鈴さんが困っていても、助けようとはしなかった。だけれど、そのように見せかけていた。そうでございますね？」

「そうだよ、おとよ」

おとよはきっと目を上げた。きょとんとした顔に備わっていた愛嬌《あいきょう》が、今はきれいに消えている。

「でしたら、わたしはその男の顔を見てみたい。どんな気持ちでそんなことができたのか、問いただしてみたいです。それは〝好き〟の偽物でございましょ？　どうしたらそんな偽物を作って、真実に見せかけることができるのか、わたしは知りとうございます」

政五郎が困っている。それを充分承知の上で、平四郎は言った。「よし、いいだろう」

おとよの顔が輝いた。

「旦那……」

「済まねえな、政五郎。ここは、囮役の若い娘を探す手間が省けたと思って、俺の頼みをきいてくれ」

人殺しを捕まえるために囮になるというわけではない。危険は少ない。だったら、黄表紙の物語で夢いっぱいにふくらんだおとよに、男の怖さや冷たさや、男女が〝好き〟と想い合うことの併せ持つ汚さ危なさを、目のあたりにさせるのは悪くないだろう。このまま放っておけば、縁談を断り夢を見続け、やがては、お鈴を騙した奴と同類の男たちの、格好の餌食《えじき》になりかねないおとよである。そうなる前に、彼女にこそお灸《きゅう》をすえるいい機会だ。

「はあ……」と、弓之助がため息をついた。

「それならばわたくしもお手伝いします。とよ姉様の護身役を務めましょう」

実は、やっとうもできる弓之助であった。

三

甘えついでに、平四郎は政五郎にもうひとつ頼み事をした。鶴屋の喜一を、政五郎の女房が営んでいる本所元町の蕎麦屋《そばや》まで呼び出してもらったのである。

喜一も忙しい身の上であるし、舅やお秋には内緒で出てきてくれという注文もつけたので、平四郎が彼に会えるまで、三日かかった。

落ち合ったのは午前《ひるまえ》のことだったが、喜一は几帳面な人柄そのままに、呼び出した側の平四郎より、よほど早くから来ていたようだ。蕎麦屋もまだ開けていないので、平四郎が顔を出したとき、彼は政五郎の女房と、穏和な笑みを浮かべて話し込んでいた。

平四郎は汗を拭きながら謝った。喜一はそんな平四郎を押しとどめ、

「今日は妙に蒸しますね。夏が戻ったようです」と、自分はちっとも暑そうな様子もなしに言った。色褪《いろあ》せた子持ち縞の着物の、袖のところにぐるりと汚れ除けを縫いつけてあるのが職人らしい。その手には、刃物の傷跡がたくさん残っていた。どれも古傷だから、修業時代のものだろう。

水を飲んでひと息つくと、平四郎はすぐに切り出した。「岡っ引きからの呼び出しを食ったりして、驚いたろう」

喜一は好い声で笑った。けっして美男ではない。分類するなら、弓之助よりも平四郎寄りに入るだろう。それに今は、お秋の心痛のたねであるものもらいで、右の下まぶたがぽっこり腫《は》れている。それでも、この声は得だ。

「旦那からお訊ねがあると伺いましたので、あわてはしませんでした。たぶん、お菜屋のおみねさんのことでございますね？」

わかっているなら話は早い。

「おまえさんの舅殿から聞き込んでな」

喜一は肩をすぼめた。「お徳さんには申し訳ないことをしてしまいました」

「気にするな。おまえだって、おみねがあんなめちゃくちゃな商いをするとは思っていなかったんだろう？」

「それはもう……。弁当屋だと聞いていたのです。注文をとっての商いで、小売りはしないと。おみねさんはもともとが仕出し屋のおかみさんですから、手前もすっかりそう信じ込んで……」

平四郎は納得した。

「やっぱり、先《せん》から商売をしていたんだな。そっちを畳んで幸兵衛長屋に移ってきたっていうことか。どんな理由《わけ》ありだい？」

喜一は困ったように眉を動かした。平四郎は言った。「今日ここでの話は、俺は誰にも漏らさねえ。当のおみねにも言わねえし、おまえの女房にも舅殿にも内密にしておく」

困惑が広がる。「いえ旦那、お秋には言ってもらってもいいんです。あいつは事情を知っておりますから」

平四郎は笑った。「それは重畳《ちょうじょう》だ。実は、俺はちょっと疑った。おみねがあんまり佳い女なんで、おまえと何かあるんじゃねえかってな」

「とんでもない!」

今度こそ喜一は本当にあわてている。小さな目が泳いで、なぜかしら平四郎の肩の後ろあたりに行った。平四郎もちょいとそちらに目をやった。店の隅だ。小さな飾り棚があり、細々《こまごま》とした縁起物が飾られている。招き猫。七福神の宝船。きれいな千代紙の台に、虫除けの呪《まじな》い札《ふだ》を貼ったもの。目笊《めざる》をかぶった犬張子《いぬはりこ》。

飾り棚から目を戻すと、喜一は言った。

「おみねさんはご亭主と二人で、両国橋西詰めで〝角屋《かどや》〟という仕出し屋をやっていたんです。花火船に出す料理が評判で、手前どもの店でも、一昨年の夏、お得意様を招いて花火船を仕立てたとき世話になりまして、ご縁ができました」

「なんだ、亭主がいるのか?」

「はい。いたのです。今年の春ごろですか、夫婦別れということになりましたそうで」

なぜ別れたのか、経緯《いきさつ》は知らないという。「お子さんも二人いて、円満なように見えていたのですが」

おみねは子供たちを亭主のもとに残し、なおかつ、別れるときには相応の金を要求した。亭主もそれを払った。

「角屋は、おみねさんの裁量で保っていたようなところがありましたから。いわば財産分けでございましょうね」

実際、おみねが家を出てしまうと角屋は立ちゆかなくなり、元の亭主は店を閉めてしまったという。

「あのお菜づくりの腕前は、確かに大したもんだからな」

独り身になったおみねは、しばらくのあいだは親戚筋の家に居候《いそうろう》し、ぶらぶらしていたが、やがて弁当屋を開くと言い出した。その際に、両国橋のこっち側、本所深川界隈《かいわい》でいい貸し家はないかと相談を持ちかけられたのが、初夏のころだったそうである。

「おみねは、おまえの舅殿が長屋の差配人だってことを知ってたのかね」

「いえ、それは」喜一は口ごもった。

「そんなことを頼まれるくらいだから、おまえとおみねは、それなりに親しくしていたんだろう?」

喜一はまた飾り棚の方を見た。妙に切なげな目つきであった。

「おみねさんは商売上手なだけでなく、面倒見もいい人です。仕出し屋というのは顔も広いですし……。ですから、最初は手前から話を持ちかけたのではなく、手前の朋輩がおみねさんに訊ねてみたのがきっかけだったのですが」

平四郎には話の筋が見えない。それを察したのか、喜一はためらいながらも続けた。

「実は、手前はお秋と相談しまして、貰い子をしようと思っているのです」

それで飾り棚の謎は解けた。喜一が切なげに見やっているのは、目笊《めざる》をかぶった犬張子だ。これは小さな子供の魔除けのお守りである。

「その犬張子は、貰い物だとこちらのおかみさんが」と、喜一は言って微笑んだ。

「俺も仲見世や夕市の露店で見かけたことがある。うちには子供がいないんで、買ったことはねえが」

貰い子をしようと決めても、犬や猫の子を拾うのとはわけが違う。また喜一もお秋も、できるならば生まれたての赤子を引き取りたいという願いがあるので、なおさら難しい。

平四郎は納得した。顔が広くて世話焼きならば、そういう相談事には格好の相手だろう。

「なるほど、それでおみねを頼ることになって、親しくなったのか。で、貰い子の方はどうなんだ。あてはできたか」

喜一はかぶりを振った。「今はまだ……」

「舅殿は、そのことを知っているのかい」

「いいえ、話しておりません。うち明ければ、いい顔はしないでしょう。ですから内緒にしております」

おえんはともかく、因業《いんごう》なところのある幸兵衛は、血のつながった孫ではないことに、ちくりと嫌味ぐらい言いそうだ。そうでなければ、差配人こそ仕事柄ほうぼうに伝手《つて》を持っているのだから、喜一とお秋も幸兵衛を頼ることができるはずなのだが。

「おみねさんは、あんたたちのようないい夫婦が貰い子するのは、その子のためにもなる、必ず探して、話をまとめてあげるから任せておいでと言いました。子供ができたはいいが持て余していたり、外聞《がいぶん》の悪い父《てて》なし子《ご》を孕《はら》んだりして困っているような、気質《たち》の良くない女なんぞに育てられるより、あんたたちにもらわれた方が、子供だって幸せだと」

喜一の声が小さくなった。

「それほど易しいことではないと思いますし、現になかなかいい話はございません。それでも、おみねさんは胸を叩いて請け合ってくだすったんです。こちらとしては、そんな気を兼ねる頼み事をしている手前もありますし、貸し家探しを断ることもできませんでした」

喜一も人が好い。おみねもそれは承知していたのだろう。

「そうすると、貸し家を仲介しただけで、それ以上のことは何も知らないわけだな」

あいすみませんと、喜一は頭を下げた。

「おまえが謝ることじゃねえよ。今の話だけでも助かった」

すると喜一はちょっと首をかしげ、声を落とした。「これは、うかうかと言うのは憚《はばか》られますが……」

おみねがあんな赤字覚悟の商売をしているのは、手っ取り早く評判をとるため、そういうお菜屋が柳原町にあることを世間に知らしめるためではないかと、喜一は言った。

「貸し家の話がまとまったころでしたか、おみねさんが手前に言ったのです。新しいお菜屋のことを本所深川じゅうに知らしめるために、名のある絵師に特に頼んで、絵双紙に描いてもらおうかしらと。手前は、そんなことをしたらまず法外な金がかかるし、名のある絵師に頼めば、その絵双紙そのものが高値になってしまうから何にもならない、おやめなさいと申しました」

それでもおみねは、金ならあると言った。どうしても、早く評判が欲しいのだと言い張ったそうである。亭主から財産分けをしてもらっているのだから、その金を全部つぎ込んだってかまわないのだ、と。

「ですから手前は、それなら安くお菜を売ればいい、小洒落《こじゃれ》て旨いものが安く買えるという評判なら、放っておいたって、お客の方が、本所深川界隈はおろか江戸中に広めてくれるだろうからと申しました」

それは名案だと、おみねは手を打って喜んだそうである。喜一が知恵をつけたような格好になったわけで、だからこそ彼はお徳に対して面目ない思いを抱いているのだろう。

平四郎は懐手《ふところで》をし、ゆっくりとうなずいた。

ともかく評判をとろう——小商いを興《おこ》すなら、当然目指すところだ。ただ、それだけが目的なら、今のやり方はやっぱり度が過ぎる。あそこまで安くせずとも、他店《よそ》よりは安価で手軽で旨いというだけだって、角を立てずにいい評判をとることはできる。江戸っ子は職人風情でも口が奢《おご》っているから、食べ物のことには誰でも興味を持っているのだ。目立つ店ができたなら、黙ってはいない。

それなのに、あれだけ派手なことをやる。つまりは、おみねはそれほど急いでいるのだ。まだもうひとつ、裏に事情がありそうだ。しかし、喜一はいいことを教えてくれた。

「ありがとうよ。もうおまえさんはお役ご免だ」

喜一は目に見えてほっとしたようだった。

「ただな、ひとつ言わせてくれ。老婆心ながらって――余計なお節介だがな」

「何でございましょう」

平四郎は笑ってみせた。「貰い子のことで、あんまり思い詰めない方がいいぜ。子供は天からの授かりものだ。貰い子だって、それは同じだ。おまえのその目の、しつこいもののもらい」と、右目を指さして、「貰い子のことが心に痼《しこ》って、病になって出てるのかもしれん」

喜一はふと居眠りから醒《さ》めたような顔をした。そして、しおしおとまばたきをしながら微笑んだ。「そうですね……旦那のおっしゃるとおりかもしれません」


政五郎の蕎麦屋を出ると、平四郎は佐賀町の河合屋へ回った。平四郎は一応、主人の相婿《あいむこ》にあたるし、定町廻りだということもあって、顔を見せると番頭が大騒ぎをする。今日も唾《つば》を飛ばさんばかりに「奥へどうぞ」と勧めるのを押し戻して、何とか弓之助を呼び出した。

「この先の木戸番で、もう芋の壺焼きを始めたぞ。買ってやる」

わたくしは口実で、叔父上が食べたいのでしょう――などと言いながらも、弓之助はいそいそとついてきた。

「何をやってた」

「算盤のおさらいをしておりました」
感心である。商人《あきんど》の子供らしい。
小紋薩摩《こもんさつま》の単衣《ひとえ》の小袖は、親父殿からのお下がりを仕立て直したものだろうが、子供の着物にしては上等だ。その上にこの出来物《できぶつ》の顔が乗っかっているので、道行く女たちが、老いも若きも振り返る。まず弓之助の美形に目を惹かれ、次には、どうしてあんな綺麗な子が町方役人に連れられているのだろうかと訝《いぶか》るのである。陰間《かげま》の客引きでもして捕らまえられたのかしら、可哀想に——とかな。

木戸番の壺焼き芋は、焼き上がったのがちょうど売り切れで、次のまで小半時《こはんとき》はかかるという。二人でひとしきり残念がり、平四郎は弓之助に水飴《みずあめ》を買ってやった。大喜びの弓之助に、平四郎はちらりと頭の片隅で考えた。やっぱりまだ子供だ。色気づくには早いのだ。

喜一の貰い子の話を聞いたせいか、平四郎もふと、この弓之助を井筒家の跡目に迎える話のことを思い出した。まだ決まったわけではない。が、弓之助の親も、平四郎の細君も乗り気である。平四郎もやぶさかではない。だが、商人として生きるのと、三十俵二人扶持《ぶち》の小役人に収まるのと、さてこいつにはどちらが幸せだろうかと考えると、ぐっと詰まる。他人事なら、「子供は天からの授かりものだ」などときれいに言えるが、自分のことになれば悩ましい。勝手なものだ。

長腰掛けに並んで座り、平四郎はおみねの一件を語って聞かせた。
弓之助は楽しげに水飴を舐め、口の端から棒を突き出したままもごもご言った。「そうふると、今のやい方では、おみねさんは評判をとれふぁとるほど出費がかさむというわけれござぃまふね？」

　平四郎は弓之助の口から水飴を取り去った。

「そうだ。それに、評判をとったはいいが、どの時点で相場の値を付け始めるか、その見切り時が難しい」

　最初に良いものを安く手に入れると、後になってそれが正規の値段に戻ったときには、えらく不当に損をさせられているように思ってしまうのが人の性《さが》だ。下手をうつと、かえってお客の機嫌を損ねかねない。

「それは承知の上なのでしょうが……」弓之助はぐるぐると水飴を練った。「いずれ商売上手の人がやることではありませんね」

「うん、俺もそう思う」

　亭主からぶんどった財産だって、打ち出の小槌《こづち》ではないのだから限りがある。

「おみねさんという人は、そのお菜屋の繁盛のことなど、最初《はな》から考えてはいないのではありませんか」

　平四郎はぼさぼさの眉毛を持ち上げた。

「どういう意味だ？」

「派手に評判を立てているのは、それによって、ある人を探そうとしているからではないかと思うのです。それも、できるだけ早く見つけたい。いえ、これはわたくしの勝手なあて推量ですけれども」

しかし、弓之助のあて推量はよく中《あた》る。

「探すって?」

「正確に申し上げれば、探すのではなく、探したいと思う人物に、こちらを見つけてもらうのです。それには、何でもいいから度はずれた評判をとれば、見つけてもらい易くなるではありませんか」

平四郎は弓之助の顔を見た。この形の良いおつむりの中には、何が入っているのだろう。水飴でないことだけは間違いない。

「きっとその人物は、おみねさんのお菜作りの腕前のほどを、よく知っているのでしょう。あるいは、先にご亭主とやっていた仕出し屋に関わりのある人物なのかもしれません。叔父上は、お菜をいろいろ召し上がったのですよね?」

「うん、食った」

「そのなかには、珍しい献立もあったのではありませんか。それはたぶん、おみねさんがご自身で考案された献立ですよ。知る人が知れば、すぐにそれがおみねさんの店だとわかるような、ね」

それは鶉《うずら》のつくねの変わり焼きかもしれないし、京都から取り寄せた紅葉鮒《もみじぶな》の甘辛仕立てかもしれない。どちらも、平四郎は初めて食った。

「そうか……」

その解釈なら、おみねが最初、名のある絵師に絵双紙で自分の店を描いてもらうという案を持っていたことも、しっくりはまる。

「あるいは、それほど大きな費《つい》えをすることなく、短いあいだに見つけられると、あたりがついているのかもしれません」

「その人物が本所深川界隈にいることは確かだ、と」

「はい。お菜屋をどうするかは、目的を果たしてから考えればいいことです。叔父上のおっしゃるとおり、切り替えが難しければ、また他所《よそ》へ移れば済むことです。手持ちの金が尽きていなければ、さほど難しいことではないでしょう」

うむむと、平四郎は唸った。

「この企みは、おみねが夫婦別れしたこととも、きっと関わりがあるんだろうな……」

なにしろ、時期がくっついている。この二つはひとつながりの出来事なのだろう。

弓之助はまた水飴をくわえてもごもごした。

「そこまではわかりまへん。わらくしはころもでございまふから」

壺焼きの好い匂いが漂ってくる。

「叔父上」

「なんだ」

「このままこうしてお話をしていれば、芋が焼き上がりますれすよ」

「そうだな。ところでおとよはどうした。今日は遊びに来てねえのか？　いるなら、呼んでやろう。女の子は芋が好きだ」

「とよ姉様は、芋はあがりません」

お年頃なのれすものと、弓之助は言った。なるほど迂闊《うかつ》だったと、平四郎は空を仰いで笑った。

四

本丸を攻めるのだと、それなりに意気込んで出かけた平四郎だが、見事な肩すかしを食った。拍子抜けするほどあっさりと、おみねは自身の企みを認めたのである。

弓之助はやはり正しく言い当てていた。おみねは、こうして派手に店を張り、評判をたてて、おやそれは――と気づいてもらいたい相手がいるんでございますと、しみじみうち明けた。

お菜屋では、女たちが忙しげに立ち働いている。平四郎は小あがりの座敷に通されたが、おみねと向き合っていると、すぐに誰かがやってきて、味をみてくれだの、焼き加減はこれでいいかだのと問いかける。おみねはそのたびに手早く指図をしつつ、「不作法なことであいすみません」と謝ったが、平四郎は気にするなと手を振った。

「忙しい時に押しかけた俺が悪いんだ」

平四郎には熱い番茶といくつかの漬け物が供された。さらにひと品、皮に山芋を擂《す》って練り込んだという、口当たりの滑らかな蒸し饅頭《まんじゅう》も添えられた。やはりおみねの手作りだという。上品な甘さで旨かった。

おみね本人も、旨そうな女であった。間近で見ても、女っぷりは下がらなかった。鬢《びん》付け油の香りも芳《かぐわ》しく、ほどよく脂の乗った肌が黒い襟あてに映えて艶《なま》めかしい。

「旦那はお目が鋭くていらっしゃいますね。恐れ入りました」

おみねはしんなりと頭を下げた。

「あたくしなんぞの身の上話、お恥ずかしい限りでございますけども、申し上げます。実は旦那、あたくしは、生き別れになった子供を探しているんでございますよ」

先の仕出し屋の亭主と所帯を持つずっと前、おみねが十五のときに産み落とした男の子だという。

「若気のいたりで、父《てて》なし子《ご》を孕《はら》んだんでございます」おみねの目に、うっすらと涙が浮かんだ。「それでも、自分一人でも育てたかったのですけどもね。あたくしの父はひどくやかましい人で、まあ、小商人《こあきんど》でしたがそこそこ羽振りも良かったものですから、世間体を気にしましてね。結局、生まれてすぐに、泣く泣く里親に預けることになりました」

それきり会うことはなかった。

「一日だって、忘れたことはありませんでした。今ごろどうしているだろう、元気でいるだろうか。薄情な母親のことを、きっと恨んでいるに違いないと」

おみねは十八歳のときに先の亭主と一緒になり、すぐに子供にも恵まれた。二人で始めた仕出し屋も、面白いように繁盛した。金が溜まり、暮らしは楽になった。が、幸せになればなるほど、手放した子供のことが気になって仕方がなかったという。

「そうしましたらね、旦那。忘れもしません、四年前の、梅雨明け頃の大雨で、雷様もごろごろと、そりゃもの凄い降りのなかでございましたよ。その子がひょっこりと……あたくしの仕出し屋を訪ねてきたんでございます」

子供は十六になっていた。里親が亡くなり、いまわの際に、本当のおっかさんの名前と、この店のことを教えてくれた。今さら訪ねても嫌がられるかもしれないとは思ったけれど、せめて一目でいいから顔を見たかったと、涙ながらに語ったそうである。

「あたくしはもう、天にも昇る心地でございました。嬉しくて嬉しくて、でも哀れで可哀想で切なくて……」

話しながら、大粒の涙を落とす。

「痩《や》せこけてましてね。貧しい暮らしをしていたんです。里親も貧乏続きで、あの子はろくすっぽ字も書けなかった。半端仕事で食いつないでいるようでした。それであたくしは、思いつく限りのご馳走を作って食べさせて、今日からはおっかさんと一緒にこの家で暮らそう、もう何も心配は要らないと申しましたんですよ」

おみねが懐紙《かいし》を出して目を拭うのを、平四郎はじっと見つめていた。

「その子の名前は何てんだ？」

「ええ、晋い——晋太郎《しんたろう》と申します」

「あんたがつけた名前かね」

「いえ、里親がつけたのです。あたくしは、お七夜《しちや》も迎えずに赤ん坊とは引き離されてしまいましたから」

おみねが晋太郎と涙の対面を果たしていた折、亭主は留守だった。やがて帰ってくると、激怒した。

「どこの馬の骨かわからない男の倅など、俺の家に足踏みさせるわけにはいかないと、それはもうたいへんな剣幕でした。あたくしがどれほど頭を下げても駄目でした」

おみねと亭主が激しく言い争っているうちに、いたたまれなくなったのか、晋太郎は出ていってしまったのだという。

「それきり、行方が知れなくなりました」

おみねはうちしおれ、洟《はな》をすすった。

「あたくしがどんなに連れ合いを恨みましたか、お察しくださいな、旦那」

平四郎は長い顎を撫でた。今日は剃り残しの髭もない。「まあなあ」

亭主の気持ちもわからないではないが、それを口には出さなかった。

「いくら生《な》さぬ仲の倅だって、頭から冷たい仕打ちをすることもないでしょうに。血の通った人のやることとは思えませんよ」

「それで夫婦仲がおかしくなったわけか」

「あたくしの方が愛想をつかしましたの」

「だから家を出た」

「はい」

「亭主とのあいだにできた子供は置いてきちまったんだよな？」

「あの子らは、連れ合いと一緒にいた方が、楽な暮らしができると思いましたの」

しかし別れた亭主は財産をとられた上に、おみねという働き手を失って、店をつぶしてしまったのである。

「亭主と子供たちが今どうしているか、あんたは知っているのかい？」

「いいえ、存じません。あたくしもそれなりの覚悟があって家を出ましたから、未練は断ち切りました」

平四郎はまた顎を撫でた。おみねはすっかり涙を拭い、しゃんとして座っている。

「晋太郎と二人で過ごしたのは、ごく短いあいだでしたけれど、いろいろと話をいたしました」

と、おみねは続けた。「あの子はあたくしの工夫したお菜に、こんな旨いものは生まれて初めて食べたといって、大喜びをいたしました。あたくしは嬉しくて、ひとつひとつ指さして、これはこうやって作るのだ、これはおっかさんがこう工夫をしたのだと、細かく話して聞かせました。あの子はそれを覚えているはずです。ですから——」

「お菜屋を開いて評判をとれば——しかもそのお菜屋が、年増だが美人のおかみが切り回している店だとわかれば、晋太郎はきっと訪ねてくるはずだと思ったわけだな」

そのとおりでございますと、おみねは頭を下げた。

「あの子が本所深川あたりに暮らしているらしいということは、再会した折に聞いておりましたの。ですから、両国橋を渡ってこちらにやって来たんですわ」

弓之助は的の真ん中を射ていたわけだ。

「よし、わかった」平四郎はぽんと手を打ち合わせた。「その晋太郎さえ見つかれば、おまえは今みたいな無茶な商いをやめてくれるな？」

「はい、それはもちろんです」

「だったら、できるだけ早く見つけられるように、俺も助けるとしよう。晋太郎の見てくれはどんな風なんだ？　何なら、人相書きを作って番屋に配ったっていいんだぞ」

まあ、大げさなとおみねは笑った。「そこまでしていただくことはございませんわ、旦那。それに人相書きを作るのじゃ、まるで罪人を追っているようですもの」

「そうかね。しかし、顔形ぐらいは教えておいてもらわないと」

「そうでございますねえ……」おみねは小娘のように指を頬にあてた。「背丈はあたくしよりちょっと高いぐらいでございます。今でも痩せていると思いますけれど、貧相ではありませんわ」

平四郎はうんうんとうなずいた。

「なかなかの男っぷりですのよ」おみねは妙に嬉しそうだった。瞳は明るく、肌はますます艶やかになった。

「何か目立つ特徴はねえのか」

そうですね……困ったわ……おみねは眉をひそめている。

「痣《あざ》とか黒子《ほくろ》とか、怪我の痕《あと》とかさ。あばたはねえのか」

「あばたなんてございません。そう、黒子と言えば、右側の首筋にひとつありますわ」

おみねは自分の首筋を指さした。

「ここんところですわ」

「また艶っぽい場所にある黒子じゃねえか」

おみねは声をたてて笑い、袖で平四郎をぶつふりまでした。「嫌ですわ、旦那。十六の小倅のことでございますよ」

「それは四年前だ。今じゃもう二十歳の立派な男だよ」

「え、ええ。そうですわね」

平四郎は、旨い漬け物と饅頭の礼を言い、あんまり近所とゴタゴタするようなら、俺に相談しろと言い置いて、おみねの店を出た。おみねは上機嫌であった。

平四郎は、今度は逃げ隠れせず、おみねの店から来たことがわかるように、真っ直ぐに表長屋の前を横切ってお徳のところへ向かった。

お徳はどんぶりに煮物を盛った子供を送り出したところだった。

「感心だな。お使いの子か。今日はちゃんと商いをしてるんだな」

「おや、旦那」

むくれた顔だ。

「ちっとはお客があるからね。働かなきゃ干上がっちまうし」

平四郎は懐手をし、ちらりとおみねの店の方に顎をしゃくった。

「様子を見てきた」

「あら、まあ」お徳は片方の奥歯を嚙みしめたようだ。「旦那もあのお菜が気にいったんだね」

「お菜は旨いが、あのおかみは怪しい」

お徳は小さな目を見開いた。擦り切れかけた襟あてが、おみねのそれとはうって変わってみすぼらしいが、お徳には似合っている。

「客も来ているんだし、おめえは今までどおりに商いを続けろ。あのお菜屋のことは放っておけ」

「旦那、何かつかんだのかい?」

平四郎は首を振った。「確かなことはわからねえ。ただ、おめえは関わらねえ方がいい。何か噂が耳に入ることがあっても――それが良いことでも悪いことでも、聞かなかったふりを決め込んでいてくれよ」

お徳はつくづくと平四郎の顔を見た。それから言った。「うん、わかったよ」

幸兵衛長屋へ向かいながら、平四郎は苦虫を嚙んでいた。

お節介だが、喜一にもちっと話しておいてやろう。おみねの企みの理由がわかれば、あいつも少しは気が楽になるだろう。ただ、あんまりおみねの言うことを真に受けるなと告げるのは、塩《あん》梅《ばい》が難しい。

あの女の話は嘘臭い。平四郎はそう睨んだ。

誰かを探しているというのは真実《ほんとう》だろう。そこは弓之助の推測どおりだ。だが、探す相手は子供ではあるまい。生き別れた子供との対面というのは、おそらく一から十まで作り話だ。おみねが探しているのは、もっとうさんくさい、彼女にとって生臭い人物であるに違いない。

先の亭主と子供たちを探し出し、話を聞いてみればすぐにはっきりするだろう。が、そこまで手間をかけることはあるまいと、平四郎は思った。バカ臭いという気もした。きっと飛び出してくるに違いない、どろどろした話を受け止めるのも面倒だ。

もしも本当に、おみねに赤ん坊のときに手放した倅がいて、その子のことを一日だって忘れたことがないならば、喜一に貰い子の件を持ちかけられたとき、あんなことを言うはずがない。

——父なし子を孕むような気質の悪い女に育てられるよりは、あんたらにもらわれた方が幸せだ。

そんな台詞は、死んでも吐けまい。他でもない、自分が子供を手放して辛い思いをしているのだったら、腹を痛めた子を貰い子に出す生みの母親の気持ちを考えずにはいられないはずだから。

おみねという女はたぶん、口から出任せに長《た》けていて、その場その場で相手を納得させるだけの嘘がつけるのだろう。ある意味で、それは優れた商人の証でもある。しかし、ついた嘘に実《じつ》がなければ、それは本人の心には残らない。だから食い違う。

——嫌な女だ。

放っておいても、早晩おみねの件には答えが出るだろう。平四郎としては、当面は、万に一つ、よろず誰にも同情し易く他人に尽くしてしまいがちなお徳や、心根が真っ直ぐで嘘と真実を見分けるのが下手な喜一とお秋が、あんな話に騙されて、利用されないように気をつけてやるしか手がないようだ。

チェッと舌打ちが出た。あんな女にすいすい世渡りさせるとは、お天道様も寝ぼけていやがるぜ。

五

ところがである。

平四郎の悪口が聞こえたのか、お天道様は目を覚ました。おみねと会ってから、五日後のことである。

政五郎から報せがきた。例の有馬屋のお鈴の一件で、相手の男が網にかかったというのである。おとよと彼女の護衛の弓之助は、早々に準備をしているというから、平四郎も押っ取り刀で飛び出した。

お鈴が忍び逢いに使っていたのは、船宿でも待合いでもなかった。石島町《いしじまちょう》にある小さな町屋で、聞き出してみれば、そこで独り住まいをしている婆さんは、その昔、有馬屋で女中をしていたことがあるのだそうだ。おむつの頃から知っている、懐かしく可愛いお鈴お嬢様に頼まれて、内緒の逢い引きのたびに、二階の一間を貸してやっていたのである。

お鈴が死んだことを、婆さんはまだ知らなかった。政五郎が事の次第を説いて聞かせると、丸くなった背中をさらに屈めてむせび泣いた。旦那様とおかみさんに申し訳が立たないと詫びつつも、一方で、古着の行商をしている倅の商いが芳《かんば》しくなく、間貸しのたびにお嬢様が包んでくれる金子《きんす》が頼りだったという、言い訳めいた言葉も並べた。

政五郎も、強くは咎《とが》められなかった。その分、婆さんにはしっかりと手伝わせたことは言うまでもない。

おとよはお鈴の着物を借りて着飾っていた。大きな格子柄のひとつひとつに花模様を刺繍した小袖で、婆さんの話では、これがたいそうお気に入りだったのだそうである。

「おう、どうだ」

平四郎が声をかけると、おとよは相変わらずのきょとん顔で、あら叔父様と応じた。先日来会っていないのに、うち解けている。

「とよ姉様は凝り性です」と、脇に控えた弓之助が言った。「髪油も、お鈴さんが特に京から取り寄せていたものを使っているのですよ」

「そりゃあ、いい。匂いは大事だ」

平四郎たちは隣の座敷に隠れ、男が現れてお鈴に扮したおとよに近寄ったら、どっと飛び出すという手配にした。弓之助はと言えば、

「わたくしは押入れに潜みます」

「それより、おとよの着物の裾に隠れちゃどうだ？」

弓之助は首まで真っ赤になった。「叔父上はときどき戯《ざ》れ言《ごと》が過ぎます」

「あらそうかしら」おとよはケロリと言い放った。「わたしならかまわないわよ、弓之助さん」

自分で裾をめくろうとしたので、政五郎があわてて止めた。手練れの岡っ引きが汗をかいていた。

準備はおさおさ怠りなく、やがて男がやって来ると、捕り物はあっという間に済んだ。計算違いと言えば、平四郎が唐紙を開けるのが、打ち合わせより早過ぎたというだけである。だが、これは仕方がない。

「お鈴、会いたかったぜ」

お鈴の想い男は、座敷に入ってくるなり、へらへら声でそう言った。途端に、おとよがきゃっと叫んだのである。叔父様としては、前後を忘れて飛び出さずにおられなかった。

政五郎と手下《てか》に押し伏され、押入れから躍り出た弓之助に、顎の下に心張り棒をかまされても、男はまだ何が何だかわからないようだった。お鈴は首を括《くく》って死んだと、政五郎が話してやっても、まだ目を白黒させていた。

女たらしらしく、様子はいい男だ。それでも白目がどんより濁っているし、肌が荒れている。いずれろくな暮らしはしていないのだろう。事の次第がわかってくると、泡を食って弁解を始め、それが通らないとわかると、自分はどこどこの旗本の若党だから、町奉行所や岡っ引きの手にはかからないというようなことをわめいた。

「こんなへろへろの腰つきで、若党が務まるもんか」平四郎は彼の腰を打った。そしておとよを振り返った。

色を失っている。座ったまま気絶しているのではないかと、平四郎は案じた。

「おい、おとよ」

おとよは震えていた。目はひたと男の顔を見つめている。と、がくがくと口を開いた。

「あなたはお鈴さんが好きだったのではないのですか?」

早口過ぎて、何を言っているかわからない。男はバカにしたように斜に構えて、政五郎に訊いた。「このおかめはどこの誰なんだよ」

「とよ姉様はおかめではない!」弓之助が言って、心張り棒をぐいと押した。男はげえと呻《うめ》いた。

「おとよ――」平四郎はおとよの肩を抱いた。おとよの目は潤んでいた。今にも男につかみかかり、襟がみを取って揺さぶってやろうかというほどの激情を、平四郎は感じた。

「お鈴さんは、あなたの赤子を身ごもっていたのですよ。大事には思わなかったのですか? お鈴さんはあなたを、あなた一人を心から慕っていたのに」

男はフンと鼻息を吐いた。「どっちにしろ、もう死んだんだろう。だけど俺が手にかけたわけじゃねえ。岡っ引きに縛られる謂《い》われはねえな」

「いったい、いくら貢がせたんです?」弓之助が問いつめる。「あなたのような男は、男の風上にも置けません」

「しゃらくせえ、ガキのくせによ」

政五郎はなぜか黙っている。凍ったような険しい顔だ。手下も訝って親分を見ている。

平四郎は気がついた。政五郎は、捕らまえた男の首筋を見ている。

右の首筋だ。そこに、目立つ黒子《ほくろ》があった。

平四郎の背筋に悪寒が走った。

「おい、おまえ」と、政五郎が低く言った。

「有馬屋の娘の件以外にも、悪さをしているな」

「俺は何もしてねえよ」

「江戸は広いからな。他所でやらかした悪さは露見《ばれ》ないとたかをくくっていやがるか。だがな、人相書きや回状は、江戸中を回るんだ。おまえ、去年の暮れに、日本橋の油問屋の若おかみにちょっかいを仕掛けたろう」

なぜかしら、男の身体が強ばった。

「お、俺は――」

「その若おかみは店から大枚の金を持ち出し、不忍池《しのばずのいけ》の待合いで、首を絞められて死んでいるのが見つかった。金は消えていた。待合いの女中の話じゃ、一緒に部屋に入った男は、右の首筋に目立つ黒子があったそうだ」

今度は男の顔から血の気が引いた。そばにいた平四郎には、ほとんどその音が聞こえるようだった。

「人殺しなのね？」と、おとよが叫んだ。「ああ嫌だ、この人殺しがあたしに抱きついたのよ、弓之助さん！」

「どうやら、ゆっくり話し合うことがありそうだな」

政五郎がぐいと顎を上げ、手下が満面の笑みで男を引っ立てにかかった。平四郎はつと手を伸ばし、男の肩をつかんだ。

「おまえ、名前は？」

男は目を泳がせているだけだ。

「晋太郎というんじゃねえか」

答えろと、政五郎が男を小突いた。

「し、晋一《しんいち》ですよ、旦那。晋太郎じゃねえ」

平四郎はしばらく男の肩をつかんでいた。それから、ぐいと突き放した。

「なるほど、好い男っぷりだ」

伝馬町《てんまちょう》でも可愛がってもらえるだろうぜと言ってやると、晋一は初めて顔を歪めた。

（その子の名前は何てんだ？）

（ええ、晋い――晋太郎と申します）

どんな巧みな嘘つきでも、無から嘘をつくることはできない。金平糖の芯に芥子《けし》つぶが要るように、ちっぽけな真実を嘘で固めて、初めて作り話ができあがる。

晋一が引き立てられてゆくと、おとよがわっと泣き出して、平四郎に飛びついてきた。

「よしよし」平四郎はおとよの髪を撫でた。「よくやった。だが、おめえには少し辛過ぎたようだ。すまなかったな」

「わたし、わたし……」

「何も言うな。怖かったろう」

「お鈴さん……が、可哀想」

おとよはおうおうと泣き続ける。弓之助は険悪に目を吊り上げ、あの男を簀巻《すま》きにして川へ蹴り落としてやりましょうと息巻いている。平四郎は彼も抱き寄せて、熱っぽい頭を撫でてやった。


何日か考えた。放っておいてもいいかとも思った。

それでも結局、平四郎はおみねのお菜屋を訪ねた。今度は座敷へはあがらなかった。戸口に立って、おみねだけを呼び寄せた。

「晋一は来ねえよ」

そのひと言で、媚びた愛想笑いが消えた。おみねのなかの土台のようなものが揺らぐのが、はっきりわかった。

「旦那？　何をおっしゃってるんですの？」

平四郎はかまわず続けた。「あいつは牢屋敷から出られねえ。そのうち、この世ともおさらばだ」

　あたしは――と言いかけて、おみねは崩れた。「旦那、あの人の消息をご存じなんですね？　あの人、どこにいるんです？　牢屋敷なんて、何をやったんですよ」

　平四郎は答えなかった。自分の言いたいことだけ言った。「亭主の目を盗んで通じていたのが露見したのか。それで手を切らされたのか」

「密通なんかじゃ――」

「おめえの亭主は剛気《ごうき》だったな。いっぺんはあの女たらしを追い払ったんだ。なのに、おまえは自分から晋一を追いかけて、挙げ句には探そうとした。バカなことをしたもんだ。女たらしの情夫《いろ》なんざ、早く忘れりゃよかったのに」

　おみねの頬から色香が失せた。ただ目ばかりがギラギラしている。

「あたしが探しているのは、生き別れになった子供です。情夫なんかじゃございません」

　剝き出した歯が牙に見える。

「そうかい。じゃ、せいぜい金が底をつくまで、派手な商売を続けて待つがいい。晋太郎とやらが、ああおっかさん懐かしいと、この店を探して訪ねてくるまでな」

　平四郎が踵《きびす》を返そうとすると、おみねが袖に取りすがった。

「あの人はどうしたんです？」

「女たらしが、女たらしらしい末路をたどったというだけだよ」

「あの人は女たらしなんかじゃありません」

平四郎は黙っておみねの顔を見た。なぜかしら一瞬、そこに、わっと泣き出したときのおとよの顔がかぶって見えた。

「あたしには——真実《ほんとう》でした。心から惚れあっていたんです」

だから亭主も子供も捨てた。それでおみねに後悔がないのなら、他人に何がしてやれるだろう。

「だったら、その心とやらも費やすことだ。金が失くなっても、なけなしの心でも、晋一が喜んでくれると信じているのならな。おまえがあいつにやれるものを、根こそぎ与えてやればいい。惚れるってのは、そういうことなんだろうからな」

その人の笑顔を見たい。その人と一緒にいたい。その人が困っていたら助けてやりたい。惚れるというのは、そういうことであるはずなのに。

平四郎の袖をつかんでいたおみねの手が、ぽとりと落ちた。それでも、気丈な女はくちびるを嚙んで、何も言おうとはしなかった。

おとよはまだ縁談を決めかねているという。

弓之助は古ぼけた竹刀《しない》を手に、庭に出ている。平四郎は縁側からそれを見物していた。

「おまえのやっとうは、やっとう違いの護身術だからな」

「それでも、役に立ちます」

弓之助はえいいとばかりに面を打ち込んだ。

「あの晋一という男にも、一太刀浴びせてやりたかったですよ、叔父上」

「心張り棒でか。そんならお徳に習え」

あらまあお稽古ですのと、細君が顔を見せた。茶菓を運んでいる。

「弓之助のお持たせですのよ。ほら、あなた、珍しいでしょう。ういろう餅です。京のお菓子だそうですわ」

「日本橋の大増屋《だいますや》が、秋の子《ね》の日にだけ売るのです。到来物《とうらいもの》なのですが、河合屋の母が、どうでも叔父上と叔母上に召し上がっていただきなさいと」

白くぷるりとした生菓子が、ちんまりと皿を飾っている。食すと、ほんのり甘かった。

「旨いな」

「美味しいですね、叔父上」

さらさらと秋風が吹く。もう夏の戻りもない。あと十日もすれば、紅葉が始まるだろう。

おとよと弓之助を連れて、紅葉《もみじ》狩りと洒落《しゃれ》込むのも悪くないと、平四郎は思った。そうだ、しばらくぶりに佐吉を誘い、王子まで足を延ばしてもいい。佐吉の女房のお恵は、王子七滝のそばに実家《さと》があるのだ。

そのときは、お徳に弁当をこしらえてもらうことにしよう。

日暮らし

仇《あだ》し仇なる　身は浮き枕

――小唄の一節

一

ここ五日ばかり、煮売屋のお徳のところに、毎日のように顔を見せる客がいる。歳のころは三十を越したほど、小柄な男で、目鼻立ちのちまちまと整った顔を、いつも愛想よくほころばせているが、目が細く、口の端が下がっているので、泣き笑いをしているみたいに見える。眉が貧弱で、くちびるが薄い。こういう顔は普通、ちょっと酷薄《こくはく》に見えたりするものだが、この客の場合はそれも、気の優しさや意気地なさを映しているもののように思われた。

通りすがりの客である。最初の日は、お徳自慢の芋の煮つけを、店先で串にさして旨そうに食って帰った。翌日にはどんぶりを持ってきた。その翌日には、昨日の煮物は本当に旨かったと言いながら、手鍋をさげてきた。その後は、また手ぶらで来て店先で立ち食いをしていった。

お徳は無類の世話焼きで、お節介屋のように思われているけれど、それは長屋の内々のことであって、自分の営んでいる煮売屋のお客になれなれしく話しかけたり、稼業を問うたりすることは、めったにない。客の方から何か言ってきたり、親しく寄ってきたりすれば相手をするというぐらいだ。お徳は煮物は売るが、愛想や世間話は売っていない。だいたい、昼日中から煮売屋の店先にべったり長居をし、しゃべりこんだりするような怠け者は嫌いなのである。唯一の例外は、定町廻《じょうまちまわ》りの井筒平四郎ぐらいのものだ。

だからこの客にも、お徳の方から話しかけることはしなかった。見慣れない顔だから、きっとこのごろ引っ越してきたか、近所で働くようになったのだろうと見当をつけてはいたが、訊ねてはみなかった。

男は堅気《かたぎ》のように見えた。しかしこの身体つきでは、力仕事を生業《なりわい》としているわけではあるまい。どこぞの職人だろうと思っていたが、どんぶりや小銭の受け渡しのときに、ふと目に入った男の指や掌《てのひら》に、いくつもの古い傷跡があることに気がついて、内心ちょっと首をかしげた。右手のひとさし指の爪など、赤黒く色が変わって、形が歪んでしまっている。手がこんなふうになるような下積みをする職人仕事とは、どんなものだろう。

それにこの男は、いつでもこざっぱりとした身なりをして、手もきれいに洗っている。若いときにはそこそこ苦労をしたが、今は安楽な暮らしができる身分になったということだろうか。そういえばお徳の店にやって来る時刻もまちまちだ。夕方に来るときもあれば、お徳がその日の売り物に火を入れるのを待ち受けていたかのように、早々に顔を見せることもある。商いをしていたり、どこかに雇われているのだったら、こんな気ままにはしていられないだろう。

むろん、こんな疑問や推量も、お徳は口に出してはいない。ただ腹の内におさめてきた。

そして六日目のことである。男は午過《ひるす》ぎにやって来た。今日はまた手鍋をさげていて、芋だの揚げ豆腐だの、ひとつひとつ指さして、うんとよく味が染みていそうなのを、楽しそうに選《よ》り出している。お徳が男の注文どおり、大きな煮釜の底の方までかきまわしてやると、盛大に白い湯気があがって、店先から通りへと漂い出してゆく。今日はまたずいぶんと冷える。秋が深まっているのである。

そういえばちょっと前に、井筒の旦那が、佐吉夫婦を誘って王子へ紅葉《もみじ》見物へ繰り出そうなどと、景気のいいことを言っていた。そのときには豪勢な弁当を頼む、もちろん俺の奢《おご》りだと吹いていたが、あれから音沙汰がない。あの旦那はえらく暇そうだし、実際毎日ぶらぶらしているのだけれど、立場はお役人であることに間違いないのだから、そうそう物見遊山《ものみゆさん》などにうつつを抜かすわけにもいかないのだろう。上役に睨まれてしまう。

豪勢な弁当と言えば——と、おたまを使いながら、頭のすみでちらっと別のことを想っていたら、お客の男が何か話しかけてきたのを聞き損ねてしまった。

「あら、すみませんよ。あと何を?」

お客の男は細い目をしわしわと笑わせて、

「いやお勘定」と言った。お徳は鍋にたっぷりと煮汁を注ぎながら、毎日ごひいきにしてもらってるから、今日はおまけしておきますよと言った。

「そりゃ有り難い」男は言って、巾着《きんちゃく》から小銭を取り出した。妙にのろのろした手つきのように見える。

「なあ、おかみさん」

小銭を差し出して、男は煮釜の湯気ごしにお徳の顔を見た。

「おかみさんは、ここで商売して何年ぐらいになるのかい」

お徳はまばたきをして、考えた。「この店は、まだ一年にもなりませんよ。他所《よそ》から家移りしてきたからね。でも、煮売屋はずっとやってます」

「十年とか、十五年とか」

「ええ、まあねえ」

男はお徳の店をぐるりと見回した。お徳の肩越しに、奥の方までのぞき見るような視線である。そして訊ねた。

「こういう商いってのは、難しいもんですか」

「煮売屋ですか」

「うん。お客がつくまでは大変だとかさ」

「さあねえ。それほどたいした商売じゃありませんからね」お徳は笑ってしまった。「大きな煮釜があれば、誰だってできますよ」

「おかみさんは、独り身?」

さすがにお徳が訝《いぶか》しげな顔をしたからだろう、男は笑ってひらひらと片手を振った。

「いや、いや、煮売屋のあがりだけで、おかみさんは暮らしていけるのかと思ってさ」

「おかげさまで、かつかつですけどやってますよ」お徳は答え、話を打ち切るつもりで煮汁の灰汁《あく》をすくい始めた。「毎度どうも」

しかし男は帰る様子を見せなかった。煮物を入れた手鍋をさげたまま、気まずそうに足先をもじもじさせている。

「悪いね、おかみさん」

男は顔じゅうをくしゃくしゃにして、空いた手でうなじをさすった。

「どうもあたしは口べたでいけない。おかしなことを言おうというんじゃないんだ。実はおかみさん、あたしは料理人なんですよ」

お徳はおたまを煮釜に突っ込んだまま、つと目を瞠《みは》った。

「あらまあ、それはまた」

男はうんうんとうなずいた。「おかみさん知ってるかな。木挽町《こびきちょう》の六丁目に、石和屋《いさわや》って料理屋があるんですよ。あのへんじゃ結構名の知れた店でね。あたしはそこで働いているんです」

その店の名を、お徳は知らなかった。だいたい、お徳のような長屋暮らしには、料理屋などまったく縁のない場所だ。料理屋は客に場所を貸し、料理人の腕を貸す。客の注文に従って食材を揃え、供する器にもこだわる。かなりのお大尽《だいじん》でなければ、あんなところで旨い物を食うことなどできはしない。料理屋と煮売屋では、同じ食い物商売でも、天地の開きがあるのだ。

お徳はあらためて、男のしょぼしょぼした顔をながめた。申し訳なさそうに小腰をかがめて、えへらえへらと笑っている。

「そんな立派な料理人さんが、あたしなんぞの煮物をひいきにしてくださって、ありがとうございます」

「そんなふうに言わないでおくれよ。おかみさんの煮物は、本当に旨いよ」

「あたしが売ってるのはただのお菜《かず》ですよ。縁の欠けたどんぶりに盛って食ったってかまわないもんだもの。料理屋さんとは根っから違います」お徳は笑ってみせた。「だけども、ごひいきにしてもらえるのは嬉しいですよ」

うん……とうなずいて、男は手鍋を持ち替えた。足元に目を落としている。言われてみれば、着物もなかなか上等だし、草履《ぞうり》も底張りが新しい。料理人なら、金回りがよくても不思議はないし、こざっぱりした身なりの所以《ゆえん》もよくわかった。

「もう十日ばかりになるかな。うちの店は焼けちまってね」

もらい火だよ、板場から火を出したわけじゃないんだと、急いで言い足す。

「それで普請《ふしん》直しのあいだ、あたしら料理人――八人いるんだけども、暇ができちまったんですよ。親方の差配で、あっちこっちの料理屋や仕出し屋に手間仕事の手伝いに行ってるんだけども、どこも景気は似たり寄ったりで、丸抱えで雇ってもらえるわけじゃねえ」

八人の料理人がいる料理屋となると、石和屋は、けっこう構えが大きいのだろう。そんな店の料理人を手間仕事に雇うとなると、雇う側の兼ね合いもまた難しい。安く使うわけにはいかないし、さりとてあまり優遇すれば、もともとそこにいる料理人たちとのあいだに軋轢《あつれき》が生まれる。

「気をつかいますねえ」と、お徳はやんわり言った。その言葉が嬉しかったのだろう、男はまたくしゃくしゃの笑顔になった。

「いや本当にね、参りますよ。そんなんで、差配してもらった仕事でも居着けなくて、半日お茶を挽《ひ》いてたりしてさ。でね、近所をぶらついてたら、いい匂いがしたんで、鼻をくんくん言わせながらたどってきたら、この店に行き着いたんですよ」

「そうだったんですか。そりゃご縁だわ」

お徳は煮釜に木蓋をした。もう少し、男の無駄話に付き合う気になったのだ。

「焼けたんじゃ、大変でしたね」

「うん。まあ火はたいしたことなかったんだけど、壊されちゃってるしさ。水もかぶってるし。あたしは住み込みだったんで、寝場所もなくなってね。今はついその先の――」

と、後ろの辻を振り返って、

「知り合いのところに転がり込んでるんです。みんな働きに出てるから、昼間は猫ぐらいしか話相手もなくってね。やっぱり仕事がねえと駄目だね。働いてねえと、飯もまずいし」

しみじみとした口調だった。働き者なのだろう。お徳は働き者が好きだ。男のことも、それほど怪しくは思われなくなってきた。

「お店の修繕が終わるまでの辛抱《しんぼう》ですよ」と励ました。「お得意様方だって、待ちかねているでしょうよ」

うん……と、男はまた喉声で返事をする。

「そうなんだろうけどね。うん、そうなんだけど。何だかさ」

顔をあげて、またお徳の店のなかをぐるりと見渡した。鉄瓶長屋で借りていた店よりはだいぶ広いが、それだって石和屋とは比べ物にならないだろうはずのしけた煮売屋なのに、男はほとんど憧れるような目をしている。

「これがあたしの人生の考え処っていうかね、そんな気もしてきちまって。いい機会だから石和屋を引いて、こういう煮売屋とか、こぢんまりと商売するのもいいよなぁって思うんです」

真に受けるような話ではない。お徳はわざと豪快に笑った。「嫌ですよ、そんなの愚痴《ぐち》にもならないよ」

「いやぁ、あたしは本気なんですよ」

「だってお客さん、あたしは料理屋さんのことなんか何にも知りませんけども、一人前になるまでには、長いこと修業をするんじゃないんですか。それだって、なりたいって言ってなれるもんじゃない。お客さんだって大変だったんじゃないの」

男はお徳の丸顔を見て、泣き笑いをした。

「少しはね。あたしは十の時に石和屋へ入ったんです」

「遊びたい盛りじゃないですか。よく辛抱しましたねえ」

「料理屋だから、食い物には困らないって、おふくろに説きつけられて。うちは御多分にもれず貧乏人の子沢山でさ。親父は酒飲みでね。まあ口減らしに奉公に出されたようなもんですよ」

料理屋に奉公にあがり、板場で働くといっても、むろん最初から料理ができるわけではない。修業の始まりは〝洗方《あらいかた》〟である。何でもかんでも洗うのが仕事だ。だから水汲みも仕事の内に入るのだと、男は説明した。

「あたしはこんな身体で、力仕事はやっていかれないからってんで、おふくろは料理屋を選んでくれたんですけどね。何てこたぁない、水仕事はえらい力仕事ですよ。最初の一日で、つるべの引っ張り過ぎで手の皮が剝けちまった。生爪《なまづめ》なんざ、もう何度剝がしたか覚えてないくらいだ」

男は手鍋を煮釜の脇に置き、身振り手振りで話し出した。苦労話だが、楽しそうだ。お徳はまた、こういう恨みがましくない明るい苦労話は好きである。このお客さんの手の傷跡には、そういう謂《い》われがあったのだと、お徳はうなずきながら納得した。

「洗方のことは〝追い回し〟とも呼ぶんです。おい、あれをやれ、これをやれと追い使われるかららね。お使いでも子守でも、何でもやりましたよ。そんで、やっと洗方からあがると〝立ち回り〟っていって、盛りつけとかの手伝いをするんです。これがまた厳しくてね。追い回されるのは同《おんな》じだし、ちょっと失敗すればすぐポカリだ。あたしなんか、しょっちゅう拳骨《げんこつ》をくらってました」

立ち回りから次の〝焼方《やきかた》〟にあがるまで、八年から十年かかる。途中でやめてゆく者も多いという。さらにその上の〝煮方《にかた》〟まであがってようやく一人前の料理人だが、

「板場の順列ってのは厳しくて、いちばん上にいる料理人を〝庖丁人《ほうちょうにん》〟と呼ぶんです。この人が誰よりも偉い。その下の料理人たちはだいたい年季の順で、腕がどうのお客の人気がどうだの言ったところで、兄弟子に逆らうことはできません」

そこまで言って、男は急に口をつぐんだ。唐突に何か思い出したというか、目が覚めたという

ような感じだった。

「ま、そういうことなんですよ」と、とりつくろうようにしわしわ笑う。「つまらない話をしちまったな」

「いえいえ。苦労をなすったんですね。立派なことですよ。誰にでもできることじゃない。ええ、そうですとも」

なぜかしら男が妙に萎《しお》れているので、お徳も闇雲に励ます相槌《あいづち》になってしまう。

「石和屋さんをやめるなんて、もったいないこと考えちゃいけません。そんなのは気の病ですって、ねえ。お店が新しくなれば、気持ちだってぱあっと明るくなりますよ」

男はようやく手鍋のつるを手にとると、またうなじをさすった。

「そうなんですかね。だけどおかみさん、おかみさんの商いが、あたしはやっぱり羨ましいよ」

「嫌ですよ、こんなその日暮らし」

男は真顔になった。薄くてぽやぽやした眉毛が真っ直ぐになる。

「だけどね、おかみさん、一日《いちんち》働いてさ、おかみさんの煮物で飯を食うのが楽しみだっていう、そういうお客がたくさんいてさ、毎日そういうお客の顔を見てさ、話をしてさ、楽しいじゃないか。あたしにはさ、てめえのこしらえた料理を楽しみにしてくれるお客なんかいやしねえもの。それでなくたって旨いものばっかり食いつけてる客たちだから、口が奢《おご》ってて文句だけは十人分も言うけどね。格式だの体面だのそんなことばっかり気にしてる。石和屋は高い店だ。お客たちが、どうやってそれだけの金を稼いでるのか知らないが、汗水たらして働いてるわけじゃねえのは確かなんだよ。それで工面できるような額じゃねえんだもの」

空いている方の手を、ぐっと拳に握りしめている。

「そりゃ修業したおかげで、あたしは豪勢な料理をつくれるようになりました。けどね、それを親父にもおふくろにも、兄弟たちにも食わしてやることなんかできなかったよ。あたしのもらってる給金じゃ、石和屋の料理は食えねえんだ。そんなんじゃさ、あたしは二十年以上も、いったい何をやってきたんだろうって思っちまうのも、しょうがないでしょう」

怒ったような熱の込もった言葉に、お徳は何とも答えようがなかった。煮釜をあいだにはさみ、湯気に包まれて、二人は黙った。

「いけねえ」

男はしゅんと鼻をすすると、我に返ったように照れながら、

「とんだおしゃべりで長居をしちまった。すみません」

小柄な身体をさらに小さくして、そそくさと通りを去っていってしまった。

お徳は傍らの空き樽に座り込んだ。はあっと、長いため息が出た。世渡りは様々だし、その世渡りが生む悩みも様々だ。

男が去っていった方向から、枯れ落ち葉が風に巻かれてかさこそと転がってきて、お徳の煮売屋の前を横切ってゆく。それをぼうっと目で追いながら、お徳は太い腕を組んだ。

商い、か……。

二

つい昨日のことである。

お徳の煮売屋から二軒へだてたところに並んでいたお菜屋《かずや》のおかみが出奔《しゅっぽん》した。おそらくは夜明け前に家を出たのだろう、行方をくらましてしまったのだ。

このお菜屋は、お徳の手強《てごわ》い商売敵であった。ひと月ほど前に家移《やうつ》りしてきて開店し、豪勢なお菜を、法外に安い値段でたたき売りしていたからである。お菜屋はすぐに大評判をとり、お客が詰めかけるようになった。あおりをくらって、お徳の煮売屋は閑古鳥《かんこどり》の巣になった。数日は店を閉めてしまったほどである。

お菜屋のおかみはおみねという色っぽい年増で、それもまた客たちを惹きつけた。愛想も世間話も売らないお徳だから、色気などさらに売りようがない。おみねより歳も上だし、どだい女っぷりが違う。悔しいがお菜屋の繁盛を横目に見ているしかすべがなかった。

それでも、最初の熱狂が過ぎると、お徳のお得意さんたちは、それぞれにバツの悪そうな顔をしながらも戻ってきてくれたので、そう長いことほぞを噛んでいる必要がなかったのは幸いだった。それなのに、このことでは、柄にもなく井筒の旦那まで巻き込んで、ぐずぐずと愚痴をこぼしてしまった。今となってはそれも悔やまれる。

度はずれて安い売り物というのは、どうしたってお客の側に、何がしかの疑いを抱かせるものだ。少なくともまっとうな客ならば、早晩、何ぞ裏があるんじゃないかなぁと訝《いぶか》り始める。無料《ただ》ほど高いものはないという諺《ことわざ》だって、そういうところからきているのだから。小銭商売ながら、長いこと商いをしているお徳にはそれがわかるし、そうでなくても、客の側に立って考えてみれば、おみねのお菜屋が、遅かれ早かれお客たちに怪しまれるようになるだろうことは目に見えていたのだから、やたらに取り乱すことはなかった。

お菜屋は、おみね一人で切り回していたのではなく、おみねの手足のようになって、きりきりと働く雇い人がいた。お徳の知っている限りでは、一人は二十歳ばかりの女で、名前はおさん。もう一人はやっと肩上げがとれたばかりという小娘で、名はおもん。この二人は、朝起きて、おかみさんの姿が消えているのに気がつくと、すぐに差配《さはい》の幸兵衛のところへ飛んでいき、それから幸兵衛を引っ張って自身番に駆け込んだ。おかみさんがさらわれたというのである。また、そういう不埒《ふらち》なことをしでかしそうな人物に、いささか心当たりがあるということも言い募《つの》った。

その〝心当たりの不埒な人物〟は数人いたが、筆頭はお徳であった。

「あの煮売屋の怖いおばさんは、うちのおかみさんが商売上手なのをやっかんで、そりゃもう意地悪なことをしていたんです」

「お徳さんていうんですか？　あの人を調べてくださいまし。お菜づくりの腕じゃおかみさんにはかなわなかったけど、あの人、腕っぷしだけは強そうだもの。丸太ん棒みたいな腕をしてるでしょう。あの人がおかみさんをどうにかしたのかもしれません」

おさんとおもんに泣いたり喚《わめ》いたりされて、往生したのだろう、幸兵衛が自ら足を運んで、お徳の店までやってきた。お徳は芋がらの佃煮《つくだに》をこしらえようと取りかかったばかりのところで、そこに来た幸兵衛がひょろひょろと枯れて顔色もすぐれないので、

「差配さん、そんな顔で竈《かまど》のそばに突っ立ってると、あたしゃあんたを芋がらと間違えて煮ちまうよ」

などと言ったものである。

幸兵衛は勘定高いことにかけては有名で、ごうつくばりの食えない爺《じじい》だが、差配人としての年季は積んでいる。それなりに人を見る目もある。何がどう間違ったってお徳がおみねをどうかするわけはないとわかっているから、最初《はな》から腰が引けていた。

それでお徳は、事情を聞かされた。

「夜逃げだね」と、きっぱり言った。

「あんたもそう思うかね」

幸兵衛も同感のようで、ほっとした表情である。

「あの商いのやりようには、無理があったからな。私も心配していたんだよ。金が続かなくなったかな」と、しわ首をひねり、「ひょっとすると、おみねの商売の元手は、出所の怪しい金だったのかもしれん。盗んだとかな。それで誰かに後を追われていて——」

「ずらかった、と」お徳は言った。「そんな女を長屋に入れたのが間違いだったね」

幸兵衛は寝ぶくれた顔で黙っている。

「差配さん、もういつお迎えが来たっておかしくない歳なんだからさ、鼻薬をかぐのもたいがいにしときなよ。後生《ごしよう》が良くないよ」

「私は何も――」

「そんで、おさんとかおもんとかいう娘《こ》たちは、まだ自身番にいるのかい？」

「うむ。しゃべりまくっとるよ」

「あたしが意地悪をしたって、何をしたって言ってるのさ」

「家の前を掃《は》くとき、わざと落ち葉をおみねの店の方に掃きかけたとか、一日煮釜のそばに仁王立ちして、おみねの店へ出入りする客を、鬼のような顔で睨みつけていたとか」

言いながら、幸兵衛の声がだんだん小さくなってゆくのがご愛嬌《あいきよう》だった。

「はばかりさま、あたしは生まれたときからこのご面相だし、煮釜の後ろに立ってるのは、それが商売だからだよ」

バカバカしい。お徳は吹き出してしまった。

「その娘たちを連れて、おみねの身の回りのものとか、お金とかが失くなっていないかどうか、調べてみちゃどうだい？　夜逃げなら、こっそり支度《したく》していたはずだろうからさ」

幸兵衛はしおしおと立ち去り、それから間もなく、今度は岡っ引きの政五郎がやってきたので、お徳は驚いた。本所元町に住むこの岡っ引きは、井筒平四郎と懇意の間柄である。お徳も一度、井筒の旦那に誘われて、政五郎の女房がやっている蕎麦屋へ行ったことがある。出汁《だし》をおごっていて、めっぽう旨かった。

大柄で肩幅が広く、押し出しのいい政五郎は、お徳のでかい煮釜に位負けしない珍しい男である。彼がそばに立つと、さすがの煮釜も釜飯の釜ぐらいに愛らしく見える。これがたとえば井筒の旦那付きの中間《ちゅうげん》の小平次あたりだと、全然具合が違う。後ろ襟をつまんで釜に放り込み、くたくたになるまで煮込んでみたくなる。実際、小平次からはいい出汁がとれそうだ。灰汁《あく》がないので濾《こ》す手間も省けるだろう。

「朝っぱらから御難ですね、お徳さん」

政五郎は、海苔《のり》を切って貼ったような濃い眉毛を器用に動かして、ちょっと笑った。

「ホントにねえ。だけど親分さんが直々にお神輿《みこし》をあげておいでになるとは。そんな大事じゃござんせんのに、誰が報せたんでしょうねえ」

お徳はてきぱきと茶を出した。政五郎は空き樽を引き寄せると、端の方に軽く腰を据えた。

「実はあのお菜屋のことは、井筒の旦那から少々聞き込んでいましたんでね。様子を見に来たんです」

先の捕り物に、少しばかり嚙んでいたのでと、政五郎は話した。お徳は旦那から何も聞かされていないのかと、暗に水を向けるような表情を浮かべている。

「おみねさんが、凶状持ちなんぞと係わりがあったってことですか」

まっこうな問いには、政五郎は答えない。黙って茶を飲む。

「あたしは、旦那には謎かけみたいなことを言われたきりですよ。おみねには関わるなって。気の毒な身の上話が耳に入ったとしても、知らん顔してろってね」

政五郎はゆっくりとうなずいた。「旦那らしいなさりようだ。それでお徳さんは、関わりを持たずにいたんですね？」

「ええ。商売の方も、まあすっかり元通りってわけにはいかないけど、閑古鳥は他所《よそ》へ行ってくれましたからね」

「そいつは良かった」政五郎は好い声で言った。「おさんとおもんに手伝わせて、おみねの家をざっと調べてみたら、着物が何枚か失くなっていました。おみねが金を入れていた胴巻きも消えているそうです。何でも、ざくざくと小判の入った胴巻きが、枕のなかに隠してあったそうですがね」

それがあのお菜屋の元手だったのだ。

「剛気な話ですねえ」

「夜逃げということならば、私らが駆け回る所以《ゆえん》もない。おさんとおもんには気の毒だが、店は閉めてあの娘らにも他の働き口を探してもらうしかないでしょう。お徳さんにも、もう妙なとばっちりはかかりませんから安心していいですよ」

お徳が井筒の旦那と古い付き合いだからだろうか、政五郎はとても丁寧な口をきく。お徳にはそれが少々面はゆい。ましてや、

「やっぱり、男がらみですかねえ」などとは訊ねにくい。でも訊ねてしまった。

「私はじっくり顔を見たことがないんですが、佳《い》い女だったそうですね」

「男好きがするっていうんですか。でも、お菜をつくる腕は確かでしたよ。悔しいけど、あれは

大したもんだったもの。あたしじゃかなわない」

政五郎は笑った。いつも陽に焼けて、なめし革のような色になっている頬に、深いしわがきざまれる。「お徳さんがへりくだることはない。おみねのやり方は、ここらのその日暮らしの住人には過ぎた食い物をまき散らして、感心したもんじゃなかった。お徳さんとは違いますよ」

政五郎は片手でぴしゃりと膝を打ち、立ち上がった。

「まあ、これで幸兵衛長屋も元通りだ。事がこじれなくて、よござんした」

そうして帰っていった。お徳は一人になり、煮釜の番に戻った。ぽつりぽつりと客が来る。なかには、明らかにおみねのお菜屋にやって来たのに、閉まっているので困惑し、お徳のところに寄ったらしい顔も混じっていた。

「この先のお菜屋、どうしたんだい?」

探るように訊ねられても、お徳は仏頂面で「おや、閉まってますか」と言うだけで、何も話さなかった。

井筒の旦那は顔を見せない。そういえば昨日も来なかった。暇は暇なりに忙しいんだろうと思っていたら、八ツの鐘が鳴るころに、見覚えのある二人連れが店の前を通りかかった。井筒の旦那の甥っ子、藍玉《あいだま》問屋河合屋の倅《せがれ》の弓之助である。連れは政五郎の小さな手下、通称おでこの三太郎だ。

この二人は歳も同じ、気が合うのか仲が良い。今日も手をつないで歩いている。足並みを揃えてぺたぺたと鳴る履き物も、「仲良し、仲良し」と音頭をとっているかのようだ。

「ちょいと弓之助ちゃん、おでこちゃん！」

お徳が大声で呼ぶと、二人はくるりとこちらを向いた。

「あ、お徳さん」

元気に応じる弓之助の脇で、おでこがぺこりと頭をさげる。

「黙って通り過ぎるなんざ水くさいよ。お使いかい？　感心だね。ちょうどいいからお八つをあがっておいき」

二人を呼び寄せて、好きな煮物を選ばせ、串にさしてやった。

「どうりで美味《おい》しそうな匂いがすると思ったら、お徳さんのお店の前を通っていたのですね。ぼうっとしていてすみませんでした」

弓之助が嬉しいことを言う。この子は先行きが恐ろしくなるような美形である。井筒の旦那には、どうやら弓之助を跡継ぎとして養子に迎えようという腹があるらしく、それについてちらりとお徳にも漏らしたことがあるのだが、その話しぶりでは、言い出しっぺは旦那の奥様であるようだ。あんな顔立ちの子供を野に放っておいてはロクなことにならない、役人として堅い暮らしをさせたいと願っているのだとか。

弓之助が旦那の跡継ぎになったら楽しそうだが、しかし彼の先行きについては、お徳は井筒の奥様とは違う意見を持っていた。大丈夫。野放しにしておいても、この子はちょっとやそっとでは道を踏み外したりしないだろう。何となれば、この子がたらすのは女ばかりではないからだ。年寄りも大人の男も、軒並みやっつけてしまう。なにしろ金にならないものには気を許さない差配の幸兵衛が、この子を気に入っているのである。ジジイやババアを転がす力のある者は、ただの穀潰《ごくつぶ》しの女たらしにはなり下がらないものだ。

対するおでこの三太郎は、顔立ちはそれなりに可愛いのだが、呼び名の由来ともなっている大きな頭が人を驚かせ、ちょっと引かせる元となっている。それでもこの子はたいそう賢く、何でも覚えて諳《そら》んじることのできる特技を持っていると、旦那が話していたことがあった。それに気質は穏やかで素直だから、きっと政五郎の下で一人前の男に育つだろう。

「それにしたって、あたしの店の場所を忘れちまうなんて、お見限りだね」

「違うのです。お話に夢中になっていて、どこを歩いているのか忘れていました。ね、おでこさん。そうですよね」

お徳は笑って子供たちの顔を見回した。弓之助は小さなちりめんの風呂敷包みを抱え、おでこはどこで手折《たお》ってきたのか、薄紙に包んだ菊の花を三輪たずさえている。

「あんたたち、どこへ行くのさ」

「大島村《おおじまむら》の佐吉さんのところへ伺うのです」

と、弓之助がはきはき答える。おでこははにかみやなので、黙って首をこくりこくりとさせている。

「どうかしたの？　花なんか持って――お見舞いかい？」

弓之助がつぶらな目を見開いた。「そうか、お徳さんは叔父上から聞いておられませんか」

もう先月のことになるが、佐吉の飼っていた烏《からす》の官九郎が死んだのだという。

「今日は最初の月命日なのです。私はもうお墓に手を合わせてきましたが、おでこさんはまだなので、ご一緒するのです」

あらまあ……と、お徳は口元に手をあてた。鳥の月命日を数えるというのは、いかにも子供らしい念のいった話だが、お徳も官九郎には想い出がある。

「そうだったの。淋しいねえ。だけど官九郎は、幸せな鳥だったんじゃないかい」

「佐吉さんもそう言っていました」弓之助はうなずいて、にっこりした。「だから、あんまり悲しんではいけないって。それにお徳さん、わたしたちが遊びに行ったら、お恵さんが栗を茹《ゆ》でてくださると言っていたので、半分はそれも楽しみなんです」

おでこもこくりこくりする。

お恵は佐吉の女房である。気だてよし器量よし、働き者と三拍子揃っている。佐吉とは、一対のお雛様《ひなさま》のような似合いの夫婦だ。

「お恵さん、元気？」

「はい、お元気そうですよ」

「まだおめでたじゃないのかね。そろそろいいのにねえ」

言ってしまってから、お徳は、これは子供にはまだ早い問いだと気がついた。お徳がそう思ったことを、弓之助はちゃんと見抜いており、ぽくぽくと煮芋を頬張っている。おでこの方は、本当にこの問いが早すぎるのか、何もわかっていないようである。

「ところでお徳さん」弓之助が芋を呑み込み、邪気のない目をあげた。

「何だい？」

「さっきからあちらに立って、鬼のような顔をしてこちらを睨んでいる娘さんがおられます。どうなすったのでしょうね？」

弓之助の視線の先に、お徳は首を伸ばしてみた。確かにおさんが道ばたに立ち、泣きぶくれた顔を精一杯怖くして、はったとお徳を睨み据えている。手には箒《ほうき》を持っている。お徳と目が合うとはっとひるんで、しゃかしゃかと地面を掃き始めた。

「あんたたち、あそこを通るとき、塵《ちり》や落ち葉を掃きかけられないように気をつけなよ」

「あの人はお徳さんと喧嘩をしているのですか？」

「あたしにはそのつもりはないんだけど、向こうはそのようだね。まあ、生計《たつき》の道を失くしたばっかりで、気が立ってるんだろうさ」

南瓜《かぼちゃ》の大きな一切れを食べ終えて、おでこが「おいしい」と、ひとこと言った。

「久しぶりだろ。今日は煮卵もあるんだよ。ちょっと待ってな、今あげるから」

煮釜の底をおたまでさらって卵を探し、子供たちを喜ばせているあいだにも、またぞろおさんの視線が突き刺さってくるのを感じた。あんなに目を泣き腫《は》らして、気の毒には思うけれど、その尻をこっちに持ち込まれちゃたまらない。

しばらくして、お恵への土産《みやげ》に芋がらの佃煮を包んで持たせ、気をつけて行くんだよと、弓之助とおでこを送り出すとき、お徳はやっぱり気になったので、一緒に道ばたまで出てみた。案の定、弓之助たちがとことことおさんのそばを通りかかると、おさんは半身になったまま、毒づくように鋭く口を尖らせて、二人に向かって何か吐き捨てた。おでこが驚いて頭をぐらつかせ、弓之助があわてて手を引っ張る。

立ち去りながら、弓之助は気がかりそうに振り返り、お徳の方に目を寄越した。お徳はうなずいて、（早く行きな）と手振りをした。

お徳は腰に手をあてて、少しばかり思案した。が、芋の煮方の加減は上手くても、腹の煮えるのの加減は下手なことは、自分でもよく承知している。よしと腹を決めて、ずかずかとおさんに近寄っていった。

おさんは目に見えて怯えた。今にも店のなかに逃げ込みそうなへっぴり腰だ。そんなにお徳が怖いなら、遠くから吠えかかるようなことをしなければいいのに、それも面憎《つらにく》い。

「あんたねえ」

お徳はおさんが逃げられないよう、お菜屋の戸口の側に回り込んだ。

「あたしに文句があるならば、直に言いなさいよ。子供相手につっかかるなんて、弱虫のすることだ。みっともないよ」

おさんは貧相なうさぎみたいな痩せた顔に、やたらと黒子《ほくろ》が目立っている。弓之助が生まれながらに持っている美の素を、弓之助百人分ぐらい集めて放り込んで、きわきわで十人並みになるかならないかという器量だ。それが気持ちばかりは尖りつつ、心はぶるぶる震えて色を失っているので、なおさらに惨めったらしい。

「な、なによ」

それでも言い返そうとするのがさらに憎い。

「あんたが、お、おかみさんを――」

お徳はわざと大声を出し、ひとことずつくっきりと区切った。「あたしが、あんたの、おかみさんを、何だって？」

お徳の店とこのお菜屋のあいだの二軒には、小間物屋と乾物屋が店を出している。小間物屋はともかく、乾物屋はおみねのお菜屋の放埒《ほうらつ》豪華な商売ぶりに、やはり迷惑をこうむっていた口である。どちらの店番も、興味深そうにこっちを見ている。通りかかる人たちも、足を止めて振り返る。

おさんは両手で箒を握りしめ、細い身体を柄に巻きつけるような格好でしがみつきながら、今にもしゃがみこんでしまいそうだ。目に涙の曇りがかかっている。

「何だって言うんだよ？　もういっぺん言ってみな！」

「おかみさんを――」と言って、おさんはわっとばかりに泣き出した。それがもういきなりたまげるようなむせび泣きで、さすがのお徳も半歩うしろに下がってしまった。

「おかみさんがぁ、おかみさんがぁ」

泣きながら喚《わめ》くおさんの声を聞きつけたのだろう、半分閉じたお菜屋の表戸の奥から、おもんの小さな顔がのぞいた。真っ青になっていて、こちらも腰が抜けている。身体の半分はおさんの加勢に駆けつけようとし、残り半分はすぐにも家のなかに逃げ帰り、頭から布団をかぶって隠れてしまいたいという様子である。

おさんは箒に、おもんは表戸にすがっている。お徳はまだぐいと両手を腰にあてていたが、何だか急に気抜けがした。

世間知らずという意味では、この二人は弓之助よりもまだ子供かもしれない。おみねに逐電《ちくでん》されて途方に暮れ、その仕打ちに得心《とくしん》がいかなくて、お徳に八つ当たりをしているだけなのだ。

お徳は両腕をおろすと、首をかしげておさんを見おろした。おいおい泣いている若い娘は、帯の結びようがひどく乱れている。動転のあまり、今朝から身支度もちゃんとすることができないままになっているのだろう。

「泣くのをやめて、立ちなさいよ。あんた、姉さん株だろ。おもんが怖がってるよ」と、お徳は言った。「あんたら、これからどうするの。頼りにするあてはあるのかい？　何かあたしに手伝えることがあるんなら、やってあげるから。言っとくけど、ここの差配さんはあてにならないよ。金の切れ目が縁の切れ目って人だからね」

おさんはしゃくりあげながら顔をあげた。涙で頬が洗ったようになっている。さっきまでの憎々しげな目つきは消えて、今はただ、迷子の子供が声をかけてくれた親切な大人の袖をつかんでいるみたいな顔だ。

「あた、あた、あたしたち」と、おさんはがくがくする顎で言った。「どうして、いいか、わからない」

表戸にもたれかかって、おもんもしくしく泣き出した。

ああ、ああ。手間のかかるこった。お徳は心の底で独りごちた。あたしはどうしてこうお節介焼きなんだろう？

三

その日はとっぷり日が暮れるまでかかって、お徳はおみねのお菜屋《かずや》を調べた。おみねは何を持ち出し、何を置いて行ったのか。きちんと押さえておかねばならないし、探せば何か、行った先の見当をつける手がかりになるようなものが見つかるかもしれないと思ったからである。

おさんとおもんは、ほとんど頼りにならなかった。二人とも働き者ではあるが、もともと店の差配はおみね一人の胸の内にあり、おさんとおもんはおみねに追い使われていただけの立場だったからである。だからこそ、おみねに消えられて、二人とも心細さに動転しまくっているわけだ。

おさんを宥《なだ》め、おもんを慰めながらの家捜しだから、なかなかに手間がかかった。明かりが要る時刻まで、せいぜい気を入れて頑張ったつもりだが、まだ充分とは言えない。結局は二人を連れて、ひとまず自分の煮売屋へと引き上げることになった。あとは明日、とりあえずはまず夕飯だ。この二人にも何か食べさせてやらねばならない。

いったんお菜屋に入った後は、お徳が外に出たのはこの時だけだった。だから、お菜屋にこもっているあいだに、けっこうな見物《みもの》を見損ねていたことに、まったく気づいていなかった。それでよかったのだ。もしも気づいていたならば、お徳の性分からして、そっちにも首を突っ込まずにはいられなかっただろうから。

その〝けっこうな見物〟とは何か。

お徳がおみねの痕跡《こんせき》を探っているあいだに、夕暮れの道筋を、弓之助とおでこが手に手をとりあって、先に立ったり後になったりぶつかりあったりしながら、ころころと駆け抜けて行ったのである。もちろん、行きと同じように、二人はお徳の店の前も通りかかった。そして今度ばかりは、たとえお徳の煮釜がどれほど好い匂いをさせていたとしても、それに気を惹かれることはなかったろう。

弓之助の顔は蒼白《そうはく》であった。おでこは小さな目をどんぐりのようにぐりぐりと剝き出していた。弓之助の持ち前の美形は、青ざめることでさらに磨きがかかり、さながら生き人形が駆け出しているかの如く見えたし、おでこのへの字に曲がった口元は今にも泣き出しそうで、まともな情のある大人たちなら、誰でも「おい、どうしたね？」「いったい何事かい？」と、優しく声をかけてやりたくなるような、心許《こころもと》なさを湛《たた》えていた。実際、道ばたで彼等を振り返り、呼び止める大人たちは何人もいたのだ。

が、弓之助もおでこも振り返らず、足も止めずにひたすら走っていた。しっかりとつなぎあった手に、あまりにも強い力がこもっているので、華奢《きゃしゃ》な関節が浮き上がってみえる。

小名木川《おなぎがわ》にかかる高橋《たかばし》のたもとまで来たところで、二人はようやくその手を離した。おでこはそこから北へ、本所元町の政五郎の家へと走るのだ。そして弓之助は永代橋《えいたいばし》を目指した。井筒平四郎の住まう八丁堀の組屋敷は、まだまだ遠い。

急報を受けた平四郎は、走り疲れて息があがっている弓之助を小脇に抱えて飛び出した。組屋敷を出て千川屋敷の脇を駆け抜けたあたりで我に返り、やっとこさ、今この急場に、六本木の芋《いも》洗坂《あらいざか》あたりまで行くならば、駕籠《かご》に乗った方がいいに決まっていると気がついた。そのまま走って坂本町《さかもとちょう》の木戸番に飛び込み、辻駕籠の手配を言いつけて、ついでに弓之助に水を一杯もらってやった。

何があったか事情は知らないが、子供が青い顔をしているのを哀れんだのか、木戸番の小男は気をきかせ、水ではなく飴湯《あめゆ》をくれた。甘いものを口に入れて、弓之助も人心地がついたようである。

「で、政五郎は佐吉の家へ回る手はずになってるんだな?」

「は、はい」弓之助はうなずく。「おでこさんにそう頼んでおきました。お恵さんが心細いでしょうし、向こうから人が来ているのならば、政五郎親分にいていただければ間違いがないと思いました」

「うん、うん。でかしたぞ」

それにしても、お恵もまた何で早く俺に知らせて寄越さないもんかと、平四郎は唸った。

「よっぽどそうしようかと思ったそうですけれども、やはり遠慮があったのでしょう」

事が起こったのが、今日の午《ひる》すぎのことでもありますしと、ようやくいつもの弓之助らしい口調になって付け加える。

「それにお恵さんは、たいそう動転しているご様子ではありましたが、佐吉さんが人を殺《あや》めるなんてことがあるわけないから、これは何かの間違いに違いない、だからすぐ帰ってこられるはずだと、気丈におっしゃっていたのです。いきなり叔父上にお報せして驚かせるよりも、少し様子を見るおつもりでもあったのかもしれません」

気持ちはわかる。平四郎とて、間違っても佐吉が人を殺すなど、あるわけがないと思う。手前《てめえ》が殺されたって、他人様《ひとさま》を殺すような男ではない。だが、この件は事情が事情だ。相手が相手である。けっして人を手にかけるようなことのない佐吉でも、まかり間違ったらひょっとしてひょっとしてしまうことがあるかもしれない、この世で唯一の相手である。

「湊屋《みなとや》へは?」

「お恵さんは報せていませんでした。政五郎親分が計らってくださるはずです」

「そりゃその方がいいな、うん」

しかし参った——と、平四郎が顔をぺろりと拭ったところに、辻駕籠がやって来た。平四郎はあたりまえのように弓之助を抱えて乗り込んだが、彼を膝に乗せて駕籠が走り出すと、ふと思った。

「何でおまえを連れて行くんだろうな、俺は?」

「知り人の顔がひとつでも多い方が、きっと佐吉さんにも心強いことでしょうから」

そう聞いて納得した。先に驚いた弓之助の方が、今では落ち着きを取り戻して、舵取《かじと》りをしている。実のところ、平四郎はまだ空《くう》を踏むような心持ちである。

飛び出して来るとき小平次に、河合屋に行って、坊ちゃんの帰りが遅くなるが、平四郎と一緒だから心配しないように伝えてくれと命じてきた。小平次の方も、委細《いさい》心得ましたと応じてすぐ佐賀町へ駆け出した。いつもの小平次なら、芋洗坂へお供するのは旦那の中間《ちゅうげん》である私の方であるべきで、坊ちゃんをお帰しになるのが筋ですと文句のひとくさりも並べるところなのに、まったくそんな気配もなかった。やはり、小平次も動転していたのだろう。

佐吉が人を殺めた疑いを受け、芋洗坂の自身番に身柄を囚われている。それだけでも腰を抜かすほどの驚きである。しかもその上に、殺した相手があの葵《あおい》だという、さらなるびっくり仰天が乗っかっているのだ。誰も平然とはしていられなくて当然だ。

なにしろ、葵が姿を現した——葵が佐吉と再会していた、そのことがまず大いなる驚きなのだから。

葵は佐吉の実の母親である。築地の俵物問屋の主人、湊屋総右衛門の姪でもある。葵はその昔、幼かった佐吉を連れて、湊屋の世話になっていた時期があった。総右衛門は自分の妻子をさしおいて葵と佐吉をめろめろに可愛がり、それが総右衛門の妻おふじの逆鱗《げきりん》に触れて、湊屋では実に厄介な出来事が起こった。おふじが策を弄《ろう》して密かに葵を呼び出し、絞め殺してしまおうとしたのだ。

十八年前の出来事である。古い古い昔話だ。熾火《おきび》でもとっくに燃え尽きている。

ただ、この火は燃え尽きなかった。なぜなら葵は一命をとりとめたからである。おふじの方では、憎っくき泥棒猫女を仕留めたつもりでいたのだが、女の細腕では絞め切れなかったのだろう。おふじが去った後、葵は息を吹き返したのである。

しかし、葵からまた密かにそれを報されて、総右衛門は考えた。今回は不幸中の幸いで、葵は命を拾ったが、おふじの腹がおさまらない限り、このままにしておいては、いつまた同じようなことが繰り返されるかわかったものではない。仕損じたことに気づけば、おふじはまた葵を狙うだろう。何度でも狙い、最後には今度こそ本当に殺してしまうだろう。

そこで彼は葵を逃がし、匿《かくま》った。おふじが葵をやっつけてやったと思いこんでいるのを利用したのだ。そして素知らぬふりをして、表向きは、葵がなぜかしら湊屋から出奔してしまった、いったいどうしたことなのか不審である——という欺瞞《ぎまん》を演じることにしたのだった。

この欺瞞の筋書きが、葵を殺してしまった（と思いこんでいる）おふじが、その真相を総右衛門に悟られないようにと考えて差し出したものなのか、葵を守りたい一心の総右衛門の側から持ちかけたものなのか、詳しいことを平四郎は知らない。一度だけ、総右衛門から聞き出す機会があったのだが、詳しいことはほじくらなかった。どっちにしたって嫌な話だからである。

確かにこの大嘘で、一時はすべてが平らかになった。おふじは葵を片づけてしまって溜飲《りゅういん》を下げ、しかもその罪には問われずにほくそえむことができた。旦那とおかみと旦那の姪のあいだに繰り広げられるどろどろの色模様に、お店の将来を案じていた湊屋の奉公人たちもほっとしたろう。

だが、母親を失った佐吉は湊屋に一人取り残され、肩身の狭い思いをしなければならなくなった。もともと居候《いそうろう》である上に、葵という保護者を失い、おふじという怖い女の影のなかで、息をひそめて生きていかねばならなくなったのだ。いくら総右衛門がこれまでどおりに佐吉を可愛がろうとしても、商家のなかで内向きのことの実権を握っているのはおかみである。子供の一人ぐらい、どんなふうにでも料理することができる。

それで結局、佐吉は間もなく湊屋を出ることになった。湊屋出入りの植木職人の家に修業に出されたのである。

しかし、だからといって事が済んだわけではなかった。湊屋総右衛門はそう思ったかもしれないが、人の心はそう簡単におさまるものではないのだ。

何より悪いことに、「葵が出奔した」という嘘は、佐吉自身の心に、母親への不信を植えつけた。それでなくても、葵はもともと多情で知られている女であった。そうでなければ、居候先の叔父の家で、正妻の鼻先で叔父と通じるような大胆不敵な真似はできまいから、実際、男に関しては前後を顧みない放埒《ほうらつ》な女であったのだろう。また、だからこそ、「出奔した」という嘘もでっちあげやすかったのだ。

だが幼い佐吉にとっては、それをただ噂で聞かされたり、子供なりの知恵で察しをつけるのと、あからさまに見せられ、その身に受け止めなければならなくなるのとでは天地の差がある。

結果的に、佐吉は母を恨んで育つことになった。それも、ただ彼を湊屋に置き去りにして捨てたという仕打ちを恨むだけでなく、自分の母は、男ほしさに、さんざっぱら世話になった総右衛門をやすやすと裏切り、勝手に出ていった恩知らずの女だというふうに思いこんで育ってしまったのだ。

これが平四郎には気に入らない。湊屋総右衛門はどうして、葵を匿った後、佐吉も彼女のもとへ送って、一緒に暮らさせてやらなかったのか。それが無理なら、せめて佐吉が物心つくのを待って、彼にだけは真相を話してやらなかったのか。

敵に嘘をつくなら、まず味方から騙せという。蟻の一穴という言葉もある。佐吉に真相を知らせれば、それをおふじに悟られる危険も増える。だから総右衛門には、すべて葵を守り通すためには仕方がなかったという理屈があるのだろう。しかしそれは、あくまでも総右衛門の側の理屈である。しかもその理屈の底には、総右衛門の、佐吉にとっては常に大立て者の良い大叔父さんでいたかったという、さもしい根性が隠されていると平四郎は思う。

だいたい、おふじが怒り心頭に発して葵をくびり殺してやろうとまで思い詰める、その大本《おおもと》をつくったのは誰なのだ?

手前《てめえ》じゃねえか。

総右衛門が総右衛門なら、葵も葵だ。愛《いと》しい総右衛門に匿われて、それだけで幸せだったのか? 佐吉の顔を二度と見ることもなく、彼が湊屋の者たちから、おまえのおっかさんはおまえを捨てて出奔しちまったんだよと言い聞かされて暮らしているであろうことを思っても、胸が痛みはしなかったのだろうか。

そんなにも手前の命と、総右衛門との仲が大事だったというのか。子供なんざ、二の次三の次だったわけか。

そんなのは母親とは呼ばれない。ただ剥き出しに女であるだけだ。そして平四郎は何によらず、剝き出しのものは嫌いである。

大人になり、一人前の植木職人になった今でも、佐吉の胸のなかからは、母親に対する不信や、見捨てられた悲しみがきれいに消えたわけではない。だから、去年の鉄瓶長屋の一件を通し、事件の真相を知った後、平四郎はふと気迷いを起こして、彼にも事情をうち明けてやろうかと思ったことがある。しかし、それはほんの一瞬の迷いだった。

佐吉はこのまま、真相を知らなくていい。佐吉には佐吉の人生がある。葵はもう死んだものとして、葬ってしまった方がいい。母を恨まねばならないのは気の毒だが、しかし、葵は恨まれても仕方のない母親だ。平四郎はそう決断したのだった。

その後、佐吉はお恵といういい娘と所帯を持った。今度は早晩、佐吉が親になることだろう。これでなおさら、葵についての真相など、佐吉には必要なくなった。平四郎はそう思って、ずいぶんと安心していたのだった。

それなのに——

なんで今頃になって、佐吉は葵に会ったりしたのだ。どうして会うことができたのだ。誰が手引きをしたのだ。誰が佐吉に、十八年前の事件の真相を教えたりしたのだろう?

佐吉が囚われている自身番は、芋洗坂のとっつきにあった。すっかり日が暮れきって、提灯《ちょうちん》が灯っているから、かえって見つけやすかった。

このあたりも町屋の数は多い。うねるように上がったり下がったりする細い道に沿って、軒を連ねて立ち並んでいる。が、そのすぐ向こうには大きな藪《やぶ》があり、農地があり、武家屋敷の長い塀がめぐっていて、鎮守《ちんじゅ》の森があり、その先がまた農地という具合で、平四郎が馴染んでいる本所深川や日本橋近辺の景色とはかなり違っている。家々の窓に灯る灯も、ひとところではたくさん寄り集まっており、少ないところでは夜明けの星のようにぽつんぽつんととびとびになり、降りてきたばかりの夜のとばりが、しいんとそこらを閉ざしている。

訪《おとな》いを入れると、油障子ががらりと開いて、筋骨たくましい若い男が出てきた。縞の着物の尻をはしょって、両袖をまくりあげている。自身番の書役ではなく、土地の岡っ引きの手下だろう。平四郎の黒い巻羽織を見て目を剝き、あわてて頭を下げたが、

「これはこれは……えーと、旦那は」

どちらの旦那で？　と、不審気に窺うような声を出し、そのまま戸口に立ちふさがって、後ろ手に障子を閉めてしまった。

平四郎は名乗り、こちらに自分の知己《ちき》の者の身柄がある旨を、高飛車に聞こえないよう、充分に言葉を選んで話した。相手が同役の同心でなくても、こちらは不利な立場なのだし、慎重にしておくにこしたことはない。

若い男はあんぐりと口を開くと、

「ああ、ああ」と大声で応じた。

「坂上《さかうえ》のお屋敷の、あの一件の下手人《げしゅにん》のことでいらしたんですかい」

聞こえが悪い。まだ佐吉が下手人だと決まったわけではないのだ。

「佐吉という植木職人だ。住まいは大島《おおじま》にあって、本人がここの自身番に引っ張られていると、女房から聞いてきた。なにしろ私の馴染みの者なのでな、とりあえず顔を見て、できれば本人から話を聞きたいと、こうして参ったんだが」

会えるだろうかと、依然下手に訊ねてみた。

「うーん」と、若い男は大げさに顎をひねってみせる。もったいぶっているというよりは、本当に迷っているようだ。

「佐伯《さえき》の旦那はお帰りになっちまったし、親分も今はいねえし」

太い首をよじってちらりと後ろを気にすると、

「あの佐吉って奴は、ひょっとして旦那の使ってる小者《こもの》なんですかい?」と、声をひそめて訊ねた。

岡っ引きやその手下のことを「小者」と呼ぶこともある。平四郎は言下に否定した。

「そうではない。ただ知り合いなのだ。佐吉は素性の正しい、腕のいい植木職人だし、芯からの素っ堅気だ。それは私が保証する」

岡っ引きだの手下だのには、過去にお上のご厄介になったことのある筋者がいる。もちろんそうでない者もいるが、割合としては前者の方が多い。蛇《じゃ》の道は蛇《へび》で、そういう前歴のある者の方が、探索事には使い勝手が良いので、自然とそうなるのだ。

平四郎の父はそれを嫌って、終生岡っ引きというものを親しく近づけて使うことがなかった。平四郎を始めとする倅たちにも、岡っ引きなどという不埒《ふらち》な者どもには信を置くなと、口をすっぱくして言っていたものだ。女にはだらしなかったが、そこばかりは妙に潔癖な人であった。

鉄瓶長屋の一件で親しくなって以来、何かと政五郎を頼りにしている平四郎は、その父の戒《いまし》めを破ったことになる。また、詳しく詮索《せんさく》してみたことはないが、どうやら政五郎にはかなり暗い前歴があるらしいことも、ぼんやりと推察がついている。あの世で父は、真っ赤になって怒っているだろう。

しかし佐吉は違う。これぱかりは声を大にして言っておかねばならないと、平四郎は力《りき》んだ。どんな商売でも職でも似たようなものだが、人は同業者の縄付きというと、格別に冷たい目で見るものだ。とりわけ岡っ引き同士だと、冷たいを通り越して酷《むご》いところまでいってしまうことがある。彼等の立場が必然的に併せ持っている後ろ暗い部分が、仲間内の裏切り者である縄付きには、過激な怒りになって発露するのかもしれぬ。

佐吉をそんな目に遭わせるわけにはいかないし、そんな目で見られるようにし向けることさえ申し訳ない。平四郎は両足を踏ん張って頑張った。

「いったい何がどう転がって、佐吉がこんな疑いを受けることになったのか、私にはまったく見当もつかん。あれはそれほど真面目な男なのだ。本人もさぞかし心細いだろう。どうだ、顔だけでも見せてはもらえないかね」

すぐ後ろで、平四郎の陰に隠れ、弓之助が焦《じ》れったそうにもじもじしている。もちろん平四郎とて焦れているのは同じだ。わざと大声を張り上げているのは、自身番のなかにいる佐吉にも聞こえるようにと思ってのことだった。

「さっき、佐伯の旦那と言ったな。このあたりの定町廻りのお役目は、その佐伯殿がなさっているのだな」

「へえ」と、若い手下はあいまいなうなずき方をした。

「私はけっして、佐伯殿のお役目の邪魔をしようとしているのではない。ただ知己の者が人殺しの疑いを受けていると聞き、驚いて様子を見に来ただけなのだ」

係りの同心も岡っ引きの親分も不在だというのならば、一喝《いっかつ》してこいつを押しのけ、強引に佐吉の身柄を預かって連れ帰ってしまうという手もあった。平四郎の頭にも、その考えがよぎった。目の前の若い手下が、これほど頑丈で腕っぷしが強そうでさえなかったら、実行に移してしまったかもしれない。

が、平四郎は出入りは苦手である。それにここで無理をしても、事と次第によってはまた佐吉を取り返されてしまうという不安も充分にある。その場合は、無理が倍の不利になって、佐吉の上に跳ね返ってくることだろう。

そう、事と次第によっては。万にひとつ、佐吉が下手人であることを裏付ける、動かし難い証があった場合には。

あるいは、佐吉がその手で葵を殺めている、現場を押さえられて捕らわれたということででもあった日には——

目もあてられねえ。

とにかく少しでも事情を探り出さないことには、動きがとれないではないか。

「弱ったなぁ」

頑丈そうな若い男は、太い腕を組んでまた唸った。

「井筒の旦那がおっしゃることは、よくわかりました。けども、あっしも佐伯の旦那とうちの親分に、きつく言われているんです。こいつをしっかり見張っておけ、何かひと言でもしゃべらねえうちは、どこの誰にも会わせちゃならねえし、厠《かわや》にも行かせるな、飯も食わせるなって」

ずいぶんな扱いだが、それを憤るより先に、平四郎は驚いた。

「てぇことは、佐吉はひと言もしゃべってねえのか?」

思わず巻き舌になった。それがかえってよかったのか、若い手下は急に気安くなった。

「そうなんですよ。ンとに参っちまう。ずうっと黙《だ》んまりでさ」

「それでよく身許がわかったな」

「ああ、そりゃ植木屋の屋号と名前の入った半纏《はんてん》を着てましたからね。大島ってのは、深川の先でしょ? えらい田舎だ。午《ひる》っからあっしの仲間が、あっちまで出かけて植木屋の親方を引っ張ってこようとしたんだが、今日は遠出してるとかで、つかまらねえ。佐吉の女房ってのはこれがまた何《なん》にも知らなくて要領を得ねえ上に、亭主が捕まったって聞いてひっくりかえっちまったそうだし……」

弓之助が平四郎の着物の裾を引っ張り、目をあげてまぶたをパチパチさせてうなずいた。確かにお恵はひっくりかえったが、大事はないということが言いたいのだろう。

「そんで、とにかく佐吉は今夜、ひと晩ここに留め置いて、頭を冷やさせようってことになったんです」

平四郎はにんまりして、すかさず半歩、間を詰めた。「なるほど、それは難儀だ。しかし佐吉も、俺になら何かしゃべるかもしれんぞ。そうは思わんか?」

若い手下の大きな黒目が泳いだ。

「うーん。だけどなぁ」

勝手に言いつけを破るわけにはいかないし——と、かなり情けない感じで呟く。しかし、身体はがんとして戸口を塞《ふさ》いだまま動かない。

「やっぱり駄目ですよ。旦那のおっしゃることはわかりますが、駄目です。あっしはね、手前の頭で考えるにはまだ十年早いって、親分に言われてるんです。だから、言いつけられたことだけはちゃんと守らないと。すンませんが、お引き取りくだせえ」

なかなかに手強い。世間では、こういうのを馬鹿正直という。

「そうか。では仕方がない。本人に会えぬなら、まわりからちくちくとあたってみるしか手がないかな」

すると、若い手下は頭をかきかきこう言った。「でも旦那、それもまた別の難儀ですぜ。あっしらにも、まだ、事情がさっぱりつかめねえ。あのお屋敷は貸家で、殺された葵って女は一人住まいだったらしいんですけどね。どうせどっかの金持ちの囲われ者に決まってンですが、いったいどこの誰が面倒みてたのか、さっぱりわからねえんですよ。子連れの女中が住み込んでるんですけど、何を聞いても知らぬ存ぜぬで、これまた口を割りゃしねェ。近所の連中も、付き合いがねえから何も知らねえって言う。結局うちの親分が、今、千駄ヶ谷に住んでるっていう貸家の家《や》主《ぬし》のところまで聞き合わせに出張《でば》ってるってわけなんでさ」

「親分自ら足を運んでか。そりゃ丁寧なことだ」と、平四郎は合いの手を入れた。

「いやね、そンくらいのこと、あっしだって用が足りるって言ったんです。でも親分は、こりゃワケありの匂いがするから、家主もおいそれとは事情を吐かねえかもしれねえ、俺が自分で行って揺さぶってみるって」

勘のいい親分だ。そうだ。葵は大いにワケありの女である。

「それなら俺が、だいぶ手間を省いてやることができそうだ」と、平四郎は言った。若い手下は、ええええっと、胃の腑《ふ》が裏返ったような声を出した。

「ホントなんですか、旦那」

「ああ、俺は嘘と坊さんの髷《まげ》はゆったことがねえ。親分は、千駄ヶ谷から真っ直ぐここに帰るだろうかね？」

「さあ……それはあっしにもちょっと。あのお屋敷にも、まだ調べることがあるって言ってましたし」

「それじゃあ、俺も屋敷の方に出向くとしよう。もし親分が先にここへ戻ってきたら、事情を話して、ご苦労だが屋敷へ回ってもらってくれ」

ついでに住み込みの女中の話も聞くことができる。一石二鳥だ。平四郎は屋敷の場所を訊ねた。坂を登ったとっつきで、そのあたりには大きな家は一軒しかないからすぐわかるという。

「ところで親分の名はなんていう？」

「八助です」そして手下はなぜかしら笑った。笑うと、存外童顔である。「でもここらじゃ、みんなはちまき親分て呼んでます。旦那も、会えばわかりますよ」

「そうか。おまえの名は？」

「あっしは杢太郎《もくたろう》っていいます。木と工って字をちぢめて書いて、モクって読むんでしょう？そのモクです」

なにがしか得意気であった。手下になるとき、八巻親分につけてもらった名前なのかもしれない。

「よし、わかった。それでな杢太郎」

平四郎はいきなり振り返ると、弓之助の細い肩をむんずとつかんで、正面に引きずり出した。

「この子は弓太郎といって、佐吉の末の弟だ」

唐突だったので、弓之助は一瞬ぎょっとして飛び上がりそうになったようだ。が、即座に立ち直り、折り目正しく杢太郎に一礼した。

「弓太郎と申します。よろちくおねがいいたしましゅ」

いきなり、本来よりも、うんと幼い舌足らずな口調になってみせるところが面憎《つらにく》い。いや、頼もしい。平四郎は一気にたたみかけた。

「大好きな兄さんが縄目を受けたと聞いて、どうしても俺と一緒に行くと聞かなんだ。泣く子と地頭には勝てぬとはよく言ったものだ。しかし、さすがにこの子を人死にのあった屋敷まで連れていくわけにはいかんからな。俺が迎えに来るまで、なかで待たせてやってはくれまいか。この頑是無《がんぜな》い子に会えば、佐吉の口もほぐれるかもしれんぞ」

断られたらそれまでだと思ったのだが、今度はちょっと首をひねっただけで、杢太郎は承知した。

「それぐらいはお安い御用です。坊ちゃん、こっちへ入ンな」

弓之助あらため弓太郎の手をとって引き寄せた。急に物わかりよくなったものである。子供の一人ぐらいなら、佐吉に会わせたところで、親分の言いつけを破ったことにはならないというのが、彼の理屈なのだろう。あるいは、子供には弱いのかもしれぬ。

杢太郎は言った。「どのみち、屋敷へ行けば旦那のお耳にも入るでしょうけども、あの家は、ここらじゃ化け物屋敷って呼ばれてるんですよ」

「化け物屋敷？」

「ええ、そうです。子盗り鬼が出るって、もっぱらの評判でさ」

だから坊ちゃんは連れていかない方がいいと、大真面目な顔で言った。なるほど、それが親分の言いつけを破る理由になっているわけだ。案外、優しい男なのだろう。

「あの家の住み込みの女中にも、小さい女の子が二人いるみたいなんだけども、悪い評判を知らねえで奉公に来ちまったんじゃねえのかな。ま、どっちにしろこれで奉公もしまいだろうけども」

思案顔の杢太郎に手と手をつないで、弓太郎はちゃっかり言った。「おいらはここにいるから、大丈夫だよ、モクタロウの親分」

李太郎は笑み崩れた。「俺は親分じゃねえってよ」

芝居はいいが、やり過ぎるなと平四郎は目配せを送った。

「それじゃ、頼んだぞ」

「あ、旦那」李太郎は、とととと平四郎に追いすがった。「うちの親分もですけども、佐伯の旦那のお顔を潰すようなことがあっちゃ、あっしは立つ瀬がありません。そこらへんはどうかひとつ……」

「おお、心得た」平四郎はまたぞろ場違いな大音声《だいおんじょう》を発した。「俺があんじょう引き受ける。だからおまえはたがを緩《い》めて、少し休んでいてくれ。いいな？」

もちろん、佐吉に聞かせるつもりで言ったのである。

弓太郎こと弓之助は、李太郎に従って、しおらしく自身番のなかに足を踏み入れた。

佐吉は土間にいて、太い柱に荒縄で縛りつけられていた。膝をくずしてあぐらをかき、柱にもたれて座っているが、両腕は後ろにくくられている。さすがにげっそりとした顔だが、怪我はないようだった。

彼が顔を上げたので、機先を制して弓之助は叫んだ。「兄《あに》さん！」

そして飛礫《つぶて》のようにすっ飛んでゆくと、両手で佐吉の襟元にかじりつき、声をたてて泣き出した。

「あーん、あーん、怖かったよう。心配したんだよ、兄さん」

むろん、佐吉は仰天した。半纏《はんてん》は脱がされて着物一枚、陽が落ちてから、これでは寒かろう。が、彼の首筋や腕のあたりにさあっと走った鳥肌は、寒さのせいではなさそうだ。とっさに背中をぐっと柱におっつけて、後じさりしようとする。弓之助の行動があまりに素早く、また彼の叫び声がらしくもない子供じみた甲高い声だったので、佐吉には、誰だかわかっていないようだ。

「わたしです、弓之助です」と、弓之助は口の右端だけで早口にしゃべった。呼気にまぎれてしまうようなカスカスの声である。

「今は調子をあわせてください」

そしてまた「あーん、兄さん!」とやらかした。

「おまえの弟なんだって? 可哀想じゃねえか。こんなに泣いてさ」

杢太郎は突っ立ったまま、大きな両手をつかねて弓之助を見おろしている。

「身内に心配かけちゃいけねえよ。しかもこんな小さい子供だ」

佐吉は目を白黒させていたが、ようようまばたきをして、ゆっくりと顎を突き出すように、杢太郎に会釈《えしゃく》した。

「この弓太郎って子は、おまえの知り合いだっていう、八丁堀の旦那と一緒にやって来たんだ。こっちにも都合があるから、旦那にはお帰りいただいたけども、この子はちょっとの間、ここで預かることになったから」

「ゆ、弓太郎?」と、佐吉が思わず目を剝いた。

「あーん、兄さん」と、弓之助は大声でその反問を遮った。「おいら、井筒さまにくっついてきちまったんだい。だって兄さんのことが心配で心配で。あーん」

そして再び、今度は口の左端で、「叔父上は葵さんのお屋敷の方へ回りました。戻ってくるまで、わたしはここにおりますから」

言い終えるや否やまた大音声。「お恵姉さんも心配してるよ。あーん」

杢太郎はのそのそと土間を横切り、奥の座敷のあがり縁に腰かけた。

「なあ、佐吉。おめえもそろそろ観念して、口をきいてみちゃどうなんでえ。この子の言うとおり、おめえの女房も心配してるってさ。そりゃ、当たり前だよなあ」

弓之助は両手で佐吉の首っ玉をつかまえて、ぐらぐらと揺さぶり始めた。「兄さん、大丈夫だよ。井筒さまがきっと何とかしてくださるよ。これは何かの間違いだって、井筒さまはおっしゃっていたからさあ。だから兄さん、もう泣かなくていいよう」

佐吉は仰天を通り越し、ただ目を剝くばかりである。「わ、わかった。わかったよ、弓、弓太郎。だから泣くな。泣いてるのは俺じゃなくて、おめえじゃねえか」

「おいらは泣いてないよう」弓之助は力んで言い張り、さらに佐吉を揺さぶった。後ろ頭が柱にごつんごつんとぶつかっている。

「こらこら、弓太郎。それじゃ兄さんの頭にこぶができちまうぜ。こっちへ来てろ」

「はい、杢太郎の親分さん」

弓之助は素直に佐吉から手を離し、立ち上がると手の甲でぐいぐいと顔を拭った。涙が本当に頬を流れている。本泣きである。

「あっしは親分さんじゃねぇんだってば」

言いながら、杢太郎はまんざらでもなさそうな顔である。

「でもおめえは、本当に兄さん想いなんだなぁ。兄さんが好きかい？」

「うん」弓之助は泣きじゃっくりをしながらうなずいてみせた。「だって兄さんはおいらの親がわりだもの。ねえ杢太郎の親分さん、おいら、喉が渇いちまった」

「そンだけ泣きゃあ、なあ。湯冷ましをやるから、ちょっと待ってな」

杢太郎は座敷にあがると、隅の方に置いてあった土瓶と、縁の欠けた湯飲みを引き寄せた。彼が背中を向けているうちに、弓之助はさっと佐吉に近づくと、

「叔父上が戻られるまでは、今のまま黙っていてください」と、声は出さず口の動きだけで器用に言った。で、杢太郎が湯飲みを手に振り向いたときには、素早く元の位置に戻っていた。

「わあ、ありがとう」

ごくごくと湯冷ましを飲み干すと（実際、喉がからからだった）、

「親分さん、兄さんにも湯冷ましをあげていい？」

杢太郎がためらうと、弓之助はすかさず「あーん」と泣いた。「湯冷ましがおいしいよう。兄さんにも飲ませてあげたいよう」

「しょうがねえな。いいよ、ほら、湯飲みを寄越しな」

弓之助は両手で湯飲みを持ち、佐吉の口元に持っていってやった。「ほら、おいしいだろ、兄

さん」

空《から》になった湯飲みを杢太郎の手に戻そうとしたとき、弓之助の腹がぐうぅと鳴った。こればかりは芝居ではない。しかし、時を選んで絶妙であった。

「おめえ、腹が減ってるの？」

「おまんま、喰ってないんです」

「兄さんが心配で、喉を通らなかったってか？」

「うん」そこでまたあーんと泣こうとしたのだが、その前に再度腹が鳴った。

「夕方もらった握り飯が、まだ残ってたはずだがなぁ」

ごそごそと探しにかかる杢太郎を横目に、弓之助はにこりと佐吉に笑いかけた。佐吉は吹き出しそうになるのを懸命にこらえている。ちょっぴりだけど、頬にも血がさしてきたようだ。

叔父上が戻るまで、とにかく少しは佐吉さんの居心地をよくして、元気づけてあげておこう。

弓之助の企みは、どうやら上手くいきつつある。

「旨い握り飯だなぁ。杢太郎の親分さん、兄さんにも少し食べさせてあげていい？」

「しょうがねえなぁ。まだこっちにひとつあるからさ、これを――」

「ありがとう。ほら、兄さんおあがりよ」

「佐吉、おめえは幸せだなぁ。こんな可愛い弟がいてよ。弓太郎、おめえも大きくなったら兄さんみたいに植木屋になるのか？」

「ううん、おいらは親分さんみたいにお上の御用を務めるようになりたいなぁ」

「へえ、岡っ引きになりてえのか？」

「うん！　親分さん、おいらを子分にしてくれる？」

「そうだなぁ、だけど岡っ引きってのは大変だぞ。怖いこともあるぞ。それでも平気なのか？」

「おいら、へっちゃらだい！　でも親分さん、怖いことってどんなことがあるの？」

「そうさなぁ、たとえばな――」

という次第で、佐吉は、弓之助が大男の杢太郎をころりころりと転がす様を、じっくり鑑賞することになったのであった。

四

葵が暮らしていたという貸家は、芋洗坂を登りきった薄闇のなか、花見の宴でも催しているかのように、きらびやかに輝いていた。ありったけの提灯《ちょうちん》や行灯《あんどん》に灯を入れて、明るくしているからである。生け垣を回って正面へと近づいてゆくと、誰かが家のなかを歩き回っているのか、丸い人影が動くのがちらりと見えた。

全部の雨戸を開《あ》け閉《た》てするだけでも半刻はかかりそうなほどの大きな屋敷である。玄関口の脇には、夏陽の強い照り返しを遮る小竹の簾《すだれ》が、丸めたまままきちんと立てかけてある。季節柄、もう片付けておかねばならないものだが、かといってだらしない感じではなかった。植え込みや植木も、夜目では枝ぶりや葉の色合いまではしかとわからないが、立ち枯れたようなものはひとつもない。

上がり口の沓脱《くつぬ》ぎには、いささか場違いの小汚く履きこんだ草履《ぞうり》が一足、これよりは少しましなものがもう一足、あわただしく脱ぎ捨てられている。これは——と、平四郎は推察した。千駄ヶ谷の家主のところへ行った八助親分が、もう戻ってきているということだろう。小汚い履物は親分のだ。ましな方の履物は、家主のそれか差配人のか。千駄ヶ谷から親分に同道してきたのだろう。

雪駄《せった》が見当たらないところをみると、検視役はとっくに引き上げたのかもしれない。自身番にいた杢太郎の話では、佐伯という定町廻りは帰ってしまったというし……。

廊下の奥で、誰かが小声で話しているのがちらちらと聞こえる。

「御免、御免」

濡れたように灯を照り返す廊下の向こうに、平四郎は呼ばわった。と、話し声が途切れ、すぐに足音が近づいてきた。

「おや、これはこれは？」

平四郎の顔を見て、ちんまりとした目を瞠《みは》ったのは、小柄な老人である。ぷっくりと丸く腹の出た身体つきに、鼠色の地に黒の子持縞の着物がざっくりと似合っている。腰にたばさんだ朱房《しゅぶさ》の十手。八助親分だろう。

と観察をする前に、ひと目見ただけで平四郎にはわかっていた。杢太郎も、「会えばわかる」

と言っていた。なるほどわかる。

頭の鉢巻きである。布を巻いているのではない。八助親分は坊主に近いまるハゲだ。髷《まげ》さえ結っていない。しかしどういうわけか、額のぐるりだけ、ぽやぽやとした白髪が残っている。その様子がまさに鉢巻きのように見えるのだった。

「旦那は――」

不審がるというよりは困った顔で、八助は小腰をかがめる。平四郎は急いで言った。

「やあ、すまぬすまぬ。私は本所深川方の井筒平四郎という者だ。此方《こなた》の関わりの役人ではない。ただ、坂下の自身番に留め置かれている植木職の佐吉は、私の知り合いでな。急を聞き、驚いて駆けつけたのだ」

はあぁと感じ入ったような声を出して、八助は大きくうなずいた。平四郎はその小さな目に見覚えがあった。以前、読売りの絵に描かれていた、南蛮渡りの大きな動物のそれとよく似ている。鼻が長くて耳が大きい、象とかいう獣だった。

さらに平四郎は急き込んで続けた。「それに私は、ここで殺められた葵という女の素性についても知っている。それはもうよおく知っているのだ。ならばいささか役に立てるかもしれぬと思い立ち、まかりこした次第だ。あがらしてもらうが、いいな?」

八助がうんと言わないうちに、平四郎はさっさと履物を脱いだ。

「亡骸《なきがら》は奥か?」

ずいずいと進もうとするのを、ようやく我にかえったという様子で八助が袖を引いた。

「もし旦那、ええと井筒様」

「おまえさんが八助親分だな？　自身番の杢太郎には断ってきたから、俺にこの場所を教えたからといって、あれを叱ってもらっては困るぞ。杢太郎はちゃんと番をしておったし、佐吉は殊勝に捕まっている」

平四郎は八助を袖にぶら下げたままどんどん進んだ。金粉を散らした地紙に梅松の柄の唐紙が半分開いていて、その奥から女のすすり泣く声がする。

「井筒様、井筒様」

「おお、これは失礼する」

亡骸はすでに寝床に横たえられていた。顔には白布がかけられ、枕元には逆さ屏風《びょうぶ》。一本だけともされた線香から、儚《はかな》げな煙が立ち昇る。

泣いている女は、寝床の裾のところに座っていて、目を真っ赤にしていた。歳は三十ばかりだろうか。たぶんこの家の女中だろう。寝床をはさんでその対面、亡骸の顔に寄ったところに、羽織を着込んだ痩せ顔の老人が正座していたのが、平四郎を見て腰を浮かせかけた。

「邪魔をしてすまない。私は亡くなった葵奥様の知己だ。報せを聞いて馳せ参じた。仏様の顔を拝ませていただいてよろしいか」

平四郎の言を聞いて、泣いていた女が急いで顔をぬぐった。「奥様の――」

「ああ、そうだ。ついでながら、奥様を殺めたのではないかと疑いを受け、自身番に捕まっている佐吉という若者の知己でもある。それについては話すと長くなるので、まずは先に奥様に手を合わせてもらいたい」

平四郎がずんずんと言い張るので、他の三人は気圧されている。痩せ顔の老人が場所を空けてくれたので、平四郎は白い布のかかった亡骸のすぐそばに膝を折って座り込んだ。

白い布に手を伸ばし、平四郎は、柄にもなく心の臓がけんけんでもするように飛び上がるのを感じた。

そっと、布を取り除く。

苦悶の顔ではなかった。ほんの少しだけ眉間にしわを寄せて目を閉じている。難しい夢を見ているような表情である。むろん血の気は失せきっているが、それでも肌のきめの細かさは見てとれた。頬やくちびるの線も崩れてはいない。

死顔でも充分に別嬪《べっぴん》だ。生きているときは、さらに美しかったろう。血が通っているときには、この目じりの切れ上がったところに、妍《けん》のような色気があったことだろう。

これが葵か。

湊屋総右衛門の終生《つい》の女だ。そして佐吉を捨てた母親だ。

――いやはや、やっと会えたな、葵さんよ。

合掌しつつ、平四郎は心のなかで呼びかけた。

――いっぺん、あんたと会ってみたいと思うこともあれば、こんちくしょうめ顔も見たくねえと思うこともあった。しかし、こんな形で会うことになるとはな。

込みあがってくる思いはとりどりで、平四郎自身にも、どれが今いちばん強い感慨なのかわからない。ただ上から降りてくる何ものかに打たれたような厳粛《げんしゅく》さに、背筋が伸びた。

それでも平四郎の目はやっぱり役人の目で、葵の首筋に、赤黒い筋のような痕《あと》があることを見て取っている。

「これは」と、それを示して鉢巻親分に訊いた。「絞められた痕のようだな」

八助は何を用心しているのか、身構えるように腰を落とし、泣いている女中と痩せ顔の差配人と、挙句には死者の顔までひととおり見回してから、

「へい、そのようで」と返事をした。

葵は絞め殺されたのだ。

「手で絞めたのじゃないようだが」

「そうでしょうかね」と、惚ける。

「それなら指の痕が残る。紐《ひも》や縄なら肌にもっと疵《きず》が残る。得物《えもの》は手拭いかな」

あたりをつけて言ってみた。八助はぶすりと黙っている。が、女中が涙を落としながら大きくうなずいたので、平四郎はうなずき返した。

と、八助が素早く目を怒らせて女中を睨んだ。平四郎は、どんな手拭いか、お前は見たのかと女中に尋ねかけていたのを呑み込んで、八助を見た。

「それが佐吉の手拭いだったのかね」

八助は露骨に返事を渋って顔を背ける。平四郎は努めて穏やかに、しかし粘った。

「だったとしたら、あれも言い訳はできん。私も己の考えを改める必要がある。だから教えてほ

しいのだよ、八助」

口元をへの字に結んだ八助は、平四郎ばかりでなく、痩せ顔の老人と女中までが揃って、とりなすように彼を見ているのに気がついた。

吐息をつく。「佐吉という男の手拭いじゃございませんでした。この家のものでしたよ」

平四郎は、自分で思っていた以上にほっとした。腰から下の力が抜けた。弓之助だったらおもらししているところだ。

「なるほど、そうかい」

もう一度しみじみと葵を見つめて、やっと白い布を元に戻した。目を上げると、女中一人は深々と頭を下げているが、痩せ顔の老人はぺたりと座ったまま、八助はいまだ中腰で、次は何かと待ち構えるような顔をしている。

平四郎は痩せ顔の老人に訊いた。「あんたがこの屋敷を世話した差配人だね?」

「は、はい。左様でございます」

「じゃ、湊屋にはもう報せたかい?」

痩せ顔の差配人は、目だけではなく身体ごと泳がせてうろたえた。

「いえ、そ、そ、それは」

「八助親分も、湊屋のことは聞いたろう? それとも先《せん》から知ってたかい?」

今度は八助の身体が泳ぐ。「だ、旦那はどうしてそれを」

「だから言ったろう。俺は葵奥様の素性をよく知っているんだ」

まあ座れよ、落ちつかねえと平四郎が勧めると、八助はやっと腰をおろした。えっちらおっちらと正座する。どうやら膝を痛めているようだ。かなりの歳のようだから、無理もない。

意外なことに、泣き顔の女中が口を切った。

「湊屋さんというのは、もしかして旦那様のことでございますか」

平四郎に尋ねて、そのまま差配人と岡っ引きの顔を見回す。八助は決まり悪そうに丸い顎を引っ張りながら、

「あんたは何も知らされていなかったかね」と、逆に女中に問い返した。

平四郎は訊いた。「あんたは女中さんだね」

泣き顔の三十女は座りなおした。「はい、お六と申します。もう三年ほど、奥様のおそばで働かせていただいていました」

「住み込みだね？」

「はい」

「じゃあ、ここの葵奥様が囲い者だってことは知ってたわけだ」

お六という女中は、たぶん「囲い者」という言葉に引っかかったのだろう。すぐには答えずにうつむいて、謝るように葵の亡骸《てい》に目を落とした。

「言い方が悪かったかな。手活けの花とでも言い直すか。それにしても、旦那が通ってきていたことには違いねえ。葵奥様は、日ごろはここで一人暮らしをしていたんだろ」

お六は「はい」と答えたが、そこで八助が割り込んだ。「井筒様とおっしゃいましたが、旦那

は佐伯様とはご懇意で？」

「いいや、会ったこともねえ」

平四郎はさっと答えて、死者の枕辺で許される程度の気さくな笑みを浮かべた。

「早晩、挨拶をしなくちゃなるまいが、今のところは一面識もないんだ。正直に言うと、葵さんのことも知ってはいたが、会ったことはなかった。顔も知らなかった。ここで暮らしていることも知らなかった。どこにいるかわからなかったからな。といっても、探していたわけでもねえんだが」

どうだ、こんがらがるだろう——と、三人に問いかける。老いた岡っ引きと痩せ顔の差配人は、犬張子《いぬはりこ》のようにふわふわとうなずく。お六ひとり、ひたと平四郎を見つめている。

「ともあれ、俺は葵さんと湊屋のかかわりを承知している。たぶん、おまえさんたち以上に、この間の事情についちゃ詳しいはずだ。それだから、隠し立ては無用だよ。で、湊屋は来るってか？」

平四郎の饒舌《じょうぜつ》につられたのか、痩せ顔の差配人が言った。「私は親分さんから急を聞いて、あわてて久兵衛さんにお知らせしたんです。あとのことは——」

ちんくしゃに顔をしかめて、八助が差配人を睨む。が、もう言葉は出てしまった後だ。

久兵衛！　懐かしい名だ。平四郎はちょっと口を開け、それからゆっくりと嚙んだ。

「久兵衛か……。そうか。やっぱり総右衛門のそばに戻っていたんだな」

一人でうんうんと納得する。

「お六さんだっけかな。あんたからは旦那様のところに報せなかったのかい」

八助がまた遮《さえぎ》ろうとしたが、今度も一拍遅かった。お六はすらすらと答えた。

「わたしは旦那様がどこのどなたなのかも存じませんでした」

「ふうん。じゃあ報せようがねえわな。普段はどうしてたんだ？　こっちから旦那様に何か用があったときは」

「毎日、午前《ひる》までに小僧さんが来るのです。御用はありませんか、何か変わったことはありませんかと」

「小僧さんにはあんたが会うのか？」

「いいえ、奥様がお会いになっていました。御用があれば、そのとき託しておられたのだと思います」

なるほど。しかし今日は、その小僧さんの使いが帰った後にこんなことになってしまったのだ。

「まあ、いいだろう。今ごろはお恵と政五郎の方から湊屋に報せが行ってるだろうし」

「お恵？」と、八助が首をひねる。

「親分が捕まえた佐吉の女房だよ。あの子も佐吉と湊屋と葵奥様のことは知っている」

とにかく入り組んでるんだと、平四郎は言った。

「そのようですなあ」と、八助は禿げあがった頭を撫でている。

「面くらうことばかりだ。あたしはなににしろ、ここの奥様が築地の湊屋さんの縁故の人だということも、今日初めて知らされたもんですからねえ」

「佐伯の旦那から聞いたんだね?」

「はい。旦那は先《せん》からご承知の様子でした」

ありそうな話だ。

「旦那はもう、このあたりを仕切って長いんだろう?」

「はあ……それはもう」

ぬしと呼ばれておりますよと、痩せ顔の差配人が口を足した。

「じゃあ、なおさらだ。湊屋のことだから、葵をここに住まわせるときに、ひとつよろしくぐらいのことはやっていてもおかしくねえ。葵は世間から身を隠していたからな。佐伯様がさっさと引き上げちまったのも、そのせいかもしれねえぞ」

八助親分は差配人と顔を見合わせている。

「確かに佐伯の旦那は、とにかく屋敷に誰も入れないようにして、このことは他言無用、騒ぎ立てずに、後のことは俺が指図するまで手をつけるなとおっしゃっていましたが」

「だろうな」

となると、湊屋には佐伯から報せが行くということも考えられる。まあ、直に総右衛門ではなく、それこそ久兵衛や、あの渋い男前の影番頭あたりが受け付けるのだろうけれど。

「しかし、だったら、何でまた佐吉を引っ張っちまったんだね? 親分だって、この手の〝手活けの花〟がらみのごたごたは、これが初めてってわけでもなかろうによ」

八助はむうと口をへの字に結んだ。「それはだってねえ……佐伯様も、あの男は逃がさないようにしろとおっしゃいましたし。だいいち、あれはこの場にいたんですから」

平四郎は目を見開いた。「佐吉が葵の死んでいるのを見つけたと？　そういうことか？」

「はあ、そうです。しかもそのときにはまだ、葵奥様の身体は温かかったそうです。絞め殺されたばっかりだったんですよ。そのすぐそばで、佐吉が腰を抜かしていた。それじゃひっくくらんわけにもいかねえでしょう。佐伯様も、そいつの身柄は押さえておくように、けっして逃がしちゃいけねえと仰せだった」

今度は平四郎が口を結んだ。ほとんどくちびるが半円になるくらいに。

順序を限らず、いろいろと問いただしたいことはあるが、平四郎が知っている事情を、どこまでこの三人に聞かせていいかわからない。ここはひとつ、早いところ久兵衛に会うのが得策だろう。

「久兵衛は今どこにいるだろうかな。ここに来ると言ってたかい？」

痩せ顔の差配人に問いかけたとき、表から声が聞こえてきた。ごめんくださいと呼びかけている。

平四郎の記憶に間違いがなければ、あれこそ久兵衛の声だ。今は失《な》き鉄瓶長屋の差配人。

「間《ま》がいいねえ。差配人の鑑《かがみ》だ」

にっこりと、平四郎は笑った。痩せ顔の差配人も笑い返す。どうやらこれで私はお役御免でございますよねという、安堵の笑いのようである。

老けたな。平四郎はそう思った。

久兵衛が鉄瓶長屋から逐電したのは、もうざっと二年は前の話である。その後平四郎は一度だけ彼と再会した。湊屋総右衛門が密談用にあつらえた屋形船のなか——そして別れ際、久兵衛は平四郎を追いかけて、「お許しください」と頭を下げた。「許すことなんかねえよ」と、平四郎は応じた。あれからどのくらい経ったろう。半年は越えているか。

もともと久兵衛は水気の抜け切った老人であった。しかし、濡れ手拭いが、風で乾くとぱんとした張りを取り戻すのに似て、枯れてますます矍鑠《かくしゃく》とした老差配人でもあった。きれい好きでしまり屋で、長屋の店子たちを指図して溝《どぶ》さらいをするときなど、手下を率いて悪人の巣に乗り込む火盗改《かとうあらため》の頭《かしら》もかくやという凛々《りり》しさだった。老いてはいても老いぼれには程遠い。そういう見上げた老人だった。

それが今は意気消沈し、じじむさく成り下がっている。

「お久しゅうございます」

畳に両手をついて、頭のてっぺんを平四郎に見せる。髷もいちだんと小さくなったようである。

「堅い挨拶は抜きにしよう」と、平四郎は手を振った。「俺とおまえさんは長い付き合いじゃねえか。しかもこんな折だ。大変なことになったもんだね」

久兵衛は額のしわを深くして、沈痛な面持ちでうなずいた。「このような次第になりますとは——いささかの心構えもございませんで、取り乱しております。お許しください」

「当たり前だよ。誰だって、知り合いがこんな死に方をすりゃ取り乱す。いや、あんたにとって葵さんは、知り合い程度の間柄じゃねえだろうからなおさらだ」

平四郎と久兵衛は向き合い、鉢巻きの親分は二人の顔を見渡せるところに下がって、ちょっと猫背になって座っている。亡骸のある座敷のすぐ隣、四畳半の小座敷だ。半間の押入れがあり、その向かいに小物簞笥《こものだんす》と鏡台が並んでいる。葵が着替えたり身なりを整えたりするときに使っていた場所だろう。つい先ほど、お六が茶を運んできて、行灯《あんどん》の芯を出して明るくし、そのついでに、鏡台の銅鏡に白い手拭いをかけていった。

ほのかに香の薫《かお》りがする。線香の匂いではなく、葵の着物の薫りだろう。

平四郎には、久兵衛に訊きたいことが山ほどあった。それは葵の死に直接かかわりのある事柄ばかりではない。だから本来なら久兵衛と二人になりたかったのだが、鉢巻きの親分はどうしてなかなかしぶとくくっついてくる。平四郎の立場では、おまえはあっちへ行ってろと追い払うのも気が引ける。

そこで親分に尋ねてみた。「さっき俺がここへ来たとき、家中に明りがついていた」

「へえ」と応じて、八助は用心深そうに目を細めた。

「何を調べてたんだい？」

「あちこちを」

「賊《ぞく》の足跡でも残ってないかと、かぎまわっていたわけかい」

八助はふふんと片頬だけで笑った。「殺しがあったのは昼間のことでござんすから、何が残っているわけもないでしょう。それでも、広いお屋敷ですからな。勝手を知りたいと思ったんでございますよ」

「だよなあ。まだ調べ残っているところがあるならば、俺たちにはかまわず続けてくれていいんだぜ」

「これはこれは旦那には、お気遣いをありがとうございます」

腹の探り合いのようなやりとりに、久兵衛が穏やかに割って入った。八助親分の方に目を向けて、

「佐伯様のお顔を潰すことを案じておられるのでしたら、ご心配は要りませんよ。手前どもの主人湊屋総右衛門と、すでにお話がついている頃合と存じます」

と言ったものだから、平四郎も八助も同じように驚いた。

「話がついた？　そりゃまたどういうことですかね？」と、八助は目を剝いている。鉢巻きさながらに抜け残った薄い白髪の下に、額のしわが三本、くっきりと浮き上がる。

「葵様がこちらに家移りなすった折、旦那様は佐伯様に、何卒よしなにとご挨拶をなさいました。ですから本日も、こちらで葵様の亡骸を検《あらた》められると、佐伯様はすぐ湊屋においでになりました。善後策を相談しなくてはなりませんからね」

そら、やっぱりと平四郎は膝を打った。

「ぬかりねえな」

「はい」

久兵衛は悪びれるふうもなく素直に認めた。その〝ご挨拶〟に、いくらぐらい包んだのだろ

う。むろん、それ一回こっきりということではなかったろう。

「つまり鉢巻きの親分さんよ、あんたらを置き去りに、佐伯殿がさっさと引き上げちまったのは、湊屋へご注進するためだったんだな」

ははぁ――と、八助は空《くう》に向かって合いの手を入れた。そこに佐伯の旦那の顔が見えているのかもしれない。

「それじゃあ、あたしの役回りはどうなるんでしょうかね」

と、久兵衛に問いかける。

「あたしにはまだこれという絵は見えねえけれども、佐伯様が委細ご承知ということならば、足りない頭をひねることもねえわけだ」

律儀というよりは老獪《ろうかい》な岡っ引きの受身である。

平四郎は、直截《ちょくさい》に久兵衛に尋ねた。「あんたはここに何しに来たんだね」

久兵衛は衣桁《いこう》のように角ばった肩をちょっと落とした。「夜明け前に、棺屋《ひつぎや》が参ります。葵奥様の亡骸をお棺におさめ、お寺へと移したいと存じます」

「湊屋の菩提寺《ぼだいじ》――じゃねえよな」

尋ねておいて、平四郎は苦笑した。久兵衛は笑わない。

「はい、それはできない相談でございます。旦那様と葵様は、いずれこういうことがあった折にはと、然るべきお寺に伝手《つて》をつけて、墓所も定めておられましたので、あわてることはございませんが」

これもまた手回しがいいことだ。

「西方寺《さいほうじ》というお寺さんで、ここから武蔵野の方へ、一里ほど寄ったところにございます。ご供養の手配はまた別の者がいたしておりますので、手前はこちらに残り、お屋敷の後のことを、家主さんにご迷惑のかからぬよう、委細取り片付けたいと思うのですよ。ああ、お六の身の振り方も、あんじょうしてやらねばなりませんな。あれは子供を連れて住み込んでおりましたから」

で、亡骸をここから動かすことも、葬ることも、すでにして佐伯様はお許しになっているというわけか。

「湊屋としては、事を荒立てるつもりはない」と、平四郎は独り言のように呟いた。やけに大声の独り言である。

「それなら、佐吉をどう扱うつもりなんだ？　あいつは自身番に留め置かれているんだぞ。湊屋としちゃ、縁故の者から縄付きを出すつもりもねえんだろ？」

あれまあと、八助は額をぴしゃりと叩いた。いい音だ。

「こりゃ驚いた。あの植木職人も湊屋さんのお身内なんで？」

「そういうことなんだ」と、平四郎はぶすりと応じた。「親分は初耳か。さすがの佐伯の旦那も、そこまではご存知なかったんだな。今はもう知らされてるかもしれねえが」

そうですねえ、それじゃどうしましょうかと、これはもう完全にへいこらという感じで、八助が久兵衛の側に膝を乗り出す。

久兵衛はかすかに、バツの悪そうな顔をした。右の目じりがぴくりと動く。

「それはご相談でございますが……明日にはたぶん、佐伯様からじかに親分さんにお話があると思うのですが」

「へいへい」

鉢巻きの親分は、どんな相談にも乗る気でいる。久兵衛が目じりをヒクつかせて決まり悪がっているのは、親分に対してではなく、平四郎に対してである。

「もうしばらく、佐吉を自身番で預かってはいただけませんか」

「それでしたらお安い御用ですが、湊屋さんのお身内を、あんなところに繋いでおくのはどうでしょうねえ」

八助は飛びつくように請け合った。久兵衛の、今度は左の目じりがヒクヒクと二度引き攣った。

「本来でしたら、手前が佐吉の身柄を引き取り、然るべく見張っておるべきなのでしょう。しかし手前では目が行き届かないかもしれません。万が一のことがあっては取り返しがつきませんので、自身番で見ていてもらえれば、それがいちばんではないかと」

はいはいと、八助は愛想がいい。しかし平四郎は引っかかった。

「その〝万が一のこと〟ってのは何だよ?」

「そりゃ旦那、万が一は万が一でございますよ、ねえ」と、八助が割り込んで久兵衛にすり寄る。「ようございます、この八助がしかと承《うけたまわ》りました。湊屋さんの方でご処分を決めるまで、あたしらがしっかりと佐吉の身柄を預かりましょう」

平四郎はこの手練《てだ》れの老岡っ引きの、粉《こ》を吹いたように白っ茶けた丸顔を見た。どんな道でも、手練《ヴェテラン》れになるには秘訣がある。いちばん手っ取り早いのは、長いものには巻かれっぱなしにして逆らわないことだ。

町場の事件で、金持ちや権力者が関わっているのを、表沙汰にならないように片付ける——引き合いを抜くというのは、別段珍しいことではない。だからこの件に関して、湊屋が格別悪辣《あくらつ》なことをやっているわけでもない。そのための手回しもよく、包む金もけちっていないらしいから、それはいかにも湊屋らしくて鷹揚《おうよう》で、結構なことである。

それでも、巻くほうにも巻かれるほうにも、一片の後ろめたさというのがあってほしい。だから、八助が自分から巻かれようとして、湊屋に向かってころころ転がってゆく様にはどうしても鼻白んでしまうのだ。いくら係りの佐伯の旦那もご承知のこととは言え、ちみっとは憚《はばか》れよと思ってしまう。久兵衛の目じりのヒクつきを見習ったらどうだ？

まあ、いいや。文句を言いたいのは八助のことではない。

「万が一の意味が、俺にはわからねえ」と、さらに久兵衛に食いついた。

「佐吉が——」と低く言って、久兵衛は目を伏せた。「自分のしたことを悔やむあまりに、さらにバカなことをしでかすのではないかと案じられるのですよ、井筒様」

とっさには、意味がわからなかった。平四郎は目をしばしばとまたたき、口を開いて、長い顎をさらに長くした。

で、やっとわかった。「久兵衛、おまえまさか、佐吉が死ぬつもりだなんていうんじゃねえだろうな？」

久兵衛の口元が強張り、顔から血の気がすうと失せた。「おっしゃるとおりでございます。手前にはそれが案じられます」

「湊屋もそう言ってるのか？」

久兵衛は黙っている。それが返事だ。肯定だ。平四郎はひとつふたつと息をした。それからようやく、腹を立てた。

「それはつまり、湊屋じゃ、佐吉が葵を殺したもんだと、頭から決めてかかってるってことじゃねえか！」

久兵衛は頑固に黙る。八助がきょときょとと二人の顔を見比べる。

「まだ何も事情がわかってねえのに、佐吉がやったもんだと決めつけてる。何でそんな乱暴なことができるんだ？　湊屋のことは、俺は知らねえよ。けど、久兵衛さんよ。あんたもそれでいいのかい？　あんたはそういう人だったかね？」

眉を寄せ、足の痺《しび》れをこらえているみたいにぐっと固まって、久兵衛はようよう顔を上げた。

平四郎にではなく、八助に言った。

「親分さん。このような次第でございますから、すぐにも番屋にお戻りいただいて、佐吉を見張ってはいただけませんか。明日には、私がまた正式に主人の名代《みょうだい》として、佐伯様にお目どおりを願いに参ります。佐吉にも、神妙にしているよう言い聞かせましょう。ですからどうぞこの一晩は、親分さんご自身で、佐吉から目を離さないでやってください」

八助は、座ったときのあのぎくしゃくした動きはどこへやら、鞠《まり》のようにぽんと立った。

「さいですな。そうしましょう。あたしは番屋に詰めております」

よろしくお願い申し上げますと、久兵衛はその足元に平伏する。平四郎はカッとなって、はずむ足取りで小座敷を出てゆく八助に、足払いをかけてやろうかと思ったが、寸前でやめた。あまりにも子供じみている——というより、鮮やかな足払いができるかどうか自信がなかったのだ。弓之助と一緒に、護身術を習っておけばよかった。

八助が出てゆくと、久兵衛は手を伸ばし、すっかり冷めてしまった茶を一口飲んだ。そして湯飲みの縁に目を据えたまま、ゆっくりと言い出した。

「井筒様は、このところ、佐吉に会っておいでではでしたか」

平四郎はまだ久兵衛を睨んでいた。睨み顔のまま答えた。「しばらく顔を見てなかったな」

佐吉が所帯を持ち、大島《おおじま》へ移ってからは、とんとご無沙汰のような気がするが……。

「佐吉から、何がしか相談事を持ちかけられたこともございませんでしたね？」

「ねえよ、そんなもんは」

平四郎の心に、ちらりと不安の影がさした。

「それでは井筒様は、佐吉がなぜ葵様がここに住んでおられることを知ったのか——いえそれ以前に、どうして葵様が生きておられると知ったのか、その間の事情については、まったくご存じないということですね？」

その通りである。だからこそ、一報を聞いて仰天《ぎょうてん》し、弓之助を小脇に抱えて飛び出したのだ。

いったいぜんたい、何がどうなっているのかと。

久兵衛は、身体の内の塵《ちり》や埃をすっかり掃き出そうとでもいうような、長く尾を引くため息をついた。

「おかみさん――おふじ様でございますよ」と、ぽつりと言った。

おふじは湊屋総右衛門の正妻である。

「おふじがどうしたってんだ」

「佐吉が鉄瓶長屋を離れ、植木職人として暮らし始めたことは、もちろんおふじ様もご存知でございました。そうして」

と、思い出すように宙を見て、

「今年の梅の花のころでしたでしょうか。庭の手入れを佐吉に頼みたいと言い出されたのです。元は鉄瓶長屋のあった、あの新しい屋敷のお庭です。わたしはずっとあれに冷たくしてきたけれど、それも大人気なかった、これからは、少しはひいきにしてやりたいという仰せでございました」

平四郎は懐手《ふところで》をした。そうしないと、なかなかこの腹立ちを保ちにくいような気がしてきたのである。

「ちょいと待った」と、久兵衛を遮《さえぎ》った。「あんたはその話を誰に聞いたんだ? ぜんたい、あんたはこれまでどこにいたんだ?」

ああ、そうですね、それをお話ししておかないとと、久兵衛はわずかに頰を緩ませた。

「手前は鉄瓶長屋から逃げ出して以来、湊屋の川崎の寮におりました」

寮というより別邸だと言う。

「川崎の宿場町よりさらに海寄りの、景色のいいところでございます。旦那様やおふじ様がおいでにならないときは、まったく留守宅になっておる屋敷ですが、それも無用心でございますし、だいたい海寄りの家というのは、潮風で傷《いた》みが早い。少し手入れをしてくれという、旦那様のお申し付けでございました。特段の御用があって呼ばれない限りは、手前はずっとそこにおりました。まあ、爺やの隠居暮らしでございますな」

久兵衛自身も、鉄瓶長屋がらみのあの企てが終わるまでは、どこかに隠れている必要があったから、一石二鳥だったのだろう。

「旦那様とは、使いを通してやりとりをしておりました。鉄瓶長屋の一件は、手前にとっても切に気がかりなことでございましたから、なりゆきも知りたいと思いましたし……」

語尾が小さくなった。

久兵衛は今も、川崎の別邸と行ったり来たりの暮らしをしていると言う。お大師様への参拝客が多いこともあり、江戸市中《しちゅう》と川崎宿の行き来は自由だ。日帰りのきく行程だし、いちいち届出や許可が要るというものではない。久兵衛は、しかし年寄りの足には少しきついものがありますと笑った。

「また今年の二月末ごろからですか、宗次郎様が病みつかれまして——」

湊屋総右衛門には、おふじとのあいだに三人の子がある。長男が宗一郎、次男が宗次郎。娘が一人で名はみすず。これは西国の大名家に迎えられることが内々に決まり、その段取りとして、年明け早々ある旗本の家に養女に入った。大名家の奥方といっても、むろん正妻ではなくお国様《くにさま》である。側室なのだから、町娘の身分のままだってよさそうなものだが、そう簡単にはいかないものらしい。

「重い病なのかい？」

湊屋次男坊の病気というのも、平四郎は初耳である。もっとも、そもそも鉄瓶長屋の一件がなければ、本所深川方の臨時廻りという閑職にある平四郎が、築地の大店《おおだな》湊屋とかかわりを持つことなどあり得なかった。だから鉄瓶長屋のことが片付いてしまえば、縁も切れるし耳も遠くなるのは不思議じゃない。

「旦那様はただの気鬱症《きうつしょう》、ぶらぶら病だと軽くおっしゃっていますが、それで命をとられることもないわけではございません。係りの先生も、気の病を甘く見てはいけないとおっしゃっています」

「そりゃ大変だな」

「それで宗次郎様は川崎の別邸に移り、転地療養をなすっているのです。ですから二月以来、そのお世話をすることが手前の仕事になりました」

だから久兵衛が、おふじが佐吉に対してそんな優しいことを言い出した——といういきさつを知ったのは、桜も終わるころのことだと言う。

「旦那様のお手紙に、そのように書いてあったのです」

そう言って、久兵衛はまたため息をつく。

「おふじ様のお申し出を、最初のうちは、旦那様も言を左右にして退けておられたそうでした。今さら佐吉をおふじ様に引き寄せたところで、何のいいことがあるわけもない。放っておけば、そのうち諦めるだろうと」

平四郎はうなずいた。もっともだ。

「それでも、おふじ様があまりに何度もおねだりになるので——それに、みすず様がお手元を離れて寂しくなったということも訴えられて、つい情にほだされたのでございましょうね。そんなに言うなら、植木屋としてひいきにしてやれと、お許しをお出しになった。おふじ様はたいそう喜ばれたそうでございます。佐吉を呼んでは、あれやこれやと手入れを言いつける。また佐吉もああいう男ですから、湊屋への恩義は忘れておりません。おふじ様の命に従ってよく働く」

平四郎はちくりと言った。「佐吉はあんたらの隠し事を知らねえからな」

久兵衛はちょっと詰まったが、ひるまなかった。渋い縞の着物の襟元にちょっと触れただけで、自分を立て直した。

「そうしているうちに、おふじ様は佐吉に打ち明けてしまったのです」

何を？　と問い返すかわりに、平四郎はじいっと久兵衛を見た。

「佐吉の母親の葵様は、佐吉を置いて湊屋を出奔したのではない。実は死んでいるのだ、と——」

平四郎はさらに久兵衛を見据える。

「あたしがこの手にかけたのだ、とは言わなかったのかい？」

「そこまでは」久兵衛は目を伏せる。「死んだということも、遠まわしに〝あの世の葵さん〟というような言い回しでおっしゃったそうでございますから」

久兵衛が湯飲みを取り上げると、口をつけた。平四郎もそれに倣《なら》い、こちらはいささか行儀悪く、がぶりと飲んだ。

おふじは、葵が死んだと思っている。それがおふじにとっての真実だ。が、本当の事実ではない。葵は生きていた。その時点では生きていて、ときどき総右衛門と会いながら、この屋敷で暮らしていたのだ。

おふじがやっつけてやったと思い込んでいた葵は生きていた。しかしおふじにそれと悟らせぬために、湊屋総右衛門はえらい手の込んだ嘘を重ねてきた。鉄瓶長屋がその舞台になった。佐吉もそれで利用された。

それなのに、すべてが片付いて静かになったと思ったら、当のおふじが佐吉を呼んで、今さらのように過去を蒸し返してしまったというのである。

「おふじ様にどういうおつもりがあったのか、手前にはわかりません」と、久兵衛は抑えた口調で続けた。「ご自身がそこで葵様を殺し、亡骸は埋めて隠してしまったと信じ込んでいる、その場所――鉄瓶長屋の跡地に建てた屋敷に住まい、密かに葵様の菩提《ぼだい》を弔《とむら》うお暮らしをしているうちに、何かしらお心の底に湧き出るものがあったのかもしれません」

平四郎は合いの手を入れなかった。おふじの気持ちをはかるなど、難しすぎる。しかも、おふじは真実をすべて打ち明けたわけではないのだ。その一端を匂わせただけである。佐吉には、かえって残酷な仕打ちだったのではないか。

それを言うと、久兵衛はうなだれた。

「案の定、話を聞いて佐吉は驚きました。当たり前でございますな。そして疑いをも抱きました」

賢い男だ。平四郎にも察しがつく。

「〝あの世の葵さん〟と漏らしたときのおふじ様のお顔の色、口つき、うっすらとした笑み。すべてを合わせて考えて、自分の母親の死は尋常な死ではなかったのじゃないか。あるいは、おふじ様が――と」

悩みに悩み、苦しんだ挙げ句に、佐吉は総右衛門を尋ね、懇願し、問いただした。総右衛門もまた驚いたろう。今になって、おふじが口を滑らせるとは！

「旦那様も、たいそう迷われたそうでございます」

平四郎は片方の眉をぐいと持ち上げた。

「迷うって、何をだ」

今までどおり、嘘に嘘を重ねてやれば済むことじゃねえか。佐吉に言ってやればいいんだ。そうだよ、隠していて済まなかったな。葵は殺されていたんだ。だが、おふじを縄付きにするわけにもいかず、俺がすべてに蓋をして、今まで口をぬぐってきたんだよ。そのせいでおまえには辛い思いをさせてしまったな――と。

そういう嘘を貫き通すために、鉄瓶長屋の店子たちまで巻き込んだんだからよ。

「迷って迷って、一度ははぐらかしてみたものの、結局――旦那様は」と、久兵衛は平四郎の顔を見た。「佐吉に、本当のことを打ち明けられたのでございますよ、井筒様」

本当のこと？　本当のことなんて、どこにあるんだよ？　そんな問いかけを、平四郎は久兵衛に投げかけた覚えがある。

「本当のことってのは、どの本当のことだ」

久兵衛は膝に手を乗せると、姿勢を正した。

「葵様が生きているということです。おふじ様の恨みから葵様を守るために、旦那様も手前らも、皆で嘘をついていたということをです。そうでございますよ、井筒様。佐吉は、旦那様から、葵様が生きていて、この芋洗坂上の屋敷に住んでいることを教えられたのです。だからこうして訪ねてきたのでしょう」

五

井筒平四郎は蒟蒻《こんにゃく》を食っている。

芯の芯まで醤油の色の染みた、お徳の蒟蒻である。しかしここはお徳の煮売屋の店先ではない。蒟蒻が煮えているのも、馴染み深いお徳の大鍋ではなかった。

「ちっと塩からいかね、旦那？」

お徳が杓子《しゃくし》を片手に声をかける。竈《かまど》の前に仁王立ちする格好だけは、いつものお徳だ。

「ここの鍋じゃ、まだ加減がわからないんだよ。あたしの鍋は、もうあたしの掌みたいなもんだったからさ、目をつぶってたっていつも同じ味にできたんだけど」

「煮汁は持ってきたんだろ？」

「うん。半分方は無事だったからね。すくって濾《こ》して、大騒ぎさ。だけど鍋がかわると、煮汁もやっぱりよそいきの味になるんだよ」

きっと金気《かなけ》も違うんだろうねと、自分で自分の言葉にうなずいている。「あたしの鍋は、そのまま齧《かじ》ったって味がするくらいになってたからさぁ」

竈の脇の板場で大葱《おおねぎ》をざくざくと刻んでいた小娘が、ぷっと吹き出した。すかさず、お徳はぐりぐりと目を剝いて言い返す。

「なに笑ってんだい？　本当だよ。鍋釜だって、長いこと大事に使ってりゃ、こっちの味を覚えてくれるんだからね」

小娘ははぁいと返事をした。瘦せて手足が細く、首なんか平四郎なら片手で締めあげてしまえそうなほどだ。あいにく、人形のように可愛いとは言いにくい御面相だが、紙人形のように頼りないことは確かだ。

お徳の手下《てか》である。おもんという。これ一人ではない。おさんという、二十歳《はたち》ばかりの娘がもう一人いる。こっちは気が強そうだ。少なくとも、さっき平四郎を見た目つきは、充分に険しかった。

この店は、もとはおみねという女の営むお菜屋《かずや》だった。ごく短い間ではあったが、三軒隣のお徳の煮売屋の面憎《つらにく》い商売敵でもあった。

そのおみねが、おさんとおもんを残して行方をくらましたのは、つい一昨日の朝のことである。住み込みの二人は、起きてみたら大事なおかみさんが手回り品をまとめていなくなっていたので、泣くわ騒ぐわ途方にくれるわ、その狂態を見かねてお徳が声をかけ——

で、なんとなく面倒をみることになってしまったのだという。

もちろん、お徳としてはつなぎのつもりだ。おみねに代わってお菜屋を切り盛りする気などまったくないという。おみねが何で出て行ったのかわからない。わからないだけに、ひょっこり帰ってくるかもしれない。でもそのあいだに、おさんとおもんを干からびさせてしまうわけにはいかないではないか。だからそのあいだだけ、という理屈である。

実際、黒子《ほくろ》の目立つ青白い顔に目を吊り上げたおさんと、まだ骨もしっかり固まっていないようなへろへろのおもんが、手を取り合って途方に暮れ、泣いているその場を目にしたならば、平四郎だって同じように考えたろうと思う。お節介はお徳だけの持病ではない。

ただ、お節介に夢中になり、自分の手元がお留守になるところがお徳のお徳たるゆえんなのである。

平四郎がこの幸兵衛長屋へ顔を出すのは、五日ぶりのことである。五日のあいだにお徳の煮売屋が閉まり、ご本尊さまはおみねのお菜屋におみこしを据えてしまったと知って、最初は仰天したものだ。それから事情を聞いて爆笑した。なんと、お徳は自慢の鍋を焦がしてしまい、やむなくお菜屋の竈と鍋を借りているというのだから。

「昨日はね、この子たちを指図して家のなかを片付けたり、いろいろやっててさ。その合間に鍋を見てたんだよ。あたしにはあたしの商売があるからさ。だけど、この子たちがあんまり頼りないもんだから、ついつい口だけじゃなくて手も出しちゃって、あれやこれややってるうちに、鍋が煮えてることをころっと忘れちゃったんだよね」

どんぶりを持って煮物を買いに来た客に、おばさん、鍋から煙《けむ》が出てるよと教えられるまで、何にも気づかなかったというのだから恐れ入る。平四郎は涙をこぼして笑った。

「こっちが風上だったのが、お徳の局《つぼね》一生の不覚だな。合戦記じゃねえか。鞭声粛々《べんせいしゆくしゆく》夜鍋の底を破る、ってなもんだ」

旦那はおかしなことを言うねと口を尖らせつつ、お徳も笑っていた。

ついさっき、平四郎と入れ違うように、差配人《さはいにん》の幸兵衛が帰っていった。様子を見に来たと言っていたが、奥の小座敷にあがって茶を出してもらっていたのに、平四郎の顔を見るなり埃《ほこり》が舞い立つほどの勢いで消えたところをみると、あれは店賃《たなちん》の話だったに違いない。お徳は、穴の空いた鍋と一緒に、寝起きは自分のところでしているそうだし、今後もそのつもりのようだから、そちらの店賃は払わねばならない。ではこちら、おみねの借りているこの家の店賃はどうするのかという算段だ。事情はどうあれ、お徳がとりあえずお菜屋《かずや》を引継ぎ、おさんおもんを手足に使って商売していくつもりなら、決まりの店賃を納めてくれないと困ると言いにきたのだろう。

しかし平四郎は知っている。出奔《しゆつぽん》したおみねは、ここで店を開く際に、半年先までの店賃を幸兵衛に納めているのである。それも相当の色をつけて。おみねが幸兵衛長屋に来たのはほんの一月《ひとつき》前のことだ。つまり、店賃にはまだまだゆとりがあるはずなのだ。

それでも催促《さいそく》めいたことを言うのが、さすが業突《ごうつ》く張《ば》りの幸兵衛さんである。平四郎の顔を見て逃げ出したのは可愛いが、算盤玉《そろばんだま》の形をしたあの差配人の心の臓がパチパチ音をたてているのを、平四郎の耳はちゃんと聞きつけた。

もうひとつ言うならば、平四郎はおみねの隠し事も知っている。岡っ引きの政五郎が、あの女の命であり魂でもあった情夫《いろ》を捕えるときに、その場に居合わせたという事情があるからだ。そして、晋一というその情夫がお縄になったことを、おみねに伝えたのも平四郎である。

おみねはなぜ消えたのか。どこへ行ったのか。今はどこにいるのか。晋一は牢《ろう》のなかにいるのだし、お天道様が西からのぼるようなことがあったとしても、娑婆《しゃば》に出られる見込みはない。ただ、おみねの唐突な出奔の理由に、他人から見たらどんなに筋が通らなくても、晋一とのことがあるのは確実だ。

吟味方《ぎんみかた》に訊いてみなくては、はっきりとしたことは言えないが、晋一は人を殺《あや》めているし、いろいろと後ろ暗いことが他にもあるから、処罰が遠島《えんとう》で済むとは思われない。それでもおみねは万にひとつの希望をかけて、彼が八丈島に流されるならばそこまでも、海を越え追いかけてゆくぐらいの腹を決めているのかもしれぬ。いずれにしろ、想う男をお上《かみ》にふん縛られて、こんなところでのんびりお菜屋なんぞやってられやしないよということなのだ。その意味では、おみねを出奔させたのは平四郎だと言うこともできる。

おみねはかなりの大金を持っていたのだが、それがきれいになくなっているという。平四郎はふと、おみねがやさぐれ者の集まる薄暗い居酒屋や矢場《やば》を巡り歩き、金ならいくらでも払うから、誰か破牢《はろう》の手引きをしてくれないかと、目つき顔つきの悪い息の臭い男たちに、あたるそばから話を持ちかけている様子を想像する。そしてその想像を、顔にまといつく羽虫をはらうようにに追いはらう。ああいう女——もとい、ああなってしまった女には、どんな忠告も説教も効きはしない。おみねは自分の身の危険など顧みないだろう。

とにかくここは、もしもおみねが幸兵衛長屋へ戻ってきたとき、お徳が損をかぶらないよう、気をつけていてやればいいのだ。それだって今の平四郎には荷が重い。なにしろ、他にとんでもない心痛を抱えているのだから。

佐吉は今ごろどうしているか——

一昨日《おとつい》の夜は結局、久兵衛とひととおり話をしただけで、引き上げるしかなかった。

久兵衛は言った。佐吉を葵殺しの下手人としてお上に突き出すつもりはない。佐吉は必ず、彼の女房のお恵のもとに返す。今後も何の障《さわ》りもないよう、金を惜しまず入念に取り計らって引き合いを抜いてもらう。だからこらえてくださいましと、畳に額を擦りつけて平四郎に頼んだのだ。最後の方は泣かんばかりの顔だった。

平四郎もずいぶん頑張った。何とか佐吉を連れ帰りたかったからだ。しかし、押し問答をしているうちに、どんどん気が滅入ってきた。久兵衛と——つまりは湊屋総右衛門と平四郎とでは、決定的に食い違っているところがある。湊屋側は、佐吉が葵を殺したと信じている。それ以外に事の真相はないと思い込んでいる。だから「引き合いを抜く、佐吉には傷をつけない」と、力を込めて約束を繰り返すわけだ。

しかし平四郎はそんなことを要求しているのではないのだ。平四郎は、佐吉が葵を殺したとは思っていないのだから。

いや、絶対にないとは言い切れない。佐吉と葵とのあいだには、あれだけの込み入った事情があった。思いは屈折して歪んだり切れたりしている。平四郎だって、あの実直で優しい佐吉がやむにやまれず誰かを手にかけるとしたら、葵かな——とも思う。あるいは湊屋か、どっちかだな。佐吉が湊屋総右衛門をやっつけるというのなら、ちっと手を貸してもいいくらいだ。

だが、今はまだ何もわからないのだ。だから、佐吉が下手人だと決めつけず、誰がなぜ葵を殺したのか、その真相を明らかにするために、自分もひと肌脱がせてくれと、平四郎は頼んでいるのである。それなのに、久兵衛はやたらぺこぺこするばかりで、「ご勘弁をご勘弁を」と連呼する。これでは、上様が三代くらい代がわりするまでやりあってたって埒《らち》があかない。そう思ったから、平四郎は引き上げることにしたのだった。

湊屋が全力で引き合いを引っこ抜くと言っている以上、佐吉の身にこれ以上の災いが降りかかることはないだろう。ひと晩か、悪くてもふた晩を芋洗坂《いもあらいざか》の番屋で過ごせば、家に帰れる。そしたら、佐吉とさしで話をしよう。今後のことは、それからだと決めた。

帰り際、芋洗坂の番屋に寄った。口実はあった。そこに弓之助がいたからである。彼は佐吉の小さな弟を装って入り込み、平四郎が行ったときには、すでに番屋を仕切っていた。芋洗坂近辺を縄張《しま》とする鉢巻きの八助親分も、その手下の大男杢太郎も、弓之助の手妻《てづま》にかかって右へ左へと転がされていた。おかげで佐吉は楽ができたろう。何も問い詰められず、嫌味のひとつさえ投げかけられることもなく済んだろう。

それでも彼は、平四郎の顔を見て、後ろ手にくくられ柱に縛りつけられながら、恥じ入るようにうつむいた。平四郎は生まれて初めて、言うべきことがあるのに言葉に詰まるという経験をした。何を言っても届かないという気がした。少なくともここでは駄目だ。弓之助が盛大に張り巡らせてくれた煙幕《えんまく》を薄めないようにするだけで精一杯だった。

「みんな心配してるぞ。俺も心配だ」

短く言って、平四郎も足元に目を落としてしまった。

「すぐに帰れる。帰ったら話そう」

そして弓之助の手を引いて外へ出た。弓之助はぬかりなく、

「兄さんを頼みますね、親分さん、杢太郎さん」

とすがりつき、番屋の明りが見えなくなるところに行くまで、えーんえんとぐずり泣きを続けていた。

で、もう充分に離れたと見てとると、きりりと元に戻った。

「叔父上、大丈夫でございますか？」

「俺か？」

「はい、ひどいお顔です」

「ひとつ訊いてもいいか？」

「何でございましょう？」

「おまえの嘘泣きは、誰からの直伝《じきでん》だ？」

「習い覚えたわけではありませんせん。門前の小僧でございますよ、叔父上。世間知《せけんち》と申しましょうかしら」

大真面目であった。

もう十年ばかり前の話になるが、諸式取調掛りを拝命していたころ、平四郎は、東日本橋の掛《かけ》小屋《ごや》に出ていた女水芸人に入れあげたことがある。三代目白《びゃく》蓮斎貞洲《れんさいていしゅう》という気張った名前で、歳はそのころでもう三十路《みそじ》に近かったから、年増である。しかし、この世のものならぬような佳《い》い女で、その芸も逸品だった。

水芸人は普通、女でも伊達《だて》に裃《かみしも》と袴《はかま》をつけるものだ。そうやって着込むことで、水を通す仕掛けを隠すのである。ところが貞洲は、二の腕が丸見えになるような袖の短い薄衣《うすぎぬ》に、髪も櫛巻《くしま》きで飾りひとつつけなかった。長い手足をひらひらと動かすと、衣を通して肉付きのいい肢体《したい》がくねくねと動くのまでがよく見えた。彼女の掌《てのひら》から、肩の先から、涼しい水が迸《ほとばし》って弧を描くたびに、観客はほうっと息を吐いて魅せられる。

平四郎はこれにぞっこんいかれたのである。

毎日のように通っていれば、朋輩《ほうばい》たちにも気づかれる。八丁堀の組屋敷は、まるごとひと家族のように親密だから、その熱中ぶりは、早晩細君の耳にも入った。

平四郎の細君は大人《たいじん》である。

かくかくしかじかであなた、組屋敷じゅうの評判になっておりますわよ。笑いながらそう切り出されたので、てっきり怒られるかと覚悟したら、細君はこうのたまった。

「わたくし思いましたのですけど」

「何をだね？」

「その貞洲とやらいう女芸人、わたくしの若いころに似ているのじゃございません？」

細君は、若き日には八丁堀小町と呼ばれた人である。

「申し訳ございません。何も悪いことはせずとも、わたくしも歳はとりますの。近頃はご退屈だったのでしょうね、あなた」

平四郎は平伏し、細君に新しい小袖をあつらえてやった。細君は上機嫌で受け取った。大人である。それに勇気づけられて、平四郎は本当のことを白状した。

貞洲に惚れたのではなく、あの芸に惚れたのだ、と。いやそれぐらいなら、浮気の言い訳に言い古された台詞《せりふ》である。そうでなく、平四郎は心底「芸」に魅入られた。貞洲に弟子入りして、あの水芸を習いたいと思ったのである。そして自分もやってみたい。見物人をわかせたい。だから掛小屋に通ったのだ。

それを聞いた細君は、たちまち眼を吊りあげた。

「あなた！」

座りなおしたものである。

「それは女狂いよりも悪うございます！」

今度はさんざん叱られた。まったく女の考えることはわからない。

それからほどなく、いたずらに劣情をかきたてる見世物だとして、貞洲の水芸はお咎《とが》めをくらった。手鎖《てぐさり》三十日だったから、他愛ない庶民の見世物にしては重い刑である。本人は失意のうちに、病を得て死んだと聞く。

細君は、「水芸は身体が冷えるのかもしれませんわね」

などと言ったが、平四郎は腹の底で（おまえが呪ったんじゃねえか？）と、ちらりと思った。今でも思っている。口には出せないが。

妙な昔話を思い出したのは、弓之助こそ白蓮斎貞洲の後継者になれるのではないかと思ったからである。右に手をあげれば右に、左に掌をかざせば左に、水が出る出る水が出る。見物人はため息をつきながらころりころりといかれてしまう。

というようなバカなことを考えずにはいられないほど気落ちしていたことも確かである。

道々、久兵衛から聞いた事情を、弓之助に話して聞かせた。弓之助は、番屋にいたあいだのことを話してくれた。たいしたことはできませんでした、お芝居を打つのに手一杯で、佐吉さんと直に話すことはできませんでしたし――と萎《しお》れるので、平四郎は慰めた。世慣れた岡っ引きの爺さんと、頭は鈍いが腕っ節は強そうな大男の二人を舌先三寸で丸め込み、佐吉を守ったのだからたいしたものだ。

「なぜでしょうか、今のお言葉はあまり慰めになりません」と、弓之助は言った。「やっぱり、佐吉さんが心配です」

「小伝馬町《こでんまちよう》に送られるようなことはねえよ。湊屋がついてるからな」

「いえ、そうではないのです。きっと叔父上も同じことをお考えですよね？　わたしは、本当のことがわからないままになってしまうことが案じられるのです」

平四郎はうなずいた。この子供は本当に話が早い。

「だから、俺たちで何とかせにゃならんのだ」

「はい」弓之助は武者人形の義経《よしつね》のような顔をした。「すべては、佐吉さんが戻ってからのことでございますね、叔父上」

それきり、口を閉じた。どっちがどっちの手を引いているのかわからないような具合で、黙々と帰った。あの夜の弓之助は、とうとう尋ねなかった。叔父上は、佐吉さんが葵さんを手にかけたのだと思いますか？　平四郎も、おまえはどう思うと訊かなかった。弓之助の言うことは、よくあたる。思うだけでもあたるのだ。それがひどく不吉に思えたから。

平四郎は、組屋敷に帰るとすぐに、小平次を大島のお恵のところに遣《や》った。佐吉が帰ったらすぐ知らせろと言ってある。だが何の知らせもないまま、昨日は一日がぼうっと過ぎた。今日もまだ音沙汰はない。佐吉は堅苦しいほど律儀な男だから、無事に解放されれば平四郎のところに挨拶に来るかもしれない。が、堅苦しいほど律儀だからこそ、逆に平四郎には何も言って寄越さないかもしれない。

湊屋に何か言い含められたということだって、大いにあり得る。佐吉が沈黙のなかに引きこもり、もう、誰ともかかわりを持たないようにしようと思い決めても不思議はない。

佐吉が葵を殺したのなら、なおさら。

佐吉が葵を殺していないにもかかわらず、自分がすべてをかぶってしまった方がいいと思っているのなら、なおになおさら。

平四郎は「待つ」のが苦手だ。だらだらして時をつぶすなら得手である。だが、「待つ」のはそれとは大いに違う。

今朝、御番所に出仕してそれから見回りに出て、いっそこっちから大島へ行ってみようかと思った。お恵に会うだけでもいいじゃないか。それなら弓之助も連れて行こうかと考え、河合屋に足を向けかけてまた考えた。急くのはいけない。小平次を遣ってあるんだ。佐吉だって、心を静める時が要るだろう。いや、あるいはまだ芋洗坂から帰されていないんじゃないのか。鉢巻きの八助は、あんな顔をして案外因業《いんごう》で、湊屋が引き合いを抜くのに手を焼いているのかもしれない。だったら、八助親分を子飼いにしている同心の佐伯にあたってみる方が早いかもしれない——ぐだぐだと考えながら、気がついたら幸兵衛長屋に来ていた、というわけだ。あら旦那、ここんとこお見限りだったねと、お徳に冷やかされてはっとしたのだ。

——ま、頃合はよかったな。

お徳が鍋を損じてくれたおかげで、目の先にぶらさがっている難事をちょっと忘れ、笑うことができた。佐吉のことはお徳には話せない。その気詰まりも、忙しそうなお徳の前では散じてゆく。

「ほら、見てよ旦那」

目をやると、お徳が葱をぶら下げている。おもんが切っていた葱だ。包丁がなまくらなのか、切り方が悪いのか。皮一枚でくっついて、つながってしまっているのだ。

「まだ葱の皮が硬いんだ」と平四郎は笑った。

「笑い事じゃないよ。これだから目が離せないんだ。まったく、おみねさんはあんたたちにどんな躾《しつけ》をしてたんだろうね？」

お徳がぷりぷりしているところに、お使いに出ていたおさんが帰ってきた。連れがいる。おや？　見た顔だ。

「おとよじゃねえか」

平四郎は腰掛けから立ち上がった。弓之助の従姉《いとこ》である。

「叔父上さま」

おとよは店の戸口でバカ丁寧に頭を下げる。額が膝にくっつきそうだ。

「道に迷ってしまいましたの。この女中さんにお会いして助かりました」

「このお嬢さんたら」おさんは可愛げのないふうに顎を突き出して、おとよを指した。

「すぐ先の木戸番で、幸兵衛長屋はどこかって訊いてさ。ちゃんと教えてもらってるのに、何度も何度も迷っちゃあまた木戸のとこに戻ってたんだって」

「そうなんですの」

本人はおっとり笑っている。あんまり深くお辞儀をしたので、帯が乱れた。通り過ぎる秋の風が、帯のしっぽをふわりとふくらませる。おとよが急に大人びて見えた。

「弓之助さんのお使いで来たのです。今日あたり、叔父上様は必ず、お徳さんのいる幸兵衛長屋におられるはずだからって」

火の入っていないお徳の竈のそばに、空の醤油樽を二つ引き寄せて、平四郎とおとよは並んで腰掛けていた。

竈の脇には、きれいに洗ったお徳の大鍋が、尻を天井に向けて場を占めている。鍋の底のほとんど真ん中に、おとよの掌ほどの穴が空いている。その眺めは、ありゃまあ、オラに穴を空けるたぁ、お徳さんどうしたことだと、鍋そのものがぽかんと口を開けて呆れているみたいで、妙に愛嬌《あいきょう》があった。底の抜けた鍋を見るのは初めてだというおとよは、ひどく珍しがって、ひとしきり感心しながら鍋を撫で回していた。

「叔父上様に、これをお渡しくださいと言付《ことづ》かって参りました」

おとよは懐から、きれいに畳んだ書付けを取り出した。ひと目見てわかる、弓之助の手筋である。

「昨日は半日かけて、これを書いていたそうですの」

「中身は何だろうな？」

書付けを広げながら、平四郎は尋ねた。読めばわかることだが、弓之助がおとよにどの程度のことを打ち明けているのか知りたかったのだ。

おとよは小首をかしげた。紅葉《もみじ》をかたどった飾りかんざしが揺れる。「わたくしにはわかりません。ただ弓之助さんは、叔父上様には、一昨日《おとつい》の夜、番屋でのやりとりを残さず思い出して書き留めたものだ——と、お伝えすればわかるはずだと言っていました」

手回しのいい殊勝な子供である。平四郎はざっと書付けに目を通した。なるほど、実に細かい。八助や杢太郎との無駄話から、近所の者が饅頭《まんじゅう》の差し入れに来たことまで書き留めてある。ひとつ分けてもらって食ったら旨かったそうだ。一方の佐吉は、やっぱり何も口にしなかったと書いてある。

今回の事について、弓之助自身の思うところについては触れていなかった。あくまでも覚書に徹するつもりだろう。

「ありがとうよ」と、おとよに微笑みかけた。

「内緒の御用の向きでな。弓之助は聡《さと》いから、ちと助《す》けてもらってるんだ」

「そうでしたか」おとよもにっこりしたが、すぐにその笑みが曇った。「内緒の御用というのは、あの……先《せん》の捕物のような？」

おみねの情夫の首根っこを押さえたとき、おとよもひと働きしたのだった。囮《おとり》になったのである。女を食い物にする悪い奴の面《つら》をまともに見て、おとよが少しばかり毒気にあてられ、泣いたり興奮したりしたことを、平四郎は思い出した。

「あれとは全然違う御用だ。心配しなくていいよ」平四郎は書付けをしまった。「こうしておまえさんの可愛い顔を見られるのは嬉しいが、何で弓之助が自分で出てこないんだろうな？」

おとよは赤くなった。「それは……」

「具合でも悪いのか？　それとも河合屋で何かあったとか」

「いえいえ」赤い頬のままかぶりを振り、おとよは小さな声で言った。「弓之助さんは、昨夜《ゆうべ》おねしょをしてしまったのです。それでお父様にもお母様にもたいそう叱られて、今日は一日押し込めです」

平四郎は天井を向いて笑った。お徳の鍋も、大口を開いて笑っている。

「おねしょか！」

「はい。大おねしょでございましたの。お布団が乾かなくて」

お徳の店先の狭い間口から仰ぐきれっぱしの空は、青一色である。蜘蛛《くも》の糸の吹流しのように細い秋の絹雲さえ今は見えない。この陽気で乾かないというのなら、そりゃ洪水のような寝小便だったに違いない。

「叔父上様、そんなに笑わないでくださいましね」自分も笑み崩れながら、おとよは従弟をかばった。「弓之助さんはたいそう萎《しお》れています。わたしにこの書付けを渡すときも、涙目でしたもの。夜中に、それはそれは恐ろしい夢を見たのですって」

平四郎は、愉快な笑いがすうとしぼんでゆくのを感じた。

弓之助の怖い夢とは、どんな内容だったのだろうか。誰が出てきたのだろう。葵か。佐吉か。いずれ今度のこととかかわりがあるに決まっている。夢は弓之助の煩悶《はんもん》の顕《あらわ》れなのだ。書付けに何も書いてないのは、手控えたのではなく、書けなかったのかもしれない。

「それはあいつも災難だった。今度、旨いものでも食わせてやろう」

「はい、きっと喜びます」

おとよが嬉しそうにうなずいたとき、戸口の方からすっとんきょうな声が飛んできた。

「あれ？　こりゃこりゃ？」

驚いて目をやると、目鼻立ちのちまちまとした小柄な男が、今にも飛び立ちそうな雀みたいな風情《ふぜい》でこちらをのぞきこんでいる。小さな髷に粗《あら》い格子《こうし》縞《じま》の着流し、手鍋をさげているところが艶消《つやけ》しだ。

「八丁堀の旦那がこんなところで何をなすってるんです？　お徳さんは――」

「そういうおまえさんはどこの誰だい」尋ねておいて、それを追いかけるように平四郎は閃いた。「ああ、お徳の店の客だな。煮売屋なら、三軒先でやってるよ」

「三軒先って――」男は戸口の障子に片手をかけたまま、背伸びしてそちらを見やった。

「お菜屋があるところじゃないですかい」

「そうだ。気の毒だがあのお菜屋は廃業でな。お徳があとに入った。なに、行ってみりゃわかる。竈の前に、仁王様みたいに立ってるからよ」

「へえ……。ああ、本当だ。いるいる」男は顔をほころばせた。「良かった。とっさに、お徳さんに何かあったのかと思っちまいましたよ」

「おどかしてすまんな。俺はただここで油を売ってるだけだ。お徳は町方役人なんぞの世話にはならんよ」

お役目ご苦労さまですと、如才ない挨拶を残して、小柄な男はいそいそと消えた。お徳さん、お徳さんと呼びかける声が聞こえる。

「美味《おい》しい煮売屋さんだと、弓之助さんから聞いていています」と、おとよが言った。「お店を移ったのですね?」

「いろいろあってな。ま、出世したたって言ってもいいかもしらん」

実際、手下が二人もできたのだ。この際、煮売屋を続けるだけでなく、本当におみねのようなお菜屋にまで手を広げればいい。平四郎はずっとそれを勧めていたのに、ぬらくらとはぐらかしてきたお徳である。今度ばかりはお天道様のはからいだ。神妙に努めるがよろしい。

「叔父上様」おとよが膝を揃えて向き直る。

「うん?」

「わたし、お見合いをいたしました」

また頰が赤くなるのは、はにかんでいるからである。おとよの縁談の件は、平四郎もよく知っている。捕物の囮などになったのも、そもそもはそれが始まりだった。

「おうよ、そりゃ良かった」平四郎は膝を打った。「で、どうだったね? 確か紅屋《べにや》の若旦那だったな」

おれも鈍いと思いつつ、平四郎はようやく悟った。先に会ったときには、弓之助という人形使いに操られる人形のようだったおとよが、今日はお供の女中さえ連れず、一人で道を探し探し、平四郎を訪ねてやって来たのだ。しかも、こうしてちゃんと顔を合わせて話している。世間から一寸ばかり浮き上がってふわふら暮らしているようなお嬢さんにしては、長足《ちょうそく》の進歩だ。その進歩の所以《ゆえん》が、どこかになくてはおかしいではないか。

「好いたらしい男だったか?」

おとよは両手を顔の前に合わせて、くすぐったそうな声を出した。「とても恥ずかしがりの人でございましたの」

「おまえさんに輪をかけて恥ずかしがりか。それじゃ手間がかかったろう」

「でも、わたしの手がきれいだって褒《ほ》めてくださいました」

それは平四郎も同感だ。おとよは残念ながら器量よしには生まれつかなかったが、その一対の手は美しい。弓之助も「観音菩薩《かんのんぼさつ》さまの御手のようです」と評したことがある。

「そうかぁ。嬉しい話だな。じゃあ若旦那は、おまえさんのその手がきれいなままであるように、大事にしてくれるってことかな」

平四郎は冷やかしているつもりだが、おとよには通じていないようだ。産毛《うぶげ》の光る頰をうっすらと紅潮させて、いっそ厳粛《げんしゅく》な口調でしみじみと言った。「わたし、何かを褒められたのは初めてです。とても嬉しくて」

乳母日傘《おんばひがさ》のお嬢様が、何を言うのだと思う向きもあるのだろう。だが平四郎にはわかる。大事にされて育つのと、大事にはされなくても、何かしら褒められることがあって育つのとは、やっぱり違うものなのだ。

「おまえさんは今までだって褒められてたんだろうが、それが聞こえなかったんだ。今度、初めて聞こえたんだな」

「そういうものでしょうか」

「うん。おとよは良い娘だもの。だからその話が、おとよにとっていちばん幸せなように進むといいな」

もとより商家の縁組だから、話を決めるのは家と家である。そのうえ本人も悪い気がしていないのだから、これはまとまる話だろう。そうかおとよは嫁に行くかと思うと、平四郎は少ししんみりした。まだ数度しか顔を合わせていない義理の姪だが、すっかり情が移ってしまった。

「今日は、そのことを叔父上様にお伝えしたくて参りましたの。弓之助さんに書付けを頼まれなくても、わたしの方から、叔父上様のところに連れていってくれろとお願いするつもりでした」

見合いのときのこまごまとした話を、ひとしきり楽しく聞いた。それから平四郎は腰をあげ、おとよを家まで送って行くことにした。佐吉を待つのなら、ずっと幸兵衛長屋にいても仕方がない。おとよの幸せそうな笑顔のおかげで、気分もずいぶん持ち直した。

お徳にひと声かけていこうと外に出ると、さっきの小柄な男が、まだ店先に立って話し込んでいる。煮物を買うだけならとっくに済んでいるはずだし、だいいち買ったものが冷めてしまうだろう。

「あ、旦那」

小柄な男より先に、お徳の方が平四郎を認めて声をあげた。

「さっきはとんだ失礼をしました」小柄な男は頭を下げる。よく見ると、口の端の下がった気弱そうな顔つきだが、声は独特によく通る。しじゅう大きな声で人に指図をしたり、あるいは自分も返事をしたりする生業《なりわい》か——と、平四郎は察した。どんな商売だろう。

「ねえ、困ってるんだよ。旦那からもこの人によく言ってやっておくれよ」

「言うって、何をだ」

「この彦さんはね、料理人なんだよ。木挽町《こびきちょう》六丁目にある石和屋《いさわや》って、立派なお店で働いてるんだ。それなのにさ」

お徳を遮《さえぎ》って、小柄な男が平四郎に言った。

「あたしは彦一と申します。お徳さんの煮物の味に惚れ込んで通っている客なんですが、今度の話を聞きましてね。お徳さんがここでお菜屋をやるなら、あたしにも手伝わせてほしいって——」

お徳に邪魔されないうちにと思うのか、彦一は一気に自分の身の上をしゃべった。お徳の煮物に心を動かされた所以についても、熱心に語った。平四郎もそれなりに、人の話に含まれる真実の度合いぐらいはわかるつもりだが、彦一の語る言葉からは、小狡《こずる》さや計算高さは感じられなかった。本気なのだ。

「石和屋の普請《ふしん》が終わるまでは、どうせあたしは暇な身体だ。蓄えだって少しはあるから、てめえの口ぐらいは養える。お徳さんから金をもらおうなんて思っちゃいません。ただ、手伝いたいんですよ。お徳さんなら立派にお菜屋をやっていける。いや、仕出屋だってやれるよ。あたしが請合う」

お徳はどすんと足踏みした。

「そんなの買いかぶりだってばさ。あたしは煮売屋のお徳、今はとりあえず留守番してるだけなんだって、何度言ったらわかるのさ」

平四郎はにやにや笑った。止めようがなかった。なるほどねえ、お天道様も周到だ。

「こりゃまた好都合だ。渡りに船じゃねえか、お徳」

「旦那までそんなこと言って！」

お徳の顔は真っ赤だ。おとよの頬が赤くなったのと、理由は違うが色は一緒だ。同じように可愛らしい。

「あたしは鍋ひとつ、竈ひとつの煮売屋で精一杯だよ。この歳になって新しい商売なんかできるわけないじゃないか」

「鍋ひとつ竈ひとつじゃ、おさんとおもんの給金が出せねえぞ」

当の娘二人は、なりゆきや如何《いかん》と興味津々《しんしん》で見守っているが、ここぞとばかりに揃ってうなずく。こりゃお徳の人徳だ。ほんの二日ばかりで、この娘《こ》らの信用を勝ち得たのだ。が、当のご本人はそれをわかっていない。

「お徳よ、俺はさんざん言ってきたろ？　おまえは商売が上手い。店を広げろって。今はその機会なんだ。そりゃ最初は不案内だろうよ。だが、おさんとおもんがいて、そのうえいっぱしの料理人が助けてくれようって言うんだ。これに乗らない手はないぜ」

「そうだよ、お徳さん」彦一も身を乗り出す。さげていた手鍋はどこに置いたのか、身振り手振りで訴えかける。

「お徳さんは、てめえの腕を少なく見積もりすぎてるんだ。あたしだって素人《しろうと》じゃない。良いものは良いとわかるさ。商売になるものは、それとわかるんだ。この舌がお徳さんの煮物に惚れたんだってことを、どうして信じてくれないんだい？」

「石和屋さん」と、おとよが場違いにのんびりと、歌うように言った。「わたし、お料理を食べたことがあります」

彦一がひらりとおとよを見返った。「お嬢さんはうちへお越しになったことがおありで？ それはそれはありがとうございます」

「春先のことで、桜や桃の花の形をした生麩《なまふ》の煮物と揚げ物が、とても美味しかったのを覚えています。生麩に、お麩を乾かして細かく砕いた衣をつけて揚げてあるんです。ほんのり甘くて、雲みたいにふわふわしているの。あんな揚げ物、他所《よそ》では食べたことがありませんでした」

彦一の貧相な顔に、溢れんばかり喜色が浮かんだ。「そいつは何より嬉しいお言葉だ。あの揚げ物は、あたしが考えたんですよ」

平四郎はくつくつと笑い続けた。お徳はさらにどすんどすんと足を踏み鳴らす。彦一は顔を輝かしている。おさんはふうんと鼻先で一同を見回しているが、おもんの目には憧れがある。

「いいなぁ……」と、小娘は呟いた。「あたしもそういう料理、いっぺんでいいから食べてみたい」

「ここでこしらえれば、食べられるわ。わたしも、お店と家の皆を連れて食べに参ります。そしてみんなに触れて回ります。美味しい、美味しいって。ねえ、叔父上様？」

おとよは悠々《ゆうゆう》とそう言って、平四郎の顔を仰いだ。平四郎はお徳に言った。

「そらお徳。もうお客がついたぜ」

どうやら、縁談に心を決めたおとよが、その勢いで、お徳のこの先まで決めてしまったようである。

秋の夕暮れは早く、短い。陽が落ちたと思うと夜が寄せてくる。平四郎は小さな庭に鳴く虫の声を聞きながら夕食を済ませた。焼き魚と酢の物という献立に、おとよから聞いた揚げ物の話を一品添えて。

小平次が帰ってきたのは、細君が膳を下げて間もなくのことである。

佐吉が一緒だった。

平四郎はすぐに彼を座敷に上げた。小平次は、彼にしては驚くほどてきぱきと、佐吉が日暮れ前に芋洗坂から帰されたこと、その時は杢太郎が一緒についてきたこと、お恵は佐吉の無事な顔を見て安堵していること、疲れているだろうし、平四郎を訪ねるのは明日にしろと小平次は勧めたが、佐吉がどうしてもというので、とにかく湯にやり着替えをさせて伴ってきたということを、ときどき前後がこんがらがったりしながらも、要領よく説明した。

「ご苦労だった。それじゃおまえは台所へ行って飯を食いな。腹ぺこだろう」

「わかりますので？」

「腹が鳴っている」

うへえと恐れ入って小平次は下がった。彼の合いの手が、妙に懐かしい。

「あ、そうだ、旦那」

小平次が唐紙の陰から飛び出す。

「まだ何かあるか」

「佐吉さんの親方の、えーと、植半《うえはん》の半次郎親方ですが」

平四郎の組屋敷へ、ぜひとも同行したいと言い張るのを押し留めて置いてきたそうだ。

「半次郎親方は、詳しい事情は知りません。ただ佐吉さんがお上のお調べを受けたけれども、お咎《とが》めなしで帰されたということだけ話してございます」

「うん、上出来だ」

小平次と入れ替わるように、細君が茶を運んできた。これまたでかい茶碗である。細君も事情は何も知らないが、この時刻の客であることと、迎える平四郎の顔つきを見て、何より水気が入り用だと判断したらしい。小さな羊羹《ようかん》も添えてある。ねっとりとした上物だ。甘いものは人をくつろがせる。これも上出来だと平四郎は思ったが、俺は家でこんな上等の羊羹など食った覚えはないぞとちらりと思うところが少々いじましい。

佐吉は疲れていた。芋洗坂の番屋で見たときもそう思ったが、今はさらに擦り切れていた。数日着たきり雀で垢《あか》じみていたはずの着物を替え、髭《ひげ》をあたり髷を整えても、骨の芯までしみこんだ疲労は消えない。

湯気の立つでかい茶碗をはさんで、しばらく二人は黙り込んだ。

「えらい目にあったな」

ようよう、平四郎はそう言った。それまでしきりに鳴いていた虫が、ふと静まった。

佐吉の目から、ぽたりと涙が落ちた。

（下巻につづく）

この作品は、二〇〇一年九月号から二〇〇四年十一月号までの「小説現代」に、十九回掲載されたあと、加筆・訂正したものです。

日暮らし［ひぐらし］上

第一刷発行　二〇〇五年一月一日

著者　宮部《みやべ》みゆき

発行者　野間佐和子
発行所　株式会社 講談社
〒一一二-八〇〇一
東京都文京区音羽二-一二-二一
電話　出版部　〇三-五三九五-三五〇五
販売部　〇三-五三九五-三六二二
業務部　〇三-五三九五-三六一五
印刷所　大日本印刷株式会社
製本所　黒柳製本株式会社

Printed in Japan　ISBN4-06-212736-9
N.D.C.913　369P　20cm

宮部みゆきの時代小説

震える岩

霊験お初捕物控

不思議な力を持つ「姉妹屋」のお初。奇怪な幼児殺しの謎を追うお初の前に、百年前の赤穂浪士の討ち入り事件が……。捕物帖にニューヒロイン誕生！　霊験お初シリーズ第一弾！

文庫版　七三〇円

天狗風

霊験お初捕物控(二)

一陣の風が吹き嫁入り前の娘が次々と神隠しに。行方を追うお初と右京之介を、闇に響く謎の声や観音に姿を借りたもののけが翻弄する。著者の魅力満載の、ミステリー&ホラー時代小説！

文庫版　八二〇円